Die Herrenberger

Sebastian Haselsberger

Die Herrenberger

Eine Erbhof-Trilogie

Teil 2 · Die Erbfolge

Edition Tirol

Gedruckt mit Unterstützung des
Kulturamtes der Tiroler Landesregierung

Bibliographische Information Der Deutschen Bibliothek

Die Deutsche Bibliothek verzeichnet diese Publikation in
Der Deutschen Nationalbibliographie;
detaillierte bibliographische Daten sind im Intenet über:
http://dnb.ddb.de abrufbar

Bildnachweis:
Die verwendeten Fotografien sind größtenteils aus Privatbesitz.
Das Umschlagbild ist eine Leihgabe von Lisi Wieser

1. Auflage 2002

Alle Rechte bei Sebastian Haselsberger
Hersteller: Verlag J.H. Röll GmbH Dettelbach
Druck: Offizin Druckhaus – Hildburghausen
Nachdruck und Verfielfältigung (auch auszugsweise)
sowie Übersetzung verboten

ISBN 3-85361-077-3

VORWORT

Die „Erbfolge" ist die Fortsetzung der „Orgelpfeifen" also Teil Nr 2 meiner 3teiligen Geschichte.

Es ist nicht nur eine Geschichte aus den Tiroler Bergen, sondern sie bezieht auch harmonisch das Frankenland ein. Allerdings verläuft das Leben der Beteiligten bei weitem nicht so harmonisch: Die „Erbfolge" erzählt die Geschichte vom bäuerlichen Leben auf einen „echten" Berg-bauernhof, der vom eigenen Erben niedergebrannt worden ist. Dies ist jedoch vertuscht worden, und der Hof ist vom Fabrikanten Müller zum Großteil wieder neu und großzügig ausgebaut worden. Das Buch zeigt sehr stark, wie man mit menschlichen Schicksalen fertig werden muss.

Elke, die Tochter von Susanne wird neue Hochkogelbäuerin. Sie bekommt ein Töchterchen. Auch Simone gebiert einen Sohn, doch bleibt lange im Dunkeln, wer der Vater ist. Es gibt am laufenden Band Turbulenzen: So wird Elke nach einem Klassentreffen in Nürnberg brutal vergewaltigt, und Markus nimmt dafür später grausame Rache an den Missetätern.

Wer dieses Buch in die Hand nimmt, wird sicher mit Sehnsucht auf eine weitere Folge der Geschichte von der Herrenbergerfamilie warten.

Ich kann Ihnen versprechen, dass es noch eine Fortsetzung geben wird, und dazu noch ein versöhnliches Ende, wenn nicht gar ein Happy End, aber mehr wird noch nicht verraten.

Schließlich ist noch anzumerken, dass die Geschichte größtenteils frei erfunden ist. Eventuelle Ähnlichkeiten wären rein zufällig.

Ihr Wastl Haselsberger

Zur Vorgeschichte

Die Schauplätze sind, wie im ersten Teil der Trilogie, der Hochkogelhof „Erbhof" in Hochstein/Tirol und die Wohnorte in Unter- und Mittelfranken. Der Hochkogelhof ist seit über 250 Jahren im Besitz der Herrenberger-sippe. Er hat sicher schon bessere Tage gesehen, vor allem, was die Grundversorgung betrifft.

Die Herrenberger sind stets eine Großfamilie gewesen, und es hat nie das Problem der „Erbfolge" gegeben, denn es konnte stets nur einer der Herr von Hochkogel werden; auf keinen Fall durfte der Hof geteilt oder gar auch nur ein Stück vom Grund und Boden des Anwesens abgetreten oder verkauft werden. Nur so konnte der kleine Hof überlebensfähig weitergegeben werden.

In dieser Vorgeschichte (vom Ende des 2. Weltkrieges an) geht es um sieben Buben und ein Mädchen, die Kinder von Gertraud und Martin Herrenberger. Sechs Buben müssen zum Kriegsdienst, und alle kommen auch wieder heil nach Hause, mit Ausnahme von Franz, der verwundet worden ist. Alois, der jüngste, durfte als Jugendlicher zu Hause bei den Eltern bleiben.

Nach dem Krieg entschließen sich die Brüder (die „Orgelpfeifen"), Alois, dem jüngsten Bruder, den Hof zu überlassen. Den Namen „Orgelpfeifen" habe ich diesem Vorgängerwerk deshalb gegeben, weil ich diese Geschwister voran mit ihrem großen Vater, schön der Größe nach, im Gänsemarsch durch den Schnee habe stapfen sehen, eben wie Orgelpfeifen, ein Bild, welches mir unvergesslich geblieben ist. Doch der Hauptteil der Geschichte ist dem Franz gewidmet, er ist der Protagonist dieser Vorgeschichte.

Franz, der Verwundete, heiratet eine Urlaubsbekanntschaft aus dem Frankenland und zieht deshalb nach Rebheim in Unterfranken, wo seine Schwiegereltern, die Blümleins, ein kleines Weingut haben. Der Ehe entsprießt eine Tochter, Eva, welche jedoch mit kaum sieben Jahren bei einem Autounfall tödlich verunglückt: Ausgerechnet ihr fränkischer Opa hat sie in den Tod gefahren. Karin, das einzige Kind der Blümleins und die Frau vom Franz, will Nachwuchs, doch bei Franz klappt es nicht mehr. So wird Karin von einen polnischen Erntehelfer schwanger und bekommt ihren gewünschten Stammhalter.

Franz lässt sich daraufhin sofort scheiden und zieht zu Verwandten der Blümleins nach Nürnberg, wo er ein zweites Zuhause findet. Er hat jedoch den Kontakt nach Hochkogel nie abbrechen lassen und macht sogar den Bauern, als Alois ebenfalls einen Autounfall hat, bei dem auch seine Mutter tödlich verletzt wird; nur Monika, die Frau von Alois überlebt schwer verletzt.

Die zwei Kinder von Alois und Moni sind jedoch bereits entwurzelt. Schuld daran ist zum Großteil der Münchner Fabrikant Karl-Heinz Müller, der immer wieder versucht, das Anwesen zu erwerben. Die Kinder Simone und Markus haben nämlich überhaupt keine Interesse an den Berghof, und so scheint die „Erbfolge" zum ersten Mal in der langen Geschichte wirklich in Frage gestellt. Franz hat zusätzlich Probleme mit seinen Nieren; nach langer Dialyse kommt es zur Transplantation einer gesunden Niere, welche im sein Bruder Michl spendet. Als Michl jedoch kaum zwei Jahre später stirbt, nimmt sich Franz das so zu Herzen, dass er manchmal richtig durchdreht. Doch auch Franz stirbt nach einer Erkältung, einsam und verlassen, in der Waldhütte seiner Gönner und Freunde aus Nürnberg.

1

Vom Himmel hätte gar nicht mehr runter kommen können, ein Sturzflug von einem Gemisch aus Schnee und Regen. Das ausgerechnet noch an diesem Tag, ja, in der Stunde, wo man Franz in Hochstein in die geweihte Erde zurückgab, zurück von wo du gekommen bist, „Mensch bedenke, dass du aus Staub bist und wieder zu Staub werden wirst." Von Staub allerdings konnte an diesem 14. April überhaupt nicht die Rede sein. Unaufhörlich rann den zahlreichen Trauergästen die kalte Brühe – trotz Regenschirm – übers Gesicht und suchte ihren Weg über den Nacken auf die blanke Haut.

Aber das störte angeblich niemanden. Die Friedhofsbesucher verharrten trotzdem in unglaublich stoischer Haltung, nur in ihren Gesichtern, aber da musste man schon genau hinsehen, sah man unter den maskenhaften Gesichtern Tränen der Trauer, doch konnte man diese gar nicht gut von den vielen Regentropfen unterscheiden.

Sicher dachten da manche für sich: „Heute weint sogar der Himmel."

„Ja, der hat meines Wissen bei einem Begräbnis noch NIE so geweint", meinte auch der alte Pfarrer anschließend bei der kleinen Aufwärm- und Trauerfeier beim Dorfwirt.

Doch noch standen sie, wie auch ich, am offenen Grab. Man horchte noch gespannt auf die Grabreden, von denen eine Karl-Heinz Müller hielt. Normalerweise würde man sich unter solchen Bedingungen eine kurze Grabrede wünschen, doch nicht so bei Franz. Unbeweglich und gespannt lauschten alle den Worten des Münchner Fabrikanten, welchen mit Franz eine fast herzliche Freundschaft verband.

Man war bereits durch und durch nass, und doch, wenn man überall durchnässt ist, verspürt man die Näse auch nicht mehr so stark, sondern nur so, als ob man nur stellenweise durchweicht ist. Müller, so schien es, wollte gar nicht mehr aufhören mit seiner Lobeshymne über den Verstorbenen. Endlich, glaubte man, würde sein Schlusswort fallen. Da passierte es: Der auch schon nicht mehr ganz taufrische Totengräber stand wohl zu nahe an der tiefen Grube, als er mitsamt eines großen Teilstückes vom Erdreich in die ca. 1,80 Meter tiefe Grube stürzte. Er stürzte dabei so unglücklich, dass man fast glaubte, er würde vom Erdreich zugedeckt und auch darunter begraben.

Schnell kamen die Nächststehenden zur Hilfe und zogen den Unglücklichen aus dem offnen Grabe. Manche konnten ein Schmunzeln nicht verbergen, doch das war ganz und gar nicht zum Lachen. Wie Dr. Riffl bald feststellte, hatte sich der Mann dabei ein Bein gebrochen.

Nun wurde durch diesen Zwischenfall auch sofort die ganze Zeremonie beendet. Man ging zum Dorfwirt. Wie gesagt, zum Aufwärmen, äußerlich wie innerlich.

Franz Herrenberger war an der Seite seines Bruders Michl beigesetzt worden, ein knappes halbes Jahr trennte ihren Tod, ein knappes halbes Jahr und sie waren wieder vereint. Auch die Organe, die Nieren vom Spender und vom Empfänger, waren hier wieder auf engsten Raum zusammen. Die nun verbliebenen restlichen vier ORGELPFEIFEN mit ihrer Schwester Maria saßen mit ihren engsten Angehörigen starr und stumm an einem Tisch. Die harten Männer mit ihren feingliedrigen Extremitäten saßen da, mit rotgeränderten Augen.

Sicher, ihr Bruder Franz war vielleicht nicht ihr bestes Stück, aber Franz war trotzdem noch ein echter Herrenberger gewesen, obwohl er der Einzige war, welcher sich ins Ausland – wenn man Bayern als Ausland bezeichnen wollte – abgesetzt hatte, der aber seine Tiroler Heimat nie verraten und schon gar nicht vergessen hatte. Im Gegenteil, er war ein Heimattreuer, der trotz seiner Behinderung in ihrer Heimat auf dem Hochkogelhof im äußersten Notfall auch den Bauern ersetzte.

Er war vielleicht nicht ihr bester Bruder vom gesundheitlichen Standpunkt gewesen, aber er hatte nichts dafür gekonnt, dass er nicht so zupacken konnte wie z. B. Alois oder Hans, doch er war einer von ihnen geblieben und das machte in deshalb zum beliebtesten Mitglied ihrer Sippe. Selbst Susanne und der halbe Müllerclan, der an den Nachbartischen saß, hockten heute da wie die Ölgötzen. Keiner lachte, und selbst Markus und Simone mussten erfahren, dass mit Onkel Franz auch ein großer Kumpel von ihnen gegangen war.

Die einzige, welche immerzu weinte, war Monika. Moni, die wohl den größten Leidensweg ging. Doch alles, was sie hatte ertragen, erdulden und durchmachen müssen, konnte sie nicht brechen, sondern nur abhärten: Sie, die noch die Besitzerin von Hochkogel war, dachte wohl in diesem Moment mehr daran, was Franz und sie verband.

Beide waren schwer geprüft, halfen sich aber immer gegenseitig, sprachen sich auch unzählige Male Trost und Mut zu. Nach dem Leichenschmaus, den Karl-Heinz Müller sich ausbedungen hatte, mussten die Brüder wohl oder übel das Grab vom Franz selbst zuschütten, da der Totengräber bereits im Spital war und somit auch seinen Auftrag nicht mehr machen konnte. Sicher hätten Freunde wie auch Schwager Hias diese Arbeit gerne für sie gemacht.

Die vier ließen es sich auch gar nicht nehmen, ihrem Franz diesen letzten Dienst zu erweisen. Es war bereits dunkel als die Brüder die Grabstätte verließen.

2

Der Frühling kam nun mit Riesenschritten auch im Hochtal von Hochstein. Es gab nun wieder mehr Arbeit auf den Wiesen und Feldern, und auch zu Hochkogel rüstete man sich – den Winterschlaf hatte ihnen heuer Franz verpatzt. „Ausgerechnet der." Monika sagte sich das unzählige Male. „Ausgerechnet Franz. Vielleicht holt unser Herrgott doch jene zuerst zu sich, welche er am meisten liebt, aber mag der nicht auch alle Menschen gleich gern? Sicher müssen wir annehmen, dass er nicht allen die gleiche Prüfung auferlegt und sie nicht gleich mit Freuden und Leiden belohnt."

Jetzt aber lacht die Frühlingssonne auch auf die schneefreien Hänge des Hochkogelanwesens.

Moni und Hias holten zwei alte Holzrechen vom Schupfen und machten sich daran, die zahlreichen Maulwurfshaufen glatt zu rechen, und kleine Steine sammelten sie gleich in den mitgebrachten Tragekorb. Vielleicht würden sie dabei auf andere Gedanken kommen, vielleicht, schaden konnte solch ein Aufenthalt in gesunder Luft auf keinen Fall. Sie waren wohl noch keine Stunde auf den kahlen Flächen mit ihrer Arbeit beschäftigt, als vom Waldrand herab Markus mit Riesenschritten auf sie zu kam.

Markus, der „entgleiste" Sohn von Monika, der nach einer Saulus-Paulus-Therapie in der Nachfolge von Hias als Aufsichtsjäger bei K. H. Müller antrat. Er berichtete fast außer Atem, dass nun erneut ein Steinbock im Sulzmoosgebiet gewildert worden war. „Schon das zweite Mal jetzt," brüllte er – das zweite Mal binnen drei Wochen. Wer konnte da wohl in Frage kommen? Steinwild, das bis dato absolute Schonzeit hatte. Steinwild, das überhaupt unter totalem Schutz stand, wer konnte so viel Frechheit besitzen, denn auf die Erlegung eines solchen Tieres standen drakonische Strafen wie mehrere Jahre Gefängnis. Wie lange wartete schon der Jagdpächter Müller darauf und hoffte, dass er doch einmal ein Exemplar aus dieser Steinwildpopulation erlegen durfte, wie lange schon wartete er und wie lange würde er wohl noch warten müssen. Jetzt erst recht, wo erneut zwei Stück dieser seltenen Trophäen von rücksichtslosen Räubern „hingerichtet" worden waren.

Wie konnte er diesen Vorfall wieder seinem Chef mitteilen? Er wusste, dass das schwer war, sehr schwer, denn die Jagd war eines seiner empfindlichsten Dinge. Als leidenschaftlicher Weidmann war er nicht nur ein vorbildlicher Heger, nein, er wollte auch von seinem teuer bezahlten Hobby, dem Pachtjagdgebiet, etwas herausholen. Selbstverständlich wollte und wusste er, dass er damit diversen Geschäftsfreunden nicht nur einen lang ersehnten Wunsch erfüllte, er wusste auch, dass dadurch seine geschäftlichen Verbindungen optimal gefördert wurden. Karl-Heinz Müller hatte sich fast immer selbst im Griff, jedoch wusste man, dass er auch explodieren konnte, was vor allem die Jagd und die damit verbundenen weidmännischen Aspekte betraf.

Markus hatte also berechtigten Bammel vor seiner Berichterstattung. Und so war es dann auch. Müller war, als Markus ihm telefonisch davon berichtete so aufgebracht, dass er in München alles liegen und stehen ließ und seinen geheimen „Kriminalinspektor" zwang, sofort mitzukommen, um vielleicht diesmal doch noch etwaige Spuren zu finden und sicher zu stellen.

Beide mussten fast von München hergeflogen sein, denn nach knapp einer Stunde fuhr der schwere BMW von Müller bereits nach Hochkogel empor. Auch die Fahrt hierher musste ihn wohl noch zusätzlich genervt haben, denn so aufgebracht und aggressiv hatte man den Münchner noch nie gesehen.

Fast wollte er schon anfangen zu schreien, dem Markus Vorwürfe zu machen, dass er seiner Aufsichtspflicht nicht im vollen Umfange nachkam, doch dann überlegte er es sich wohl doch noch, sich besser zu beherrschen. Ließ sich sogar noch von Monika überreden, noch eine Brotzeit zu sich zu nehmen, bevor sie zur Sulzmoosalm hochstiegen.

Am Tatort konnte der Kriminalist dann tatsächlich noch einige brauchbare Spuren sichern. Unter Zuhilfenahme des Tiroler Kriminalamtes wie einigen Recherchen konnte ein Hochsteiner Kleinbauer ausgeforscht werden, welcher sich erst vor gut zwei Jahren sein kleines Anwesen hier hatte kaufen können. Da Toni Tiroler war, wurde er auch im kleinen Hochstein aufgenommen und akzeptiert. Er war bis jetzt nicht aufgefallen, und er ging auch fast nie ins Wirtshaus. Man kannte ihn flüchtig, aber man kannte ihn leider zu wenig. Denn was dieser Anton Moser schon auf dem Kerbholz hatte, ging wahrlich auf keine Kuhhaut. Weshalb er wohl vom Oberland, wo es ihm sicher zu heiß geworden war, abgedampft war und sich hier in dem Hochtal niedergelassen hatte, wo ihn niemand kannte und sich niemand weiter über seine Vergangenheit erkundigte.

Nach anfänglichem Leugnen tischte ihm der Münchner Beamte aber ein paar hieb- und stichfeste Indizien auf, und nach einer gründlichen Hausdurchsuchung kamen auch noch andere Dinge zum Vorschein, so dass ein weiteres Leugnen zwecklos war. Moser wurde dem Bezirkrichter übergeben. Dieser schob ihn auch gleich in die Landesjustizvollzugsanstalt nach Innsbruck ab.

Zurück blieben eine verhärmte Frau mit vier noch minderjährigen Kindern. Für diese Familie war vorerst der Staat zuständig. Es lag nun klar auf der Hand, dass sich Müller durch diese Aktion noch mehr die Feindschaft dieser Familie zuzog. Ein paar dieser Halbstarken hoben die Fäuste und drohten ihm. Sie schworen ihm Rache und Vergeltung, denn er war der Hauptverantwortliche dafür, dass ihr Vater jetzt im Knast saß und vor allem dass man in ganz Hochstein und darüber hinaus nun wusste, welch reine Weste sie bislang getragen hatten.

Markus, dem „Entgleisten", aber gefiel dieser Job, er bekam auch von Hias, seinem Stiefvater und Vorgänger, das versprochene Jagdgewehr. Es war ein schönes Stück Handarbeit von einem bekannten Ferlacher Büchsenmacher. Er war jetzt ein knappes Jahr im Dienste von Müller. Er, der früher schier ohne Skrupel diverse Läden und Mitmenschen abgezockt hatte, wendete sich um 180 Grad. Sein größtes Verbrechen war die Brandlegung in seinem Elternhaus, doch die konnte er noch nicht beichten.

Wer weiß, wie Müller darauf reagiert hätte, ob er ihn daraufhin vielleicht sofort entlassen hätte. Obwohl Müller sehr zufrieden mit Markus war. Er konnte sich auf ihn verlassen (außer der Steinbockaffäre), obwohl Markus, wie gesagt, nur ein knappes Jahr Zeit hatte, sein großes Revier kennen zu lernen. Doch da hatte er den Hias als guten Lehrmeister. So blieb die Brandlegung nur ein Geheimnis von Mutter Monika und Hias. Vielleicht war es auch gut so, denn Mutter Moni war nun ja auch mächtig stolz auf ihren Buben.

Monika sah, wie sich die Tradition, das Vermächtnis der Herrenberger, wieder stabilisierte. Da Markus nach wie vor auch noch das Wohnrecht von zu Hause nutzte, schien auf Hochkogel auch die Harmonie wieder heimgefunden zu haben.

Markus hatte also sein Zimmer im neu erbauten Elternhaus. Markus bekam auch sein Essen und die Wäsche von seiner Mutter gemacht.

Selbstverständlich nicht ganz umsonst, denn der junge Mann verdiente bei Müller im Verhältnis sehr gut, so gut, dass ihn viele darum beneideten.

Doch der junge Hochkogler hatte außer seinem großen anvertrauten Jagdrevier noch eine andere Leidenschaft endeckt. Schwere Motorräder hatten es im angetan. So war es auch kein Wunder, dass er jede übrige Mark und jeden Schilling gleich auf die hohe Kante legte.

Das wusste dann auch bald Müller, und da er mit dem jungen Burschen zufrieden war, vermittelte er Markus eine schwere BMW direkt vom Werk in München. Obwohl so ein Geschoss den Preis eines mittleren Autos kostete, bekam Markus diese Maschine zu einen Sonderpreis. „Aber nicht, dass du jetzt mehr auf der Straße und im Tal unterwegs bist", meinte Müller und hob dabei demonstrativ seinen Zeigefinger in die Höhe. „Wäre auch schön von dir, wenn du in Zukunft in deiner Freizeit deiner Mutter auf dem Hof weiter so tatkräftig mithelfen tätst."

Doch das brauchte man Gott sei Dank dem „Entgleisten" nicht extra zu sagen. Er wusste ja, dass er einmal – vielleicht schon in absehbarer Zeit – den Hof, das Erbe der Herrenberger, übernehmen würde. Doch dazu brauchte er erstmal auch eine Frau. Er wusste, dass seine Mutter nach ihren schweren Unfall bei weitem nicht mehr dieselbe wie früher war.

Markus machte sich jedoch nicht viel aus dem weiblichen Geschlecht, denn er hatte sich bereits in seiner tollen Zeit die Hörner in der Stadt gewaltig abgestoßen.

Aber er wusste schon ein Mädchen, eines, das auch ihn anscheinend mochte: Elke, das blonde Mädchen aus Nürnberg, die Tochter von Susanne. Auch diese hatte scheinbar nun ihre Flegeljahre überwunden, jene Jahre bzw. Zeitspanne der Pubertät, wo Kinder aufmümpfig und frech sind und wo sie meinen, sie hätten das Gelbe vom Ei erfunden; eine Zeit, der man oft machtlos gegenüber steht. Am besten überließ man sie im Großen und Ganzen ihrem Trotz und ihrem Willen. Denn Schimpfen wie Drohen war meist zwecklos.

Elke, ja, sie hatte versprochen, in den Ferien zu kommen, vielleicht auch ohne ihre Mutter und ihren Bruder Harald. Dann wollte sie mit ihm auf die Pirsch in Wald und Berg mitgehen, das blonde Mädchen, das schon bei der Hochkogel Oma Gertraud gern gesehen hatte und deshalb von ihr verwöhnt wurde.

Auch ich kann mich noch gut an die Worte der alten Frau erinnern, „wenn das unsere Kinder und unsere Enkel wären, dann hätte ich keine Angst um den Hof." Ja, das sagte sie: Sollte es so kommen, sollte sich diese Art von Weissagung erfüllen?

Aber Elke war erst einmal 20 Jahre jung und hatte sicher noch keine rechte Ahnung von der rauen Wirklichkeit einer Bergbäuerin. Doch vorerst hatten noch Monika und Hias das Sagen auf dem Hof, eben auch mit Mithilfe vom Markus, vor allem bei der Heuernte, und somit hatten sie alles gut im Griff. Dabei waren wiederum beide auch nur die Bewirtschafter: Das ganze Anwesen mitsamt den Viechern war bereits seit Jahren fest von diesem Münchner Fabrikanten gepachtet worden, und diese Pacht dauerte vorerst fünf Jahre lang.

Seit das alte Haus in Schutt und Asche lag, nein, seit Müller dieses Anwesen gepachtet hatte, blieben auch die Stammgäste fern, man hatte ja die Räumlichkeiten nicht mehr. Obwohl jetzt alles noch größer und schöner war oder auch nur wirkte, hatte das meiste vom Wohntrakt bis unters Dach Müller für sich und seine Gäste ausbauen lassen. Selbst die übrigen Leute von dem Ingolstädter Haudegen, dem Major und Oberst A.D. der Deutschen Bundeswehr, wohnte nun in Hochstein, doch ließen sie sich hin und wieder bei schönem Wetter hochfahren, um die herrliche vertraute Aussicht zu genießen und dabei bei Kaffee oder einem Viertel Wein mit Monika zu plaudern. Monika wusste, dass diese Soldaten sie auch sehr unterstützt hatten, als es ihr und dem Franz echt dreckig gegangen war. Und von dieser Dankbarkeit seitens der Hochkoglerin konnten und durften sie gerne noch zehren. Von den zehn Schlaf- bzw. Fremdenzimmern hatte Müller sechs Zimmer fest, von den restlichen war rasch erzählt. Eins hatten Moni und Hias. Ein Zimmer hatte Markus, und die so genannte Frankenkammer gehörte dem Franz, das hatte sich Monika beim Pachtvertrag gleich ausbedungen. So blieb nur noch ein Fremdenzimmer, für alle Fälle. Aber auch dieses konnte Müller im Notfall wieder kurzfristig anmieten, zum Beispiel an Silvester.

Doch bis Silvester war es noch lange hin, jetzt kam erst einmal der Sommer, auch auf Hochkogel. Der restliche Schnee in den schattigen Mulden hatte nun auch die Sonne und die warme Luft weggeputzt: Die Natur ging ihren jährlichen Rhythmus.

Monika und Hias saßen in der Mittagsonne und genossen die wohl tuende Wärme, genossen auch immer wieder aufs Neue den gewaltigen

Ausblick von hier oben. Während Hias' Gedanken bei seiner alten Mutter weilten, deren kleines Häuschen man trotz der großen Entfernung ohne Fernglas von hier oben erkennen konnte, folgten die Augen von Moni den Schafen und den fünf Geißen. Es war eine neue Bergziegenrasse, die Müller und Hias von Slowenien holten. Eine neue Rasse, die nun erstmalig hier in Hochstein war. In knapp zwei Wochen würden sie mit den Schafen auf die Sulzmoosalm getrieben. Wo die Herrenberger schon immer Weiderechte besaßen. Die Alm selbst gehört ihnen leider nicht, und hätte man sie einmal erwerben können bzw. wollen, wäre der Kaufpreis nicht erschwinglich gewesen. Damals war auch noch kein Fabrikant Müller in Hochstein, und somit auch kein möglicher Sponsor. Doch den fünf Neuen schien es auf Hochkogel zu gefallen, und die paar Wochen, wo sie jetzt im Stall standen, hatten sie ganz schön an Gewicht zugelegt.

Doch Herrn Müller ging es hauptsächlich um die Ziegenmilch, die sei so gesund, er stöberte irgendwo ein altes Rezept auf. Butter aus drei Vierteln Kuhmilch und mindestens einem Viertel Ziegenmilch sei ein wahres Lebenselixier und schütze vor Auszehrung. Gut bei Verdauungsstörungen, auch gegen Impotenz unter anderem; dabei habe solch eine Butter einen ganz angenehmen Geschmack. Man hatte auf Hochkogel fast immer schon einige solcher „Armeleutkühe" zusätzlich gehabt.

Auch die Mutter von Hias hatte bis vor vielleicht fünf Jahren noch zwei Geißen gehabt, und so war auch Hias mit Ziegenmilch aufgewachsen.

„Man könnte tatsächlich einschlafen," sagte Monika plötzlich.

„Ja, Moni, mach die Augen zu. Ich werde zu den Zaun da unten schauen; ich glaube, da ist was zu reparieren und auszubessern."

Nach dem Abendessen holte Markus sein Geschoss aus dem Schupfen.

„Will wer mitfahren," meinte er lachend zu Hias und Monika. Doch beide winkten ab: „Pass gut auf, Bub, und komm nicht zu spät."

Markus aber besuchte seine Schwester in der Stadt, erstens hatten sie sich schon eine Zeit lang nicht mehr gesehen, und zweitens wollte er ihr doch auch sein Schmuckstück zeigen. Doch Simone hatte andere Sorgen.

Es war vielleicht auch nur noch eine Frage der Zeit, wie lange sie ihren Arbeitsplatz beim Land noch haben würde. Niemandem war aufgefallen, dass Simone Probleme mit Suchtmittel haben könnte. Sie hatte sich auch niemandem anvertraut, nicht einmal ihrer Tante Maria, mit der sie doch sonst so engen Kontakt pflegte. Die Stadt mit ihren vielen Gesichtern, mit ihren Lichtern, aber auch mit ihren Lastern, hatte sie in ihren Bann gezogen, dazu noch ihre dubiosen Freunde und Bekanntschaften.

Markus erschrak sehr, als er seine liebe Schwester so in Trance versunken mutterseelenallein in ihrer Wohnung antraf. Der langjährige Freund hatte sie auch verlassen, als er festgestellt hatte, wie es um Simone stand, und auch er hatte nichts unternommen, um sie aus dem Sumpf zu retten.

Markus, der seine Schwester beim Begräbnis von Onkel Franz zum letzten Mal gesehen hatte, erschrak. „Ja, ist den sowas möglich, dass ein junger Mensch in so kurzer Zeit so abbaut und so tief sinkt. Es ist nicht zu fassen." Sofort rief er bei Tante Maria an. Auch die fiel aus allen Wolken. Sofort kam Simone in ärztliche stationäre Behandlung auf Entzug. Markus wurde somit ganz unbewusst das erste Mal zum wahrscheinlichen Lebensretter. Als ein Arzt ihm dies 14 Tage später mitteilte, tat ihm dies sichtlich gut: Das erste Mal hatte er einem Menschen helfen können, etwas wirklich Gutes zu tun, und das erste Mal bekam er außer von seiner Mutter und von Müller ein dickes Lob.

Von nun an versuchte er noch mehr, die Familienbande zu festigen.

Fast jeden dritten Tag fuhr er in die Stadt, besuchte seine Schwester und sorgte für sie. Man stellte ihre Entlassung in Aussicht, wenn Mutter oder Bruder einen Revers unterschreiben würden. Simone war sofort Feuer und Flamme, ja jetzt wollte auch sie nach Hause, wollte nichts mehr wissen von Drogen und Fusel. Nach Hause, wo zumindest in unmittelbarer Nähe keine solchen Gefahren lauerten.

Glücklich vereinte Familie! Doch auch dieses Glück währte nicht lange – der Giftvirus saß doch tiefer, als alle gedacht hatten. Anfangs kam Simone noch mit der altvertrauten Umgebung zurecht, doch das dauerte leider nur ein paar Tage. Bald überkam sie die Langeweile, sie war wohl schon zu lange in der Stadt gewesen. Sie hatte den Absprung von dort nicht mehr rechtzeitig geschafft. Die Großstadt hatte sie verhext, in ihren Bann gezogen. Plötzlich, nach genau acht Tagen, war sie über Nacht verschwunden, hatte außer dem, was sie am Leibe trug, nichts mitgenommen.

Eine Nachforschung seitens der Gendarmerie brachte vorerst nichts. Monika und Markus mussten sich jetzt auch noch schwere Vorwürfe seitens der Nervenklinik und der Behörden anhören, die Aufsichtspflicht nicht eingehalten, ja verletzt zu haben und versagt zu haben.

Die verlorene und wieder gefundene Tochter, war nun aufs neue verloren, und jetzt wusste man nicht einmal mehr, wo suchen. Man wusste aber, dass es für Simone kein Leben auf dem Lande in der Einsamkeit auf einen Bergbauernhof mehr geben würde. Monika war untröstlich: Was hatte sie denn noch alles falsch gemacht bei der Erziehung? Die Kinder hatten doch fast alles, vor allem die Nestwärme und die Geborgenheit des Elternhauses! Doch beide hatten das Nest verlassen. Markus jedoch schien noch im rechten Augenblick an die Worte von Onkel Franz gedacht zu haben.

Während sie so in sich hineingrübelte, dachte sie auch, wie so oft an sich, wie sie einst von zu Hause fort gelaufen war, aber das war ein großer Unterschied gewesen, ein Unterschied wie zwischen Tag und Nacht. Sie hatte ihren jüngeren Geschwistern nach dem Tode der Mutter nicht nur diese ersetzen müssen. Hatte etwas zu Essen auf den Tisch stellen sollen, wozu nicht mal die nötigen Lebensmittel da gewesen waren. Und das Allerschlimmste war gewesen, dass sie dem eigenen, oft betrunkenen Vater auch noch als Sexobjekt hatte dienen müssen. Ja, an diesen Fortgang von zu Hause dachte Moni sehr oft und hatte ihn nie bereut.

Dass sie das Schicksal jedoch immer wieder einholen und sie daran erinnern sollte, hatte sie wahrlich nicht gehofft. Der Sommer kam, mit ihm auch wieder diese Menge von Arbeit. Ein alljährliches Ereignis. Die erste Heumahd ging zügig voran, und das Wetter spielte mit. Markus war oft schon um 3 Uhr früh im Revier unterwegs und gedachte dabei so zeitig wie möglich zurückzukommen, um beim Mähen und Heuen zu helfen.

Es war eine helle Freude, den beiden Männern zuzusehen, wie die blanken Sensen das taunasse Gras niederstreckten. Mahd für Mahd, bis Monika mit der Marende kam. Hernach machten sie wieder weiter bis ungefähr 10 Uhr, wo dann bereits die Sonne heiß auf ihre nackten Oberkörper prallte.

Auf keinen Fall sollte unerwähnt bleiben, dass alle vier Brüder, also die Schwäger von Moni, ihr stets ihre Hilfe anboten. Besonders Martin, Hans und Wastl, welche bereits in ihrem wohlverdienten Ruhestand waren und somit auch relativ viel Freizeit hatten. Und so kreuzten sie auch öfter mal auch unvermutet hier auf.

Moni hielt viel auf ihre Schwäger, denn sie wusste auch, dass sie diese Opfer stets als eine Selbstverständlichkeit betrachteten und natürlich auch ganz ohne Bezahlung arbeiteten, bezahlen müsse man Dienstboten oder sonstige Angestellte. Ihnen eine Bezahlung anzubieten hätte eher schon einer Beleidigung geglichen. Monika, Hias und Markus ehrte diese noble Geste ihrer nächsten Verwandtschaft jedenfalls sehr. Dabei meinten alle drei bis vier stets, sie seien gottlob zur Zeit noch gut in Form, aber sie würden auf dies Angebot gerne zurückgreifen, wenn wieder einmal Bedarf sei. Selbstverständlich seien sie mit ihren Familien auch jederzeit herzlich auf Hochkogel willkommen.

3

Es war kurz vor den Sommerferien, als Monika einen Brief aus dem Frankenland erhielt. Jedoch war es nicht Elke, es war auch nicht Susanne, es war Karin, die geschiedene Frau von Franz, die fragte, ob sie mit ihrem Sohn Franzl nicht für 14 Tage kommen dürfe. Was sollte sie tun? Sie sagte zu und gab den beiden sogar noch die Frankenkammer von Franz, wo außer den wenigen Halbseligkeiten von Franz auch noch das wertvolle Medaillon neben einem gerahmten Hochzeitsfoto von Franz hing. Karin war stark gealtert, mit ihren 50 hätte man so jetzt gut und gerne auf 60 Jahre schätzen können. Der jähe Tod von Franz nagte an ihr, vielleicht trug sie aber auch Gewissensbisse in ihrem Herzen und machte sich Vorwürfe, nicht ganz unschuldig gewesen zu sein. Sie wurden auch so herzlich nach Herrenberger Art, vielleicht sogar noch etwas liebevoller aufgenommen. Waren doch Karin und ihre Eltern Christa und Schorsch die wohl ersten Sommergäste nach dem Kriege gewesen.

Dabei hatte sie auch den Franz kennen und lieben gelernt. Viele Jahre waren beide glücklich im Frankenland verheiratet gewesen, hatten ein herzliches, nettes Töchterlein gehabt, das allerdings mit nicht mal sieben Jahren bei einem Verkehrsunfall mit ihrem Opa Schorsch tödlich verunglückte. Worauf Franz Karins neuen Kinderwunsch nicht mehr erfüllen konnte. Es kam soweit, dass sich Frau Karin mit einem polnischen Erntehelfer einließ und von dem tatsächlich den gewünschten Stammhalter, eben den Franzl bekam. Franz der Herrenberger aber war daraufhin so gedemütigt, dass er sich von seiner Frau sofort scheiden ließ.

Karin bereute alsbald diesen Seitensprung bitter, doch es war zu spät. Vielleicht aber hat sie doch Glück mit dem Buben, vielleicht hatte er auch Interesse an dem elterlichen Weingut in Rebheim?

Jetzt war er aber erst 10 Jahre alt, und Karin wie auch Oma Christa hatten den kleinen großen Knirps noch im Griff. Beide Frauen allerdings hatten und haben stets noch ein fast herzliches Verhältnis mit Franz und dem Hochkogelhof. Sie waren deshalb wohl auch nicht in der Lage, bei der Beerdigung „ihres Franz", wie Christa stets zu sagen pflegte, dabei zu sein.

Es traf sich ausgerechnet so, als Karin mit ihren Jungen am Hof aufkreuzte, dass kurz darauf Müller aus München eintraf. Ausnahmsweise auch mal mit seiner Frau. Frau Renate war nicht so jagd- und bergversessen wie Karl-Heinz. Frau Renate zog es vor, an fernen Stränden und südländischen Küsten zu lustwandeln, zu promenieren oder zu faulenzen. Nein, Relaxen sagte man heutzutage dazu. Das sollte wohl vornehmer klingen. Nicht so abwertend wie das deutsche Wort.

Oft unternahm Frau Renate solch kostspielige Urlaube in ferne Länder. Meist nahm sie eine Freundin mit. So war nun beiden gedient: Er hatte seine Berge und sie das Meer, und eventuell auch mehr?

Aber heute war sie mit von der Partie, und ihre Gesichtszüge hellten sich auch gleich auf, als sie Karin sah.

Beide kannten sich, gar keine Frage, wenn auch nicht so gut wie Herrn Müller. Mit Frau Karin konnte sie sich immerhin gut genug unterhalten. Von stundenlangen Pirschgängen hielt Renate nämlich überhaupt nichts. Dazu kam noch, was sie sogar störend fand, dass ihr Karl-Heinz fortwährend Jagdunterricht erteilte. Was intressierte es Renate schon, ob diese Spur von einem Hasen oder einem Reh stammte, ob das eine Tanne oder Fichte war, ob man diese Beeren und Pilze essen konnte oder ob sie giftig waren. Ihr blieb nichts anderes übrig, als zu allem Ja und Amen zu sagen, doch wie gesagt, das war ihr am Ende völlig egal.

Frau Renate hatte da ganz andere Intressen, gehobene Etikette und das bei Austern, Kaviar und bei französischem Champagner. Doch ab und zu konnte sie wohl nicht anders, als ihren Mann zu begleiten.

Die zwei Frauen begrüßten sich auch sehr herzlich, und als Renate erfuhr, dass Karin mindestens 10 Tage bleiben wollte, war sie offensichtlich mehr als zufrieden.

Sie hatte nun wenigstens einen vernünftigen Gesprächspartner, obwohl Karin sicherlich nicht ihrem Niveau entsprach. Jedenfalls war es allemal besser, als sich nur mit Monika unterhalten zu können. Monika war zwar reizend, das sagte sie auch öfter mal zu Karl-Heinz, aber eine vernünftige gehobene Unterhaltung könne sie mit der Hochkoglerin nicht führen, die sei ihr doch irgendwie zu einfältig und zu naiv, ja fast primitiv sei der Wortschatz von Monika, was sicherlich auch auf ihre mangelhafte Schulausbildung zurückzuführen sei.

Sie, Renate verstehe sowieso nicht, dass er sich so um diese Bergfrette bemühte, sich auch noch für diese Leute und Sippe so einsetze. Als wäre alles sein eigenes Hab und Gut. Wie froh war sie jedesmal, wenn ihr Mann unverrichteter Dinge heimkam und es wieder nicht geklappt hatte, das Anwesen zu erwerben. Es reichte schon jetzt, wo er das Ganze gepachtet und neu aufgebaut hatte. Und schon so oft hier seine Fantasie schweifen ließ.

Wenn er erst der Besitzer wäre, würde er womöglich nur hier oben sitzen und von da aus die Anweisungen und Kommandos nach München geben. Sie, Renate würde wohl elendig eingehen. Sie, die sie die Großstadt brauchte, das Großstadtleben mit allem Drum und Dran liebte, würde vor die Hunde gehen. Ein paar Mal hatte sie ihren Mann bereits gedroht, wenn er hierher ziehe, ließe sie sich von ihm scheiden. Doch da kam sie bei Karl-Heinz an den Falschen, mit einem Lacher sagte er darauf: „Tu was du für richtig hältst, ich jedenfalls werde dich nicht aufhalten. Musst jedoch schauen, wie du über die Runden kommst, denn so ein flottes Leben wie bisher wirst du dir dann wohl nicht mehr leisten können." Von da an hielt sie sich zurück und biss lieber ab und zu in den sauren Apfel.

„Schön, dass wir uns wieder mal sehen und der Franzl, mei is der gwachsn. Liebe Frau Karin, du musst mir unbedingt von euch und von Unterfranken erzählen. Mein Gott, wie ich doch diese Gegend um Würzburg liebe."

„Ja, liebe Frau Müller, wir hoffen, dass wir genügend Zeit haben, über dies und jenes plaudern zu können. Wie lange wollten Sie bleiben?"

„Liebe Frau Karin – wir bleiben beim Du, wir kennen uns doch auch schon so lange. Zumindest hier auf dem Hof, da sind wir unter uns. Ja, Karl-Heinz dachte, dass wir eine Woche bleiben, falls das Wetter hält und ich es hier solange aushalte." Das setzte sie noch halb im Scherz hinzu.

Hias half mit, das Gepäck in die zwei Zimmer zu tragen. Karl-Heinz saß bereits vorne bei der Aussichtskuppe mit einem großem Fernglas bewaffnet.

„Damit ihm ja nichts entgeht, dem Spinner", meinte Renate. „Vielleicht erspäht er wieder einmal einen Hirschen, einen mit vier Haxen", ergänzte sie noch gleich. Vor Einbruch der Dunkelheit, die Hausleute und die Gäste hatten ihr Abendessen längst zu sich genommen, kam Markus von seinem ausgedehnten Patrouillengang nach Hause. Nachdem er sich gewaschen und Abendbrot gegessen hatte, kamen Müller und er natürlich auf das weidmännische Thema, wobei unter anderem Markus auch erzählte, dass ihm bei den Steinböcken eine sehr zutrauliche Art unserer neuen Bergziegen aufgefallen sei. Er würde diese Liaison weiterhin im Auge behalten. Vielleicht waren sie doch näher miteinander verwandt, vielleicht steckte gar nichts oder aber doch mehr dahinter.

„Höchst interessant", meinte Müller ein paar Mal, „das wäre ja ein Ding – eine Sensation – wenn durch eine solche Kreuzung eine ganz neue Rasse hervorgebracht würde!"

Ansonsten war seit der Inhaftierung vom Moser Toni kein weiterer Fall von Wilddieberei festgestellt worden, und es waren alle hier vertretenen Wildarten ausreichend im Revier vertreten und gut im Fleisch. Wenn Müller im Herbst vier bis fünf Abschüsse machen wollte, an Gams und Rehwild, würde dies dem Wald wie dem Revier nur gut tun. Waldschäden wie Verbiss seien auch fast nicht zu bemerken.

„Das ist gut! Markus, da brauchen die Waldbauern und auch ihr nicht zu klagen und zu jammern und mir eine große Rechnung wegen Wildschadens zu stellen.

Aber keine Angst, ihr bekommt, wie die anderen auch, deswegen heuer auch nicht weniger an Verbissvergütung, ich will mir auf diesem Gebiet nichts nachsagen lassen."

Sie tranken gemeinsam anschließend noch ein paar Flaschen vom Frankenwein, den Karin wieder frisch aus dem eigenen Keller mitgebracht hatte.

„Wie eine große Familie", meinte Müller der sich in diesem Kreise sichtlich wohl fühlte; Franzl war bereits im Bett. Dabei klatschte er vor Übermut seiner Renate mit der flachen Hand einige Male auf ihre Schulter und Oberschenkel. Normalerweise würde er sowas unterlassen, aber auf Hochkogel war und ist halt vieles anders, unkomplizierter.

Und da musste oder wollte man solche Attacken erdulden. Doch Frau Renate hatte tatsächlich auch bald einen kleinen Schwips von drei bis vier Achtel Wein. Sie war anscheinend auch für solche Arten von Alkoholika nicht so geeicht, obwohl sie nach dem Promenieren und Schrawanzen an heißen Stränden auch gerne mal einen oder mehrere Longdrinks konsumierte.

Es war in der Tat ein gesellig-lustiger Abend. Selbst Monika schien für einige Zeit ihre Sorgen vergessen zu haben. Die Hauptsorge bereitete ihr zur Zeit Simone, wo mochte sie bloss stecken? Tage-, ja nächtelang dachte sie nur an ihre Tochter und lag ganze Nächte schlaflos. Vielleicht lebte sie auch schon gar nicht mehr? Vielleicht taten ihr heute diese Sorgenbrecher auch einmal gut, wenigstens für ein paar Stunden das Elend und die Ungewissheit zu vergessen, die sie quälten.

Doch andererseits bringen solche Betäubungen gar nichts, im Gegenteil man betrügt sich dabei nur selbst, man muss dazu noch aufpassen, dass man nicht abhängig wird und schlussendlich immer mehr in diesen Sumpf hineinschlittert!

Aber heute waren sie lustig, und lustig ist auch meist gesund, Lachen und Fröhlichsein sind stets gesünder als Weinen, Trübsal zu blasen und womöglich Grimassen zu schneiden. Die dritte Flasche war nun leer. Müller hielt sie in die Höhe und meinte laut dabei: „Die Gelee(h)rten soll der Teufel holen, wo bleibt der Nachschub, Frau Moni?"

„Genug für heute", mischte sich Renate ein. „Genug, es reicht! Mein Gott wie man auch soviel saufen kann, ich jedenfalls, ich hab genug und geh' ins Bett. Drei Liter für sechs Personen!"

„Drei Liter sind doch nichts für sechs Erwachsene, liebe Frau. „Ich jedenfalls bin der Meinung, man soll die Feste feiern wie sie fallen. Wir haben zwar heute kein Fest, aber man kann ja eines daraus machen. Wer weiß, ob wir nochmal oder wieder mal so gemütlich und vor allem gesund und jung zusammen kommen. Markus schau du, wo der Nachschub bleibt! Liebe Freunde", sagte er noch, „ich habe gehört, Frankenwein ist auch Krankenwein. Er ist für mich jedesmal wie ein Jungbrunnen, so eine echte Gottesgabe aus Rebheim."

Tatsächlich wurde noch eine Flasche geköpft. Nun wurde auch der sonst immer stille Hias gesprächig. Inzwischen hatte sich Renate tatsächlich verdrückt.

Markus mimte den stillen Zuhörer, er hatte kein Verhältnis zu geistigen Dingen mehr. Auch Karin amüsierte sich mehr im Stillen über die geistreichen Debatten, welche Müller oft mit sich selbst führte. Aber jetzt, als auch Hias zu reden anfing, wurden ihre Gespräche heftiger: Müller hatte nun einen Gesprächspartner, und seine frivolen Witze sollten wohl auch Hias animieren. Hias aber kam trotzdem nicht auf seine Wellenlänge, bis Müller ihn plötzlich beim Hemd unterhalb des Kragens packte und sagte: „Hias, du Arschloch."

Jetzt wurde aber abrupt Feierabend gemacht, und es war ja auch schon fast Mitternacht. Höchste Zeit auch für Moni und Markus, die geleerten Flaschen und Gläser wegzuräumen, um sich dann auch so schnell wie möglich in die Falle zu begeben.

Am nächsten Tag wusste Müller tatsächlich nichts mehr von seiner Entgleisung. Selbstverständlich entschuldigte er sich in aller Form beim Hias für das „Arschloch", und er, Müller, würde ihm gerne als Wiedergutmachung einen Extrawunsch erfüllen.

Als Hias jedoch kein Anliegen hatte, sondern wunschlos zufrieden war, meinte Monika, Herr Müller habe doch so einen guten Kriminalisten, der schon beim Problem mit dem Steinwild habe helfen können, und sie erzählte von der lange abgängigen Simone. „Mache ich, mache ich, gar keine Frage", und so wurde schnell gehandelt und Herr Mager der Kriminalbeamte eingeschaltet.

4

Ist das noch dieselbe Simone, ist das noch das Tiroler Bergbauernmädchen? Nein, das Aussehen eines solchen hatte sie schon lange nicht mehr. Nein, das durfte doch nicht wahr sein und doch: Das menschliche Etwas im Krankenbett war zweifelsohne Simone.

„Mir bleibt aber auch gar nichts erspart!" Monika erlitt regelrecht einen Nervenzusammenbruch beim Anblick ihrer verunglückten Tochter, die als halbtotes Menschenbündel in der Unfallabteilung des Krankenhauses lag. Niemand hatte bis jetzt die Identität dieser jungen Frau feststellen können, welche auf Betreiben anständiger Passanten reglos auf der Straße aufgefunden worden und nach Verständigung der Polizei mit der Rettung eingeliefert worden war.

Tagelang lag sie nun schon da, nicht ansprechbar – fast bewegungslos – und musste künstlich ernährt werden.

Doch erst jetzt, nach Einschaltung von Kriminalmeister Mager, konnte endlich Licht ins Dunkel gebracht werden.

Zumindest hatte diese traurige Suchaktion die Gewissheit gebracht, dass Tochter Simone gefunden war. Dem Münchner Kriminalisten kam auch hier wieder sein ausgeprägter Instinkt zu Gute, vielleicht auch das so genannte Fahnderglück. Er hatte ein Gespür für das, was sein könnte. Eher zufällig hatte er einen kleinen Bericht in einer Tiroler Zeitung gelesen, worin lediglich die Einlieferung einer noch unbekannten weiblichen Person ohne Ausweispapiere sowie ohne besondere Merkmale berichtet wurde, wobei die Bevölkerung zwecks Aufklärung gebeten wurde zu melden, wo eine junge Frau abgängig sei.

Obwohl Simone erst vor wenigen Wochen von der gleichen Zeitung wie auch durch den Rundfunk gesucht worden war, hatte diese Botschaft all jene Leute, die Simone kannten und die mit ihr zu tun hatten, leider nicht erreicht. Für Mutter Monika waren die Gewissheit und der Anblick jedoch noch nicht das Ärgste, es musste noch schlimmer kommen: Ein Arzt teilte ihr mit, nachdem sie sich etwas gefestigt hatte, dass ihre Tochter vor etwa 14 Tagen entbunden haben musste. Jedoch gingen die Ärzte davon aus, dass das Neugeborene nicht lebensfähig gewesen war und dass es sich höchstwahrscheinlich um eine Totgeburt gehandelt habe oder dass dieses

Kind gleich nach der Geburt verstorben sein musste. Das gab Monika natürlich den Rest, man musste ihr sogar eine Spritze verabreichen und sie ins Bett legen.

Selbst Herr Mager konnte sich da nicht zurückhalten und erteilte dem Arzt eine Rüge. Man hätte ihr diese Hiobsbotschaften nicht auf einmal sagen dürfen. Man sah ja, in welch labilem Zustand diese Frau war, man hätte mehr Taktgefühl zeigen, es ihr schonungsvoller mitteilen können. Nun musste auch Monika zur Überwachung im Krankenhaus bleiben.

„Eine schöne Bescherung", meinten Markus und Hias, als Mager ihnen die Tatsachen erzählte. Dieser konnte im Spital vorerst nichts mehr machen oder helfen, und seine Mission war damit erfüllt. Er hatte sich sofort nach Hochkogel aufgemacht, wo man den Ankömmling verwundert empfing. Man kam gar nicht dazu zu fragen, wo denn Moni sei, da erzählte er auch schon.

Bitter für Hochkogel, aber ganz besonders wohl für die Hauptleidtragende, die Hausherrin Monika Erlbacher. So hieß Moni seit der Wiederverehelichung mit Hias jetzt vollständig. Manche gute oder auch weniger gut Bekannte nannten und nennen sie allerdings auch oft noch Frau Herrenberger.

Es war nur gut, dass Müller wie auch die Rebheimer bereits abgereist waren, denn besonders Frau Renate mit ihrem Schlappmaul hatte Monika mit ihren vielen Sonderwünschen fast rund um die Uhr auf der Pelle gelegen.

So mussten Hias und sein Stiefsohn Markus selbst schauen, wie sie über die Runden kamen.

5

Doch es waren keine zwei Tage vergangen, da wurde der Männerhaushalt bereits wieder aufgelöst.

Es war Elke, die urplötzlich in der Türfüllung stand. Die Tochter von Susanne Dreyfuss und eventuell auch bald die junge Bäuerin auf Hochkogel. Da die zwei Männer gerade ihr Mittagessen einnahmen, gelang ihr die Überraschung komplett.

„Was, du, und unangemeldet noch dazu?"

„Was ist, habt ihr noch etwas zu Essen übrig für eine Hungrige? Wo ist denn die Chefin des Hauses?"

Als sie die traurige Geschichte gehört und verdaut hatte, meinte sie: „Da komm ich ja gerade richtig. Nun was ist, habt ihr noch ein paar Bissen für mich, bevor ich mich auf die Arbeit stürze?"

Markus sagte: „Wir zwei kommen schon allein zurecht, das restliche Heu pressiert noch nicht so, und ich habe im Revier jetzt auch so eine Art Schonzeit. Mit einem Wort, die Jagdzeit beginnt erst richtig im Herbst. Aber es ist schon gut so."

Hias verließ taktvoll die Küche, nahm seine Pfeife mit und machte es sich auf der Hausbank im Freien bequem. Er wusste, dass sich die zwei nun allerhand zu erzählen hatten, was nur sie beide betraf.

„Hast es noch nicht verlernt?" fragte Elke.

„Das beruht ganz auf Gegenseitigkeit", meinte Markus nach dem ersten langen Kuss.

„Ich habe da kaum Gelegenheit, ein weibliches Wesen zu treffen und dann auch noch gleich zu knutschen und küssen, aber bei dir in Nürnberg ist das schon weit gefährlicher. Dazu noch bei einem so hübschen Mädchen wie bei dir."

„Ich bin auch nicht schöner als die anderen", gab sie zur Antwort, obwohl jede Frau gerne ein Lob für ihr Aussehen hört: Wieso sollte es da bei Elke anders sein, die bei allen Bekannten und Verwandten uneingeschränkt und neidlos als das sympathischste wie auch hilfsbereiteste Mädchen galt. Elke war allein angereist, meinte jedoch, dass Mutter Susanne eventuell nachkomme. Bruder Harald sei auch schon seit zwei Wochen abgängig. Niemand wusste oder konnte ausforschen, wo der sich zur Zeit aufhielt.

Da jedoch dieses von zu Hause Ausreißen bereits zur Routine geworden war, nahm man es auch nicht weiter tragisch, der Hallodri und Globetrotter würde schon wieder kommen, wenn er von seinen Exkursionen genug hatte. So war es zumindest bis jetzt immer gewesen.

„Ich bleibe zehn bis vierzehn Tage, wenn's recht ist, mehr kann ich sowieso nicht", meinte Elke zu Markus.

„Was ist, darf ich wieder dem Onkel Franz sein Zimmer nehmen, oder soll ich ins Fremdenzimmer? Sag jetzt nicht, ich könnte nicht in dein Zimmer!"

„Nein Markus, das machen wir vorerst nicht. Was sollen dein Stiefvater und deine Mutter von uns denken, wenn sie das sehen oder erfahren?"

„Ist schon gut, dann nehme ich die Frankenkammer. Aber was anderes, heute ist ein so schöner Tag. Wenn du nicht zu müde bist, kannst am Abend mit mir in die Stadt ins Krankenhaus fahren und mal schauen, wie es der Mutter und der Schwester so geht. Ich nehme aber das Motorrad."

„Ich komme mit. Du hast doch einen Reservehelm, oder?"

Es war der Abend eines wunderschönen Sommertages. Für Markus schien heute nicht nur die Sonne am Himmel, er hatte auch seine Sonne mit auf dem Sozius – sozusagen. Das Glück schien für Markus an diesen Tag schier grenzenlos! Das änderte sich jedoch schlagartig, als sie im Krankenhaus die beiden Patienten besuchten. Der Besuch galt zuerst der Mutter, welche bereits in einem anderen Zimmer als Simone stationiert war. Mutter Monika war auch nicht in einem Einzelzimmer, man hatte sie bewusst in ein Zimmer gelegt, wo noch drei weitere Frauen mit unterschiedlichen Krankheiten lagen.

Bewusst schon deshalb, damit Monika nicht noch mehr ins Hineingrübeln kam und damit sie abgelenkt wurde, Unterhaltung und Ansprachen hatte und so auf hoffentlich andere Gedanken kam.

Natürlich gab es noch einen Grund, warum man sie hierher verlegt hatte: Der Arzt wie auch die Krankenschwestern gaben den drei Frauen die Anweisung, auf Frau Erlbacher aufzupassen, damit diese nichts anstelle. Man könne ja nie wissen, und Vorsorge sei auf jeden Fall angebracht und besser, als sich hinterher einer Schuld bewusst zu sein oder sich einer Verantwortung zu entziehen. Monika könne man nach so vielen Schicksalsschlägen durchaus auch einen Selbstmord zutrauen, oder sie könne bei Nacht und Nebel verschwinden. Einen Ausweg oder eine Hintertür gab es ja fast überall. Erst vor 14 Tagen hatte sich eine Frau im gleichen Spital die

Pulsadern aufgeschnitten. Sie war fast verblutet, hatte jedoch noch im sprichwörtlichen letzten Moment gerettet werden können.

Monika strahlte, als sie Markus und Elke sah. „Das ist gut, ja, das ist sogar sehr gut, dass du da bist, liebe Elke." Auch Monika hatte zu ihrer wohl zukünftigen Schwiegertochter schon immer ein herzliches Verhältnis gehabt, konnte jedoch manche Bedenken beim besten Willen nicht ausschließen.

Jetzt, wo überall das große Höfesterben kam, wo erneut eine Flucht von der Landwirtschaft grassiert, jetzt wo die Erzeugnisse der Bauern oft nur mehr einen Schleuderpreis erzielten, wie sollte sich da ein modernes, hübsches Mädchen aus gutem Hause, das ohne Not und Sorgen aufgewachsen war, ein Mädchen aus der Großstadt, zwischen Rindviechern und Heu zurecht finden, dazu noch hoch oben auf dem Berg? Sie konnte sich das für ein bis drei Monate im Jahr vorstellen, aber lebenslänglich, nein, das passte nicht in den besorgten Kopf von Monika.

Doch sie wollte den beiden nicht im Wege stehen, sie wollte das junge Glück nicht zerstören. Ja, sie wollte, sobald sie es für angebracht hielt, die Herrschaft von Haus mit Küche und Keller an Elke übergeben, und natürlich würde sie sie, solange sie konnte, tatkräftig unterstützen.

Beide Frauen umarmten sich wie alte Freunde oder sogar wie Mutter und Tochter. Sie lachten und weinten. Auch Markus strahlte, als er seine Mutter in so guter Verfassung sah.

„Vor einer halben Stunde ging es ihr noch nicht so gut," meinte eine der Mitinsassinen, „bevor ihr gekommen seid, war sie noch gereizt und hantig, wollte immer nur heim und nervte uns in einer Tour."

Monika war wie ausgewechselt.

„Nun dann können wir dich auch morgen schon nach Hause holen", meinte Markus.

„Ja, ich will nach Hause. Rede du mit dem Doktor, und heute geht es sowieso nicht, mit dem Motorrad." Und der Dienst habende Arzt sagte auch gleich zu: Unter diesen Voraussetzungen könne man sie in den nächsten Tagen entlassen.

Da auch die junge Schwiegertochter von ihrer Mutter zumindest ein Vorwissen erworben hatte und daher etwas über den psychischen und körperlichen Zustand von Menschen Bescheid wusste, dauerte der Besuch bei Monika nicht lange. Es wurde lediglich noch vereinbart, dass man noch nach Hochkogel Bescheid geben wolle, wann man die Mutter abholen könne.

Ganz anders bei Simone. Die hatte inzwischen zwar auch enorme Fortschritte gemacht und brauchte nicht mehr künstlich ernährt zu werden, doch konnte sie noch keine feste Nahrung, wie trockenes Brot, Fleisch oder ähnliches, zu sich nehmen, dafür Brei und weiche Speisen. Auch gebe es erste Ansätze beim Sprechen, meinte die Krankenschwester.

Als beide in ihr Zimmer traten, schaute sie sie erst mit großen Augen an: Es dauerte wohl ein paar Minuten, bis sie ihren Bruder wie auch Elke erkannte.

Als beide ihr die Hände drückten, erwiderte sie den Händedruck. Sie lag noch immer im Bett und konnte noch nicht stehen, geschweige denn gehen. Doch auch bei ihr gaben die Ärzte den Hochkoglern die Hoffnung, dass sie wieder fast alles werde machen können. Es sei jedoch nicht auszuschließen, dass etwas zurückbleibe, wohl am ehesten im Kopf. Auch hier konnten sie nicht mehr viel ausrichten, merkten jedoch sehr wohl, dass Simones Augen und ihr Blick nicht mehr so teilnahmslos waren.

Beide sahen aber auch ein paar Tränen, welche über Simones eingefallenen Wangen liefen. Sie ließen sie nicht ohne Gruß zurück und wollten bald wiederkommen. Ob Simone das allerdings auch registriert hatte, war eher zu bezweifeln.

Zu Hause wurde nach dem Abendessen noch eine Flasche Wein aufgemacht, „auf unser Wiedersehn", meinte Hias, doch es blieb auch diesmal nicht bei der einen Pulle.

Erst als alle drei schon einen kleinen Schwips hatten und die jungen Leute zu schmusen anfingen, meinte Hias: „Höchste Zeit, dass ich verschwinde."

Doch die beiden hätten bestimmt kein Aufputschmittel nötig gehabt, um sich gern zu haben, sich zu lieben. Es waren zwar der Krankenhausbesuch und besonders Simone, welche ihnen zu denken gab und in ihrer Leidenschaft gebremst hatte. Doch der Wein hatte nun all diese Sorgen verdrängt und für kurze Zeit vergessen lassen.

Bald waren sie in Elkes Zimmer und liebten sich, es war auch schon eine ganze Weile her, seitdem sie sich das letzte Mal so geliebt und körperliche Liebe verspürt hatten. Beide gaben sich erneut das Versprechen, spätestens im Frühling zu heiraten.

Am nächsten Tag kam tatsächlich ein Anruf, man könne Frau Erlbacher abholen. Und so wurde es dann auch gemacht, doch es war Elke, welche Monika vom Krankenhaus abholte.

Diese wollte auch nicht mehr zu Simone, und das war auch gut so: Man wollte ihr einen erneuten Anblick und einen möglichen erneuten Zusammenbruch ersparen.

Elke schaute in Simones Zimmer, doch da diese wohl etwas schlief, stellte sie nur eine Flasche mit Multivitaminsaft in ihr Nachtkästchen.

In Hochstein musste Monika jedoch zuerst auf den Friedhof und in die Kirche. Überall brannte sie eine Kerze an. Zu Elke meinte sie, es sei schön, wenn auch nach ihrem Ableben zumindest hin und wieder jemand einen kleinen Besuch bei den „Heimgegangenen" machen würde.

„Ich verspreche es dir hoch und heilig. Keine Angst, Schwiegermutter." Schwiegermutter hatte sie gesagt, das erste Mal, soweit sie sich erinnern konnte.

„Die Kerze in der Kirche opfere ich dem Schutzengel wie auch dem Herrgott, weil er mir geholfen hat, meine verlorene Tochter wieder zu finden, und mir wieder die Kraft gegeben hat, aufrecht gehen zu können. Zu Hause werde ich eine Kommunionkerze in unserer Hauskapelle anzünden, und zwar für euch, Elke und Markus."

Beide Frauen standen vor der kleinen Kirche, als der alte Dorfpfarrer um die Ecke kam und die beiden im Gespräch antraf.

„Ja grüss dich Gott, Hochkoglerin, und das ist wohl, wenn ich mich recht erinnere, Ihre zukünftige Schwiegertochter."

„Gott zum Gruss, Hochwürden, Sie haben es erraten. Elke wird wohl die neue Hochkogelbäuerin, ich könnte mir auch gar keine Bessere wünschen, Herr Pfarrer. Natürlich soll und wird die Hochzeit in Hochstein sein. Allerdings gibt es da noch ein Problem. Elke ist evangelisch, Herr Pfarrer."

„Liebe Frau Monika, ich bin zwar alt, sehe und höre auch nicht mehr so recht, aber so ganz senil und rückständig bin ich trotzdem nicht, und ich bin noch nicht zu alt, um einem jungen Brautpaar aus einer jungen Generation den Bund fürs Leben zu geben. Ganz besonders der Frau Herrenberger, Verzeihung, der Frau Erlbacher wollte ich sagen, einem Herrenberger und echten Hochkogler den Segen für viele weitere gesunde Nachfolger dieses Erbhofes zu geben. Ich brauche euch natürlich nicht extra zu sagen, dass mich das angenehm freut, und liebe Frau Elke, wir werden dich schon katholisch machen, Du hast fast keine andere Wahl. Hier sind alle katholisch. Du wärst sozusagen der erste Außenseiter, und ich glaube, das möchtest du wohl auch nicht sein? Und Selbstverständlich möchte ich auch noch bei der ersten Taufe eines Stammhalters der Herrenberger das Sakrament der Taufe spenden, ja auch das möchte ich noch erleben", sagte er, wobei ihm ein kleines Lächeln über sein Gesicht huschte.

„Der schaut sonst gar nicht so gesprächig und aufgeschlossen drein", meinte Elke anschließend, als sie allein zum Auto gingen.

„Man lernt nie aus Elke, und auch ich kann und werde vielleicht noch so manches dazu lernen. Aber unser Pfarrer ist schon in Ordnung."

Auf Hochkogel angekommen wurde Moni natürlich geschont, wo es nur ging. Da erwies sich die angehende Schwiegertochter schon als großer Glücksfall.

Doch die Zeit raste wieder viel zu schnell dahin. Da hieß es schon wieder Abschied nehmen. Bis Dezember würde sie wohl noch bei ihrem Praktikum in der landwirtschaftlichen Haushaltungsschule fleißig büffeln und arbeiten müssen, um nach dem Abschluss, vielleicht schon zu Weihnachten, für ganz nach Hochkogel zu Markus ziehen.

Aber jetzt war erstmal noch Sommer. Man brachte das letzte Heu ein, in etwa drei Wochen würde vielleicht schon das Vieh von der Alm geholt. Bis dahin sollte wieder etwas Gras für die Weide nachwachsen.

Aber auch Susanne hatte sich rar gemacht. Kein einziges Mal seit dem Begräbnis von Franz war sie da gewesen, wo sie doch sonst mindestens zwei- bis dreimal im Jahr aufkreuzte. Ganz sicher hatte sie auch Sorgen. Jetzt, wo Harald noch nicht wieder aufgetaucht war, erst recht. So lange war er eigentlich noch nie abgängig gewesen. Man kannte nicht einmal die Beweggründe, die Susannes Sohn veranlasst haben konnten, so ganz ohne Abschied und ohne Bescheid zu hinterlassen unterzutauchen.

Manche meinten schon, Harald betreibe dubiose Geschäfte. Auch wurde ihm zugetraut, als Drogenkurier ins Ausland gereist zu sein, wenngleich hinter vorgehaltener Hand.

Susanne hatte ihn schon x-mal gebeten ihr doch Bescheid zu geben. Sie flehte, sie weinte, doch es half alles nichts, und es war kein weiteres Wort als „ich mache keine krummen Sachen mit Drogen" aus ihm herauszuholen.

Susanne war wohl auch sehr arm dran, sie war auch noch nicht wieder verheiratet. Nein, sie hatte nicht mal einen festen Freund. Die einzige wahre Stütze war Tochter Elke, und auch die wollte sie in kürze verlassen. Sicher hatten die Hochkogler ihr, wie auch Karl-Heinz Müller, dort ein schönes Zimmer angeboten, sie könne dort sogar für immer wohnen.

Doch Susanne liebte ihren Beruf, und der Hausarzt ihrer Eltern würde ihr lieber heute als morgen die Arztpraxis in der Nürnberger Innenstadt überlassen. Der alte Hausarzt jammerte in einem fort: „Mit 70 sind praktisch schon alle in Pension, warum ich nicht?"

Sicher liebte Susanne wie auch Elke nicht minder die Bergwelt. Die Zauberberge, wie sie früher immer dazu gesagt hatten, und die sie wohl alle in ihren Bann gezogen hatten. Doch ihr Platz war nicht dort, in Franken hatten sie ihre Villa und ihr Mietshaus, und dann war da auch noch die komfortable Waldhütte im Bayerischen Wald, wo der Hochkogel Franz seine letzten Tage verbracht hatte und wo er gestorben war. Seit seinem Tod am 10. April war sie nur einmal wieder dort gewesen, kam es ihr plötzlich in dem Sinn. Vielleicht konnte sie wieder mal hinfahren und nach dem Rechten sehen, vielleicht zusammen mit Elke, wenn diese wieder daheim war?

6

Auch auf Hochkogel rückte der Herbst näher. Simone musste nun schon an die drei Monate im Krankenhaus sein. Am letzten Tag von Elkes Aufenthalt fuhren sie und Markus nochmals zu ihr. Auch da konnten sie wieder einen leichten Fortschritt bei ihrer Genesung feststellen.

Simone kam ihnen sogar entgegen. Sie konnte also doch wieder gehen. Gottlob, das war ein großer Schritt!

Beide waren überglücklich und nahmen sie auch ganz fest und herzlich in die Arme. Simone konnte gehen, sie konnte wieder essen und auch sprechen. Nach der Meinung der Ärzte musste aber noch ein weiteres Wunder geschehen, denn was sie redete war meist wirres Zeug. Ein paarmal steckte sie ihren Zeigefinger in die Nase, versuchte eventuelle Rotzpöbel herauszuholen um sie genüsslich zu verspeisen, etwas, das sie nicht mal als kleines Kind getan hatte.

Was musste diese Arme durchgemacht haben? Man würde es nie erfahren. Die Ärzte gingen von der Theorie aus, Simone habe irgendwo in einer Kommune von Entgleisten, Aussteigern, Alkoholikern und Drogensüchtigen gelebt. Als sie gemerkt habe, dass sie schwanger sei, habe sie sich wohl absetzen wollen. Eine Zeitlang hatte sie sogar noch ihre Arbeitsstelle gehabt, bis Markus sie zum ersten Mal mit dem Motorrad aufgesucht und sie dann nach Hause gebracht hatte.

Die paar Tage zu Hause aber mussten für Simone eher die Hölle gewesen sein. Je mehr sich ihr Kind im Schoß regte, desto mehr hatte sie es mit der Angst zu tun bekommen, eine Angst, welche sicher ganz unbegründet war. Denn Mutter Monika hätte sicher immer soviel Verständnis aufgebracht, ihre Tochter mit Kind, auch ohne einen Vater dazu, zu Hause auf zunehmen. Sie hätte Simone ganz bestimmt nicht verstoßen.

Doch Simone flüchtete von zu Hause und kehrte wieder in den Untergrund zurück. Dort gebar sie ihr Kind unter einer Brücke.

Dieser Theorie nach habe man dieses Neugeborene gleich in den Inn geworfen, worauf Simone sicher durchgedreht sei, und kurz entschlossen habe man daraufhin auch die junge Mutter in den Fluss geworfen. Dass sich Simone hatte retten können, grenzte sowieso schon an ein Wunder. Sie war ans Ufer geschwommen, dort wohl mit letzter Kraft auf allen Vieren über die Böschung geklettert und dann am Straßenrand ohnmächtig liegen geblieben. Von da an kannte man ihre Geschichte, von dort war sie ins Krankenhaus gekommen: Etwa so musste der Leidensweg der Simone Herrenberger ausgesehen haben.

Als Markus und Elke gingen, waren sie einerseits sehr froh über den Fortschritt, andererseits jedoch auch etwas bekümmert und besorgt, was wohl noch daraus werden würde. Beide setzten auf ein weiteres Wunder.

7

Am nächsten Tag verließ Elke ihre zukünftige Heimat. Was aber ist schon Heimat, das fragt man sich so oft. Ist Heimat schon da, wo man zu Hause ist und wo es einem gut geht? Ich denke da an Franz, der zwar auch seine Heimat zweimal verlassen musste, einmal gezwungenermaßen in den Krieg und einmal freiwillig. Der bei seiner Frau in Franken eine neue Heimat gefunden hatte und dem es dort auch gut ging, der jedoch trotzdem nie das Tal vergessen hatte, wo er geboren worden war und wo seine Wurzeln waren.

Elke, das lebhafte bildhübsche Wesen mit ihren langen weizenblonden Haaren, lebte bei ihrer Mutter Susanne in Nürnberg in der Großstadt in der großelterlichen Villa, wohl behütet und sorgenlos, hätte man annehmen können. Fast alle Wünsche wurden ihr erfüllt, fielen ihr vielleicht sogar in den Schoß.

Und Elke war auch zufrieden und dankbar. Susanne hatte in ihr einen echten Kumpel, und sie unterstützte die Mutter, wo sie nur konnte. Manchmal meinte man oder hatte tatsächlich den Eindruck, Elke könne rund um die Uhr schaffen, denn kaum war sie von der Schule zu Hause, suchte sie sich auch schon eine Beschäftigung, obwohl sie ein Hausmädchen hatten. Auch zu dieser Perle hatte Elke das beste Verhältnis.

Kochen wie auch einen Großteil der Wäsche machte meist ohne Aufforderung die blonde Zauberfee: So wurde sie tatsächlich von vielen Verwandten und Bekannten genannt. Mit einem Wort, jeder konnte nur die helle Freude an ihr haben. Warum sie aber ausgerechnet in Markus und den Hochkogelhof verknallt war, war den meisten unerklärlich.

Sicher, auch K. H. Müller war ganz vernarrt in den Bergbauernhof, was wiederum manche Familienmitglieder wie Frau Renate nicht recht erklären konnten. Doch bei Müller standen neben seiner Leidenschaft für die Jagd noch weitere Prestige- wie auch finanzielle Statusargumente im Vorder- oder zumindest im wichtigen Hintergrund.

Mit dem Herbst kam auf dem Hof schon etwas Erleichterung auf, zumindest, was die Feld- und Heuarbeit betraf. Für Markus gab es dagegen eher wieder mehr zu tun. So konnte es nun passieren, dass während der Woche der Jagdherr mit einem Jagdgast auch einmal spontan auf Hochkogel auftauchte. Und da musste der junge Hochkogler natürlich mit und die Herren zu den Stellen führen, an denen ein guter Abschuss möglich war. Meistens gab es da auch keine Probleme. Nur einmal war Müller richtig sauer, als er mit einen Geschäftsfreund ganz unangemeldet aufkreuzte, sogleich ins Revier wollte und ausgerechnet da Markus mit seinem BMW bei Simone in der Stadt war.

„Dem werd ich das Motoradl wieder abnehmen, oder ich muss mich nach einen pflichtbewussteren Aufseher umsehen."

„Er is' ja eh' fast immer im Wald", verteidigte Mutter Monika ihren Sohn. „Wenn ihn nicht der Hunger heimtreibt, kann es leicht sein, dass ich ihn die ganze Woche nicht zu sehen bekomm."

Es dauerte auch gar nicht lange, bis Markus angebraust kam. „Oh je", dachte er, „einmal bist du fort, und ausgerechnet dann passiert es und die Herren kommen." Er hatte ja sofort den großen BMW von seinem Chef gesehen. Doch das konnte ihm heute nicht den schönen Tag verderben.

„Muttl", rief er scheints übermütig, „nächste Woche können wir Simone heimholen."

„Das ist allerdings eine freudige Nachricht", meinte nun auch Müller.

Schnell hatte sich Markus umgezogen. Sie verdrückten noch gemeinsam eine Jause, und schon verschwanden die drei Männer im Wald.

„Was meinst du, Hias, wenn die fünf Jahre um sind, verpachten wir nimmer, oder? Ich hab mir halt gedacht, wo jetzt der Bub so tüchtig ist, verschreib ich ihm, wenn der Pacht aus ist, den Hof. Was meinst du dazu?"

„Ja ja, tüchtig und fleißig ist er schon, wer hätt das einmal gedacht, dass aus dem Nichtsnutz doch noch so ein rechtschaffener Mensch wird."

„Gott sei Dank wissen auch nur wir zwei, was der schon auf dem Kerbholz hat. Den eigenen Hof, seine eigene Heimat abbrennen, da gehört schon was dazu. Ein normaler Mensch müsste sagen, der hat sie doch nicht alle beinand im Oberstübl im Hirn."

„Monika, lass dir Zeit, schau solang mir zwei a bissl was arbeiten können und des miassen mir auch, wir die das Arbeiten von Kindheit her gewohnt sind, wir würden doch sterbenskrank, wenn wir nichts mehr zu werkeln hätten. Und soviel wirft der Hof ja auch net ab, da verdient er doch mehr als Aufseher, als daheim. Dazu kommt noch der Pachtzins."

„Es sind e nur mehr ein Jahr, glaub ich, solang der Vertrag läuft. Du kannst auch nächstes Jahr, wenn die zwei heiraten nochmal fragen, was die für a

Einstellung oder Anschauung haben. Du kannst aber von mir aus den Herd wie auch die Verwaltung der Elke und dem Markus überlassen."

„Hast Recht, Hias, kommt Zeit, kommt Rat. Wie gehts denn überhaupt deiner Mutter, bist schon lang nicht mehr drunten bei ihr gewesen."

„Die Nachbarin hätt schon Post getan, wenn was fehlte bei der Mama."

„I glaub Moni, es ist schon wieder Stallzeit. Gut schaut das Almvieh wieder aus, heuer ist es schön leibig."

Seit gut einer Woche war nun auch das Vieh von der Alm herunten, ausgenommen noch die Schafe und die trockenen Ziegen, welche sich unbeaufsichtigt bis zum ersten Reif auf dem Almgelände aufhalten konnten. Dann allerdings musste man sie (wenn sie nicht instinktiv von selbst kamen) suchen gehen. Dabei konnten oft Stunden vergehen, wenn nicht sogar Tage, bis man die verlorenen Schafe und Ziegen wieder alle beisammen hatte.

Es gab da leider auch Almregionen, welche nach den Almabtrieben regelrecht von Viehdieben heimgesucht wurden. Das war auch schon unter dem Krieg öfter der Fall gewesen, wo sich manch ein armer Familienvater einmal im Jahr mit Fleisch versorgt hatte. Diese relativ leichte Beute war zwar Diebstahl, doch den Besitzer brachten ein bis zwei Schafe nicht in den Ruin, wenn sich also die Diebstähle im Rahmen hielten.

Wunderschöne, heimelige Almromantik und Almfrieden. Es ist immer wieder schön anzusehen, einzuatmen und zu genießen, wenn das Vieh bei Sonnenuntergang in den heimatlichen Stall getrieben wird, dazu das unterschiedliche Gebimmel von den schweren Speis wie auch von den blecheren Tuschglocken, wie gesagt, ein Bild zum Verlieben. Der Geschäftsfreund von Müller bekam auch einen schönen Gamsbock vor die Flinte. Nur mit dem Treffen haperte es ein wenig, erst ein Fangschuss von Karl-Heinz konnte das verletzte Tier zur Strecke bringen.

„Da muss ich schauen, ob mein Lederschneider mir noch eine schöne Lederhose daraus machen kann, wenn da mehrere Schusslöcher im Fell sind," meinte der Jagdgast bedenklich. „Dabei hab ich mich schon so auf eine Hose gefreut, von einem Bock, den ich selbst erlegt habe."

„Mach dir nichts draus, Jakob", erwiderte Müller, „hättst halt besser troffen. Aber nächstes Jahr ist auch wieder ein Jahr, und wenn wir weiterhin so gut zusammenarbeiten, lade ich dich halt wieder auf einen Bock ein, ist das ein Wort?"

„Und ob", erwiderte Jakob. „Aber das Krickel ist wunderschön. Das ist auch eigentlich zu schad für mein Jagdzimmer, vielleicht hänge ich es doch ins Wohnzimmer zu den Bildern von Albin Egger Lienz und von Alfons Walde. Meine Frau wird zwar sicher wieder zu mosern haben, doch ab und zu kann ich mich durchsetzen." Dabei lachte er verlegen und schaute zu Müller, der ebenfalls lachte.

Doch der dachte sicher: „Armer Jakob, billiger Jakob. Als ob ich nicht wüsste, dass er nach ihrer Pfeife zu tanzen hat. Männe, das wird so und das wird so gemacht!"

Markus lud den Gamsbock auf seine Schultern. Auf dem Hof wurde das Tier ausgenommen. Jakob gab an, dass er jetzt Appetit auf einen Gamsbraten hätte, und so wurde das Tier aufgehängt und später zerlegt. Einen Teil wollte der Gast mit nach Hause nehmen, für seine Mausi. Der Großteil jedoch kam in die Tiefkühltruhe von Müller. Selbstverständlich bereitete Monika für den nächsten Tag einen herzhaften Gamsbraten für alle zum Mittagessen. Am späten Nachmittag verließen die zwei Bayern wieder das Hochtal.

„Vielleicht geht es sich aus," meinte Müller noch, „dann komme ich nächste Woche schon wieder, auch um zu schauen, wie es Simone geht."

Kurz vor Allerheiligen brachte man die junge Frau vom Spital nach Hause. Organisch war sie soweit wieder hergestellt, aber halt nicht im Kopf: Der gute, liebe Hausverstand, das Hirn, arbeitete leider nicht normal. Die eventuelle Ermordung wie auch grausame Beseitigung ihres Kindes mussten der große Auslöser gewesen sein. Zigmal versuchte man von der jungen Frau etwas zu erfahren, aber es war nichts zu machen. Obwohl dieses die Ursache für die gestörte Funktion sein sein musste.

Doch zu Hause konnte sie bald auch einige anspruchlose Arbeiten verrichten und, was auch ganz viel Wert war, sie war „stubenrein." Wenn es nach dem Ärzten ging, sollte sich ihr Zustand nicht verschlechtern, eher noch zum Besseren entwickeln. Doch Markus war mit dem Zustand seiner Schwester zufrieden, obwohl gerade auf ihn wie auch auf Elke die Hauptlast eines Pflegefalles zu kam. Sicher gäbe es ein paar Schilling für die häusliche Pflege vom Staat, und sicher würde auch Markus in einem solchen Fall keine Ausnahme von den ungeschriebenen Gesetz der Herrenberger machen, wonach jedes Familienmitglied auf dem heimatlichen Hof seine Bleibe hatte. Auch er würde ihr ein Zuhause geben, obwohl nicht die

Eltern und nicht der Hof Schuld an dieser Misere hatten. Für selbstver-
schuldete Unfälle und Kriege musste normalerweise der Staat aufkommen.
Aber wie gesagt, das war in der über 250jährigen Geschichte von Hochkogel nur einmal der Fall gewesen. So stand es schwarz auf weiß beim Pfarr-
amt geschrieben und dort lagen die Dokumente gut, besser als auf
Hochkogel. Denn hier wären sie beim Brand allesamt vernichtet worden.

8

Allerheiligen; sämtliche Herrenberger mit dem Großteil ihrer Ableger waren an dem wunderschönen Herbsttag nach Hochstein gekommen. Selbst die Franken Karin und ihre Mutter Christa zog es hierher. Sie wussten ja, dass an diesen Tag alles, was sich zur Sippe zählte, hier vertreten war. „Bis jetzt schaut's noch nicht so aus, als ob wir am Aussterben wären", meinte etwas lakonisch der Sepp, als er sich durch seine vielen Verwandten drängen musste, um auch noch eine Kerze beim Bruder Franz anzuzünden.

Die restlichen verbliebenen Orgelpfeifen trafen sich nach dem Friedhofsbesuch mit ihrer Schwester Maria wie alle Jahre samt Kind und Kegel auf dem Hochkogelhof, um ihre „Herbstgespräche" zu führen. Bilanz brauchte man eigentlich jetzt nicht mehr zu ziehen. Auch die Angst um Haus und Hof war wieder in weitere Ferne gerückt. Man wusste die „Heimat" in guten Händen, und das tat gut so.

Aber mindestens einmal im Jahr zusammenkommen tat auch gut, war auch schön, nicht nur unbedingt zu traurigen Anlässen wie Beerdigungen. Einmal zusammenkommen, dabei besprechen, was man hätte besser machen können, was man Neues für die nächste Zeit planen wollte oder evenuell auch verbessern könnte.

Selbst die Franken waren Feuer und Flamme, als sie erfuhren, dass es ernst wurde und nächstes Jahr eine Hochzeit hier vonstatten gehen sollte, dass sich wiederum Tirol und Franken das Jawort geben wollten. Natürlich wurden auch Episoden von Franz wie den anderen verstorbenen Familienmitgliedern zum Besten gegeben. Hans meinte ergänzend, dass an einem gleichen Tag wie heute, als Franz nicht bei ihnen sein konnte, Bruder Michl erzählt habe, dass er dem Franz eine Niere spenden wolle.

„Hört auf, hört auf, ihr lieben Leut an diesen schönen Tag! Ich möchte davon nichts mehr hören, ich habe auf dem Friedhof schon ein paar heimliche Tränen vergossen. Jetzt wollen wir ein wenig gemütlich sein."

„Karin, hol bitte ein paar Flaschen aus dem Kofferraum", fügte Christa mit ihrer sonoren Stimme noch hinzu.

„Stell dir vor, Mama, das Gleiche wollte ich jetzt gerade machen", erwiderte Karin, „und ich glaube sogar, er hat jetzt die richtige Temperatur."

Es wurden noch gemütliche, nette Stunden mit dem Wein, man scherzte bald fröhlich und gelassen.

Zwischendurch versorgten Markus und Hias die Stallarbeit, und es war schon finster, als man aufbrechen wollte. „Mit dem Tratschn vergeht die Zeit wie im Flug. Doch liebe Leut, ich muss aufbrechen, ich muss in die Stadt."

„Brauchst net, Maria", meinte gleich Hans. „Morgen ist Samstag, da steht auch das Telefon, rufst einfach deinen Edi an, dass du erst morgen kommst, da braucht er keine Angst um dich zu haben, falls er überhaupt eine solche haben sollte."

„Heute bleiben wir beinand, wer weiß, ob wir nächstes Jahr noch alle da sind." Edi, wie auch der Rest der Verwandtschaft, wurde kurzerhand angerufen, damit sich ja niemand unnötige Sorgen zu machen brauchte.

Es war schon fast Mitternacht, als sich die Letzten zur Ruhe begaben. Monika nahm auch zum ersten Mal ihr verbrieftes Hausrecht in Anspruch, dass bei besonderen Notfällen auch sie Zimmer und Räumlichkeiten vom Pächter anleihen durfte. Drei von den sechs Zimmer von Müller wurden also beschlagnahmt für diese eine Nacht. Christa und Karin bekamen sowieso die Frankenkammer, das übrige Fremdenzimmer hatte Simone. Die Übrigen teilten sich die drei Zimmer, und das reichte, da Hans und Wast sowieso in der Stube den Rest der Nacht verbringen wollten.

Also gut, schön durchgelüftet, dann legte sich der eine auf den Diwan, der andere auf die Ofenbank.

„Das wollte ich schon lange wieder einmal ausprobieren", lachte der Wast. „Du, hoffentlich wird das mit Simone wieder, denn so gefällt sie mir gar nicht. Schad nur um das saubere Madl, ja echt schad."

„I last recht Wast, aber jetzt gute Nacht."

Ungefähr fünf Stunden später wurden sie jedoch schon wieder geweckt. Sie waren es nicht mehr gewohnt, wenn die Viecher im Stall zu rumoren anfingen, obwohl sich Hias und Markus bemühten, heute extra leise zu sein, damit ihre liebe, zum Teil auch „versoffene" Verwandtschaft ihren Rausch ausschlafen konnte. Und in der Tat, sie hatten außer Monika und Simone schon eine ganz bedenkliche Schlagseite.

Nach dem gemeinsamen Frühstück wollten die vier Brüder noch eine Almwanderung machen. „Da kommen wir auch mit", meinten Markus und Karin.

Ein wunderschöner Allerseelentag: Einsam und friedlich leuchteten die fahlen Almböden, und oberhalb der Sulzmoosalm, wo man ansonsten einen herrlichen Ausblick auf das Inntal und das dahinter liegenden Karwendelgebirge hat, ragte heute nur das Massiv dieser Berge aus dem Nebelmeer.

„Da sieht man es wieder, wir sind da heroben doch der Sonne und dem Himmel näher, und das kann besonders jetzt im Herbst oft passieren, dass drunten im Tal eine dicke Nebelsuppe hängt, die sich auch den ganzen Tag nicht mehr auflösen kann." Betrachter mit offenen Augen konnten jedoch auch einem solchen Tiefblick etwas abgewinnen, und wie wuchtige, aber lautlose Wasserfälle sah man die Nebelschwaden über Berg und Hügel fallen und wallen. „Der geht heut nicht mehr weg! Wenn das der Edi und die anderen wüssten, wie schön es heut da heroben ist! Wie ich den Schwager kenne, tät der sich am liebsten in den Hintern beißen, dass er gestern nicht mehr nach Hochkogel gekommen ist."

"Ja, des tät ihm ganz bestimmt stinken."

Auf dem Rückweg sahen sie in einer kleinen Mulde auch das Kleinvieh, die Schafe und Geißen von Hochkogel. „Sollen wir sie noch da lassen, oder treiben wir sie gleich mit nach Hause?"

Das Wetter schien beständig und relativ warm, und nur auf der Schattseite sah man noch Reste vom morgendlichen Reif.

„Sicher, um diese Jahreszeit liegt oft schon Schnee, teils über einen Meter hoch, dann allerdings ist das Suchen von solchen Tieren manchmal schon problematisch. Nicht selten sind da schon Schafe im Schnee umgekommen, eingeschneit; erschöpft, verhungert, erfroren."

„Leider haben da manche Tiere eine Fehlleitung: Statt in das geschütztere Tal zu dem heimatlichen Stall zu laufen, klettern sie immer weiter den Berg hinauf."

„Ja, heut sind wir alle beisammen, wir treiben sie trotzdem mit bis in die Nähe des Hofes", meinte Markus etwas altklug.

Dem stimmten aber nicht alle gleich zu. „Wenn es nach uns ginge", meinten Maria und Martin, „wir täten sie noch etwas heroben lassen. Du weißt ja eh, wo sie sind. Und auf deinen Kontrollgängen wirst du sicher zumindest auch öfter ihre Spuren sehen, oder?"

Doch die Mehrzahl stimmte dem Markus zu, und so wurden sie mitgenommen. „Schauen gut aus, besonders die Geißen von der neuen Rass."

Es waren sowieso nicht alle Geißen mehr auf der Alm, man wollte dafür sorgen, dass der Wunsch von Müller befolgt wurde. So wie sich das halt machen ließ bei freilaufendem Viehzeug. Man schaute, dass nicht alle Ziegen um die gleiche Zeit trächtig wurden, sondern ziemlich gut verteilt übers Jahr ihre Kitze bekamen, damit auch etwas Milch abgezweigt werden und für Müllers Spezialbutter verwendet werden konnte.

Da auch das Rindvieh um Allerheiligen in diesen Regionen kaum mehr auf freier Weide war, war auch ihr Geläute verstummt. Nur die Schafe mit ihrer dicken Wolle ließ man noch frei laufen. Ein kleines Glöcklein am Hals des Leittieres signalisierte den Hausleuten, wo sich die kleine Herde dann aufhielt.

Am späten Nachmittag war dann der allgemeine große Aufbruch. Nur Christa und Karin entschlossen sich, erst am nächsten Tag wieder nach Hause nach Unterfranken zu reisen. Sie wollten die herrlichen Herbsttage genießen und die sicher letzten warmen Sonnenstrahlen in den Bergen einatmen. Franzl war ja gut bei den Nachbarn aufgehoben, wo er sowieso den Großteil seiner Freizeit mit dem Nachbarmädchen spielte. Also wollte man die Gelegenheit nutzen, solange es ging. Beide Frauen waren über die Unterbringung und Bewirtung jedesmal aufs Neue fasziniert. Sie schliefen im gleichen Zimmer, dem Zimmer von Franz, mit dem beide nicht nur eine freundschaftliche, sondern auch intime Beziehung hatten.

Doch das wusste Karin nicht, Franz nahm dieses peinliche Geheimnis mit ins Grab, und auch Christa würde so handeln. Würde ihren Exschwiegersohn in bester Erinnerung bewahren, solange sie lebte. Christa empfand es als eine noble Geste, dass die Frankenkammer immer noch mit einem Hochzeitsbild und dem Medaillon von ihr geziert wurde.

9

Sicher hatten auch sie mehr Glück als Verstand, als sie das Kleinvieh von der Höhe mitnahmen. Es dauerte nämlich keine drei Tage mehr, und es kam ein Wetterumschwung. Christa und Karin waren sogar wegen der Wetteraussichten im Radio und im Fernsehen abgereist. Christa in ihrer charmanten Art meinte zu Monika: „Vielleicht war es es das letzte Mal, dass ich nach Hochkogel gekommen bin. Wenn ich zurückdenke, kommen wir schon fast 40 Jahre hierher. Ich fühl mich hier manchmal schon mehr daheim als zu Hause."

„Dann bleibst einfach da, Christa, das Zimmer von Franz steht dir zur Verfügung. Du kannst auch umsonst bei uns logieren. Als kleine Gegenleistung kannst du dich vielleicht etwas nützlich machen und deine Spezialitäten für uns zubereiten, von denen unser Franz so oft geschwärmt hat, wie Kuchen oder Plätzchen. Aber das brauche ich Dir ja erst gar nicht zu sagen. Du bist nämlich auch so ein Mensch wie ich, der krank werden würde, wenn er nichts zu tun hätte. Es gibt auch genug Handarbeiten. Sogar Herr Müller will für sich wie seinen großen Bekanntschaftskreis solche selbstgestrickte Westen mit den unterschiedlichen Mustern; das soll wieder ganz modern sein. Im Gegenteil, Christa, du wirst sogar noch dafür bezahlt, bald kommt auch die Adventzeit, wo nicht nur wieder Lebkuchen und Zelten gebacken werden. Hias und Markus sind ganz verrückt nach diesen Leckerbissen, wie der Franz. Du siehst also, es wird dir bestimmt nicht langweilig bei uns, auch nicht, wenn der Winter lang ist und wir vielleicht Tage oder Wochen eingeschneit sind und somit von der Außenwelt abgeschnitten sind."

„Nix da, Monika, die Mutter nehm ich schon wieder mit. Sie hat zu Hause auch ihre Arbeit, die muss mir und dem Egon auch noch beim Weinabfüllen helfen und die Flaschen etikettieren. Wenn Gott will, kommen wir gerne wieder im nächsten Jahr, vielleicht in den Ferien. Da ist die Spargelzeit rum, und die Weinlese steht noch eine ganze Weile aus."

Man war nun wieder zu viert auf dem Hof, als sich das Wetter verschlechterte: Als die ersten Frühaufsteher am nächsten Tag zum Fenster hinaus schauten, lag der erste Schnee ganz jungfräulich weiß auf der ganzen Landschaft, und es schneite weiter. Markus holte seinen festen Umhang und seine Gamaschen hervor, dann machte er sich nach dem Frühstück auf ins Revier. Nein, füttern wollte er das Wild noch nicht, es würde so zu sehr verwöhnt. Aber Kontrollgänge konnten nie schaden.

Bald stapfte er über die Knöchel, und je höher er kam, desto höher lag auch die weiße Pracht. Als der Schnee dann gut knietief wurde, schwenkte er ab und kam auf einen fast nicht mehr erkennbaren Jägersteig ins Sulzmoosalmgebiet.

Da er stets bemüht war, in Wald und Flur sich so leise wie möglich zu verhalten, konnte er auch seine Freunde und Kummerfreunde antreffen. Alle 14 waren vollzählig versammelt. Manche scharrten mit den Vorderhufen den frischgefallenen Schnee fort, andere rauften aus den Ritzen der Heuhütte etwas Heu.

„Vielleicht nächstes Jahr", dachte Markus für sich, „vielleicht gibt die oberste Jagdbehörde nächstes Jahr einen Abschuss für seinen Chef frei, ich hoffe und wünsche es sehr für ihn."

Nächstes Jahr wären auch wieder die fünf Jahre, also die Pachtzeit für das Anwesen, um. Was sollten er, seine Mutter und Hias dann machen? Ja, und dann war da auch noch Elke mit dabei, die so gerne mit Leib und Seele Bäuerin sein wollte.

Anderseits hatte die Familie bei Müller noch ziemliche Schulden, denn dieser hatte hauptsächlich dafür gesorgt, dass der neue Hof so schnell und vor allem in solcher Größe und mit dieser Ausstattung wieder dastand.

Das Kapital, die Versicherungssumme, welche sie dafür bekommen hatten, hatte bei weitem nicht gereicht, und sie hatten sie zu unrecht bekommen, hatte Markus reuemütig zu sich gesagt. Für die großzügige, teils fast luxuröse Ausstattung aller Räume hatte Müller eine ganz schöne Summe draufgezahlt. Nun würde man eine Lösung finden müssen.

Markus setzte sich unter dem Vordach der Almhütte auf eine Bank. Er hätte den Schlüssel nehmen können, denn er wusste, wo dieser steckte: zwischen den zwei Sparren an der Ecke. Aber es war nicht kalt, und er holte seine Jause hervor. Dazwischen beobachtete er das teure, kostbare Wild, welches sich gar nicht so scheu wie sonst immer verhielt. Markus dachte, dass die Tiere ihn eben kannten und vielleicht spürten, dass er ihnen nichts Böses tun wollte.

Wohl über eine halbe Stunde betrachtete er das Szenario, bis ihm dann doch etwas kalt wurde. Er setzte seinen Weg fort und kam fast bis zu dem Einschichthof vom Moser Toni. Hier konnte er nichts Auffälliges feststellen, und so schwenkte er ab und kam noch fast vor Einbruch der Dunkelheit wieder zu Hause an.

Jetzt waren sämtliche Tiere unter Dach, auch die Schafe, welche wohl nun etwas von ihrer Wolle würden abgeben müssen. Im warmen Stall würde es sie sicher nicht frieren. Auch diese Arbeit machten die Hausleute selbst, und das gab Nachschub zum Stricken. Zuerst musste allerdings die gewaschene Wolle noch getatscht werden, und dazu musste man sie in die Stadt bringen, da es nur dort Kardätschen gab. Erst nach dieser Behandlung durch den Wollkamm war die Wolle dann auch zum Verspinnen geeignet.

Es waren sicher romatische Zeiten, wenn in den Wintermonaten in den Bauernstuben die Spinnräder schnurrten, leider war diese Tätigkeit auch Schnee von gestern. Doch noch wurde die ganze Wolle von dem Dutzend Schafen tatsächlich selbst aufgearbeitet, ja, manchmal kaufte man sogar etwas Wolle aus der Nachbarschaft hinzu. Schafwolle ist fast nichts mehr wert, und es ist kaum zu glauben, dass dieses wertvolle Naturprodukt sogar in der Baubranche als Dämmstoff verwendet wurde. Baumwolle, vor allem aber Synthetics, hatten diesen wertvollen Rohstoff fast gänzlich aus der Kleidung verdrängt. Vielleicht würde wieder einmal eine Zeit kommen, in der man sich gerne wieder an sie zurückerinnerte, wie etwa an den Leinen. Bauernleinen war plötzlich wieder ganz aktuell und stark gefragt, obwohl er von Kunststofffasern fast zum Aussterben verurteilt gewesen war. Auch ich kann mich zwar nur mehr schwach, aber doch erinnern, wo Lein, Flachs und Hanf (bei uns unter der Bezeichnung „Haar") angebaut wurden. Es war eine Heidenarbeit, bis aus dem „Haar" das fertige Bauernleinen enstand. Ja, das war ein langer Weg, das Ernten, Brecheln, Bleichen, Weben ... Doch zeigte jede Bauersfrau gerne ihre Schätze ihren Freunden und Gästen, oft Schränke voll mit Ballen von Bauernleinen. Das war der Stolz jeder Frau!

Vielleicht würde man sich also auch wieder einmal an den wertvollen Rohstoff der Schafwolle erinnern, wenn die Menschen nicht mehr so verwöhnt waren und die Wolle nicht mehr so kratzte, vielleicht würde sie durch bessere Verfahren und Verarbeitung den wehleidigen, pingeligen Zeitgenossen nicht mehr so rauh und spröde auf ihrer zarten feinen Haut liegen.

10

Susanne und Elke machten sich tatsächlich vor dem Winter nochmal auf, um in der Waldhütte nach dem Rechten zu sehen. Sie hätten es vielleicht besser nicht tun sollen, denn als sie dort ankamen wunderten sie sich schon, dass mehrere große Fahrzeuge und Autos bei der Hütte standen. Zuerst wollten sie umkehren und bei der nächsten Telefonzelle die Polizei verständigen, doch als sie gerade wenden wollten, ging die Tür auf und Harald kam mit einer ziemlich aufgetakelten weiblichen Person heraus.

„Ach, hier treibst du dich also herum und lässt uns zu Hause in Sorge und Ungewissheit. Du findest es nicht einmal der Mühe wert, uns ein Zeichen zu geben! Das ist wohl deine neue Freundin?"

„Ja und nein, sag, was hat euch denn hierher getrieben?"

„Wir wollten lediglich vor dem Winter hier nochmal nach dem Rechten sehen. Aber sag, Harald, was treibst du hier, und wovon lebst du?"

Wovon er lebte, konnten sich Mutter und Schwester bald an ihren zehn Fingern ausrechnen, denn es war nicht nur eine Weibsperson in der Hütte, sondern es kamen noch drei weitere Halbnackte zum Vorschein.

Harald wusste, dass ihm jetzt kein Leugnen mehr half. Er besann sich vielmehr der Worte: Angriff ist die beste Verdeidigung.

Das hier sei nicht sein Werk und nicht seine Erfindung: Ein Nürnberger Freund hatte ihn dazu überredet, mit dieser Hütte viel Geld zu machen, ohne dabei einen Finger krumm machen zu müssen. Er brauche ihm vorerst nur die Hütte zur Verfügung zu stellen und bekomme monatlich dafür drei blaue Mäuse, sprich 3000 Mark. Für die Damen und für die Kunden würde er schon selbst sorgen.

„Was, du hast aus dem Freizeitdomizil der Großeltern einen regelrechten Puff gemacht? Pfui Teufel!"

„Komm Elke, wir gehen wieder, wir haben hier nichts verloren, und wenn du, Harald, nicht spätestens morgen bei uns in Nürnberg mit einer ausführlichen Entschuldigung oder Erklärung bist, lasse ich mein Anwesen übermorgen von der Polizei räumen. Du kannst wählen, und ich mache Ernst, worauf du dich verlassen kannst. So, nun Elke, nichts wie weg hier."

„Komisch, diese Hütte hat unserer Familie noch nie Glück gebracht, sondern nur Unglück. Deine Großeltern wurden hier brutal ermordet, und auch Onkel Franz ist hier gestorben."

Auch Elke war von den Machenschaften ihres Bruders mehr als entsetzt, dabei hatten sie sich bis vor einem Jahr immer gut verstanden.

Die zwei Frauen fuhren noch zu dem nächsten Gehöft, wo Frau Lisl wohnte, die früher immer mal nach dem Rechten bei der Hütte geschaut hatte. Hier holte man auch fallweise in Urlaubszeiten die Milch, und hier wurde manchmal die Post hinterlegt. Seit dem Tod von Franz brauchte man nicht mehr so oft hinauf zum Nachschauen, und Lisl war sogar froh, nicht mehr so viel laufen zu müssen, jetzt besonders seit ihrem Hüftleiden, das immer schlimmer wurde.

Mit einem Wort, sie hatte den Überblick über Bleigiesers Waldhütte verloren und hatte zwar hin und wieder gehört, dass sich dort Leute aufhalten sollen, doch hatte man auch gesagt, dass der Sohn von Frau Susanne dabei sei und damit kein Grund zur Sorgnis bestehe. Susanne machte keine Umstände und schenkte der einfachen Landfrau reinen Wein ein: „Einen Puff, einen Sündenpfuhl hat man aus unserer Hütte gemacht!"

Die Frauen hatten sich auch noch allerhand zu erzählen, zum Beispiel, dass Elke jetzt bald eine Bäuerin in Tirol werde, weit oben am Berg.

„Ja, Madl, was tust du dir denn da an? Ist deine Liebe so groß, dass du die Annehmlichkeiten von zu Hause aufgibst?"

„Ach Lisl, meine Elke ist ganz vernarrt in den Markus und sein Anwesen. Manchmal denke ich ja auch, sie hat sich das zu wenig überlegt und stürzt Hals über Kopf in ihr Unglück, aber das hätte meine Tochter nicht verdient."

Susanne versprach der Lisl noch eine gute Einreibung zu schicken, denn sie würden wohl so schnell nicht wieder kommen, wenn überhaupt. Sie tranken den vorgesetzten Tee aus, und es dämmerte schon, als sie sich auf den Weg nach Hause machten.

Am nächsten Tag war bald schon in der Frühe Harald bei der Villa. „Was nun, setz dich, willst du etwas, hast du Hunger?"

„Nein, Mutter, ich bin nur gekommen, weil du es mir gestern unter Androhung abverlangt hast. Nun aber möchte ich dir auch gleich sagen, dass ich die Hütte will. Eher verzichte ich auf ein weiteres Erbteil, als auf dieses Objekt."

„Ein Objekt der Begierde, einen Puff hast du daraus gemacht, jawohl, schäm dich!"

„Du siehst das viel zu eng Mama. Da ist doch alles legal, die Damen sind gemeldet und werden regelmäßig untersucht. Und der große Vorteil ist, dass dort alles anonym bleibt. Es stört auch keine Nachbarn und gibt keine Ruhestörung oder dergleichen. Glaub mir, ich wäre ein Idiot, wenn ich mir dieses Geschäft entgehen lassen würde! So leicht kann ich mir wohl nirgends mein Brot verdienen. Es sind durchwegs junge Tschechinnen und Polinnen, die turnusgemäß ausgewechselt werden, denn unsere Kunden wollen Abwechslung und selbstverständlich nur junges Fleisch.

Verena übrigens, die, die ihr zuerst gesehen habt, werde ich sogar heiraten. Jetzt aber bist du aber baff, was? Sag jetzt besser nichts. Sie ist keine Hure, die ich mit anderen teilen muss. Verena hat eine sehr interessante Lebensgeschichte zu erzählen, und das Schicksal, das das Mädchen hinter sich hat, erleben die meisten in 100 Jahren nicht. Aber Mama, das wäre eine lange Geschichte. Nun was ist, willst du es dir nochmals überlegen? Dann komme ich in ein paar Tagen wieder. Aber versuch nicht, mich umzustimmen, mein Entschluss steht fest."

„Lieber wär's mir auf jeden Fall, das ging jetzt zu schnell, und auf so einen Überfall war und bin ich nicht vorbereitet."

„Also komme ich in vier Tagen, da ist Montag. Wir haben zwar keinen Ruhetag, aber unser Geschäft läuft doch meistens erst am Abend richtig an."

Und schon war er fort, Susanne saß noch eine ganze Weile verdattert da, und erst ein Anruf aus der Praxis rief sie wieder in die Wirklichkeit zurück.

„Frau Doktor, was ist, können Sie heute nicht kommen?" fragte am anderen Ende die Arzthelferin.

„Entschuldige, Claudia, ich komme sofort."

Sie hätte auch zu Hause bleiben und über die ganze Geschichte nachdenken können, doch wusste sie, dass das nicht viel ändern würde. Es war besser, sie käme unter die Leute, das würde sie sicherlich mehr ablenken. Und abends, wenn auch Elke daheim war, würden sie die Sache besser besprechen können.

Trotzdem musste sie den ganzen Tag an Harald und seine Perspektiven denken. Was Geld doch für eine Macht hatte, denn nicht umsonst hieß es: „Geld verdirbt den Charakter."

Beide Frauen kamen trotzdem bald zu den Entschluss, Harald die Hütte zu überschreiben, vorausgesetzt er stellte keine weiteren Forderungen bis zum Ableben seiner Mutter, egal in welcher Form, ob für Unterhalt oder anderes, dafür habe er jetzt selbst zu sorgen, er sei ja volljährig. Doch dass ihre Ferienhütte jetzt ein Waldbordell war, damit konnte sich Susanne nicht abfinden, genausowenig, dass Harald, ihr Harald, eine Nutte zur Frau nahm, nein, zu einer solchen Hochzeit würde sie auf keinen Fall hingehen. Sie hatte zwar die angebliche Schwiegertochter nur einmal flüchtig gesehen, doch das reichte schon. Sicher konnte man sich bei einen Menschen auch mal irren. Das junge Ding war vielleicht durch Versprechungen hierher verschleppt und dann zur Prostitution gezwungen worden. Solche traurigen Fälle gab es in Osteuropa massenweise, fast schon wie in Asien, wo ein Mädchenleben nichts zählte. Wie solche jungen Mädchen, die gerade das Schulalter erreicht hatten, an reiche Händler regelrecht verkauft wurden und was dann mit ihnen geschah, blieb oft im Dunkeln. Viele landeten jedenfalls nach „Gebrauch" als Sklavinnen in Bordellen.

So wurde es dann auch gemacht. Susanne und Elke nahmen sich am Montag frei, um Harald vielleicht doch noch umstimmen zu können; sie hofften auf seine Vernunft.

Aber nein, im Gegenteil, er hatte seine Zukünftige sogar gleich mit dabei. Verena war tadellos gekleidet, wie eine richtige Dame, dachte Susanne. Doch Kleider machen auch Leute, sagt schon ein altes Sprichwort, und man merkte, dass sich die junge Frau nicht sehr wohl in ihrer Rolle fühlte. Harald hatte sie sicher vorher etwas präpariert und ihr einigetrichtert, worum es ging: Sie solle sich von ihrer besten Seite zeigen. Eindruck schinden wirkt tatsächlich manchmal wahre Wunder, und beide Gastgeberinnen mussten zugeben, dass Verena nicht unsympatisch war, im Gegenteil, wie oft man sich täuschen konnte. Wenn beide nicht gewusst hätten, welcher Arbeit diese Frau nachging, hätte man sie sogar begrüßt und Harald gratuliert.

Mutter und Sohn waren sich einig. Harald akzeptierte alle Bedingungen, die seine Mutter ihm stellte, und bald fuhr man zum Notar. Der war natürlich vorher schon darauf vorbereitet worden, und so hatte auch hier bald alles seine Richtigkeit. Umschreibungsgebühren und Erbschaftssteuer würden zur Hälfte getragen, und man wollte den Bescheid in den nächsten Tagen den jeweiligen Parteien zusenden.

„So, das hätten wir auch geschafft." Wie eine große Erleichterung kamen diese Worte über Haralds Lippen. „Was ist, kommt ihr mit? Ich lade euch auf einen Erbschaftsschmaus in das kleine Lokal hier ein."

Susanne schaute Elke, Elke ihre Mutter an, dann nickten beide. „Na ja, zum Abschied", meinte Elke.

„Was heißt da zum Abschied? Ich habe mir in den letzten Tagen und Nächten überlegt, dass meine Familie doch ganz passabel ist. Nun, wo ihr meinen ‚unkeuschen' Lebenswandel kennt, will ich doch wieder mehr Verbindung zu euch haben als in letzter Zeit."

Da platzte es aus Elke heraus: „Mich wirst du aber kaum mehr zu Gesicht bekommen, denn ich heirate. Ja, da glotzt du: Ich ziehe im Frühling nach Tirol!"

„Das gibt es nicht, jetzt heiratet meine hübsche Schwester tatsächlich diesen Bergbauernfünfer Markus, das darf doch nicht wahr sein! Willst du dir unbedingt eine solche Arbeit aufhalsen und da droben bei dem Dingsbums die Magd machen?"

„Lieber Bruder, Markus ist kein Dingsbums, die Geschmäcker sind halt einmal verschieden. Leider Gottes, oder Gott sei Dank. Du hast ja nun auch einen Stall, glaube ich, und deine Pferdchen stinken nicht weniger als meine Rindviecher, und du kannst deine Viecher vielleicht leichter melken. Aber wenn du nochmal Bauernfünfer zu Markus sagst, red ich überhaupt nicht mehr mit dir. So, jetzt weißt du Bescheid."

„Ist schon gut, hört auf", meinte nun auch Susanne. „Doch Elke hat schon recht. Auch wenn sie bald nicht mehr da ist und ich ganz allein bin, so möchte ich doch nichts mit deiner Gesellschaft zu tun haben. Verena, verzeih, du kannst vielleicht nichts dafür, aber wir sind alle vom bürgerlichen Schlag und können und wollen uns nicht damit abfinden, dass unser Sohn eine Dame aus dem horizontalen Gewerbe zur Frau nimmt. Ich hoffe, Sie verstehen mich, aber das heißt, dass ich trotz aller Sympathie keinen Besuch von Ihnen wünsche."

„Du bist gemein, Mama, was fällt dir ein, Verena so zu demütigen, das hat sie nicht verdient."

„Es sei, wie es sei, jedem das Seine und nun Schluss jetzt, diese Abschiedsjause geht auf meine Kappe, ich will mir nichts nachsagen lassen. Herr Wirt, bitte zahlen."

Zu Hause wunderte sie sich noch, wie standhaft sie doch gegenüber ihren Kindern sein konnte. Einerseits musste sie auch zugeben, dass sie Verena doch sehr von oben herab behandelt hatte: Die heute nicht zu sehr geschminkte junge Liebhaberin von Harald war vielleicht wirklich auch so ein Opfer von rücksichtslosen Menschenhändlern geworden. Vielleicht sollte sie sich bei einem nächsten Treffen doch bei ihr entschuldigen. Sie hatte nun ganz plötzlich die Idee, dass ein paar liebe Worte auch Verena sehr gut tun könnten. Vielleicht hatte sie noch nie solche gehört? Vielleicht wartete sie sogar schon lange darauf?

Susanne musste da auch ganz unwillkürlich an Simone denken. Sicher hatte sie diese seit ihrem Unfall nicht mehr gesehen. Nein, zum letzten Mal hatte sie sie wohl beim Begräbnis von Franz getroffen, und dabei war ihr nichts Außergewöhnliches aufgefallen. Nach dem, was Elke ihr erzählte, musste ihr Schaden jedoch schwerer wiegend sein, als man am Anfang vermutet hatte.

Als sie sich hinlegte, konnte sie lange Zeit nicht einschlafen.

11

Der Winter hatte das Bergland nun schon fest im Griff, obwohl erst Ende November war. So lag auf Hochkogel bereits ein halber Meter Schnee, und das schon seit ein paar Wochen.

„Wir müssen uns wohl auf einen langen Winter einstellen", meinte Hias, als er gerade neues Schürholz zum Kachelofen schleppte. „Ja, nur gut, dass wir genug zum Schüren haben. Wenn ich daran denke, wie viele Menschen wieder frieren und hungern müssen."

„Auch in unserem Land, wohlgemerkt", fügte Monika noch schnell hinzu.

Auch Markus hatte alle Hände voll zu tun. Bis vor kurzem war Müller noch auf Hochkogel gewesen, um sich aus seinem Revier einen saftigen Braten für sich und seine Freunde zu holen.

Auch den ganzen Rest von eingefrorener Butter und sämtliche verfügbaren Hühnereier nahm er mit. „Wer weiß, ob ich das nächste Mal noch mit dem Auto da herauf komme, so brauche ich das Zeug nicht zu schleppen", war sein Kommentar.

Auch Markus hat nun sein Motorrad eingemottet. „Wenn es so weitergeht, muss ich Weihnachten schon mit dem Füttern der Waldtiere anfangen. Was meinst du, Hias?"

„Das glaub' ich fast", erwiderte dieser. Markus nannte seinen Stiefvater nie Vater, nur Hias. Beide waren jedoch anscheinend damit zufrieden, und es hatte sich ein recht kumpelhaftes Verhältnis entwickelt.

Bei Simone waren hingegen leider keine weiteren erfreulichen Fortschritte zu bemerken. Das arme Mädchen war seit ihrem Krankenhausaufenthalt schon zweimal zu einer Nachuntersuchung bei einen bekannten Facharzt gewesen.

Es gab immer nur eines: das Attest abwarten und die Hoffnung nicht aufgeben. Das war auch das einzig Positive, was die Spezialisten zu sagen wussten.

Im Gegenteil, man musste sogar sehr froh sein, wenn sich ihr Zustand nicht mehr verschlimmerte. Simone war bis jetzt auch im Großen und Ganzen noch pflegeleicht, allerdings konnte man bei ihr beobachten, wenn sie sich unbeachtet fühlte, dass sie weiterhin ihre Finger nicht nur in ihre Nasenlöcher, nein auch in anderen Öffnungen, wie in den Hintern, aber auch in ihre Scheide steckte und dabei zu onanieren anfing.

Wenn sie etwas hörte, ein Geräusch, oder wenn plötzlich jemand auftauchte, dann genierte sie sich so sehr, dass sie sogar errötete und dabei schamvoll ihren Blick senkte, und als Monika sie anfangs ein paarmal ertappte, fing das arme Geschöpf sogar zu weinen an.

Seither schimpfte Moni ihre Tochter auch nicht mehr aus. Sie probierte es vielmehr mit guten Worten, und tatsächlich erreichte sie damit mehr.

Sebstverständlich wurde sie auch zu kleineren, einfachen Tätigkeiten im Haushalt angehalten. Simone bemühte sich auch sichtlich und machte ihre Arbeit soweit ganz passabel. Auf jeden Fall erkannte Simone ihre Mutter, ihren Bruder, Hias und Herrn Müller, verwechselte sie jedoch hin und wieder. Sicher war auch die Ruhe hier für die junge Frau wichtig, genauso wie der freundliche Umgang mit den Hausbewohnern. Als einzige Freude und Zeitvertreib hatte sie außer dem Spiel mit ihrer schwarzen Katze das Radio. Stundenlang konnte sie manchem Schmarrn zuhorchen, doch am liebsten waren ihr schon vertraute Volkslieder. Ganz besonders liebte sie die von Vico Torriani. Sie konnte alle bekannten Lieder von ihm singen, und da konnte es schon auch mal mitten in der Nacht passieren, dass man aus ihrem Zimmer „La pastorella" oder „Tango der Nacht" hörte .

Hintertux 1475m mit Gefrorenewand 3291m, Käserer 3270m und Frauenwand   4900

12

Und schon stand Weihnachten vor der Tür. Man hatte, wie bereits erwähnt, keine weiteren Gäste mehr, doch pflegte Müller manchmal schon am Heiligen Abend mit einer kleinen Abordnung hier einzutrudeln, der Rest der Familie und seine Freunde folgten spätestens Silvester.

Einen Tag vor dem Heiligen Abend kam jedoch auch Elke. Sie konnte von Hochstein zum Hof wegen Schnee und Eis nicht hochfahren.

Das war aber kein Problem, denn seit Müller Pächter von Hochkogel war, hatte natürlich sofort ein Motorschlitten hergemusst, der im Extremfall sogar über den relativ steilen, jedoch lawinensicheren Geisrücken hochfahren konnte.

So holte Markus sofort seine Braut mitsamt Gepäck vom kleinen Ort ab. Der Empfang war heute besonders herzlich. Wusste man doch, Elke würde nun ja für immer da sein.

Monika sah in ihr keine Rivalin, sah in keiner Weise, dass ihr dadurch die Felle davon schwimmen würden. Am nächsten Tag musste ebenfalls Müller mit seinem Gepäck heraufgebracht werden, sein Diener, dem er heuer nicht frei gab, musste zu Fuß den Berg hochkraxeln. Frau Renate würde mit dem restlichen Clan wie vorgesehen auf Silvester zum Jahreswechsel kommen, da würde dann das Haus wieder gerammelt voll sein.

Nach schier uraltem Brauch wurde am Heiligen Abend mit der Räucherpfanne wieder in alle Räumen gegangen, und auch in Schupfen, Kapelle sowie rund ums Haus.

Heuer ging das erste Mal Elke mit dem Hias. Hias, welcher die Glutpfanne mit etwas Weihrauch schwenkte, schritt voran, dahinter Elke mit Weihwassertiegel und -wedel.

Monika war sehr darauf bedacht, dass ja alles nach altem Brauch verlief und dass diese Tradition auf Hochkogel aufrecht erhalten und, so Gott wollte, noch lange, lange Zeit weitergeführt würde.

Selbst Müller ordnete sich gerne den Anweisungen von Monika unter, und dafür bekam er von ihr zu essen, wie am Heiligen Abend die Ausgezogenen, die in Butterschmalz herausgebackenen Germküchl.

„Darauf hab ich mich schon zu Hause gefreut", meinte Müller begeistert. „Das ist sogar ein Hauptgrund, dass ich am liebsten schon am Heiligen Abend hierher komme, denn so gut schmecken sie nur bei dir, Monika. Und so gut schmecken sie nur am 24. Dezember und nur auf Hochkogel, finde ich."

Zwischen Weihnachten und dem Jahreswechsel saßen die sechs Hausbewohner nun öfter beisammen, meist am Abend. Da wurde dann geschöppelt und erzählt, geplant und vorbereitet. Dabei wurde auch das Thema „Pacht" angeschnitten. Müller konnte durchaus den Wunsch der Hochkogler nachvollziehen, dass nach dem kommenden Jahr entweder ein neuer Vertrag gemacht werden sollte oder aber Moni und Markus außer den sechs Zimmern wieder selbst den Hof übernehmen wollten.

„Markus, ein Vorschlag zur Güte, wie wäre es, wenn wir so weitermachen wie bisher? Du fährst ja nicht schlecht damit und hast auch mehr im Geldbeutel, als wenn ihr allein von der Landwirtschaft leben würdet, da ihr auch nicht mehr vermieten könnt. Meine sechs Zimmer, wie du sicher weißt, kann ich ja noch mindestens 10 Jahre kostenlos benützen, als Abzahlung sozusagen, aber das ist dir sicher auch klar."

„Das fände ich auch gar nicht so schlecht, eigentlich am vernünftigsten", meinte auch Elke. „Denn Markus, das habe ich Dir noch gar nicht gesagt, das sollte die Weihnachtsüberraschung, das Weihnachtsgeschenk für dich sein: Ich bin schwanger, und wenn meine Rechnung aufgeht, sind wir schon im Mai zu dritt, und als Mutter sollte ich mich dann wohl zuerst um unser Kind kümmern dürfen, oder?"

„Das ist ja wieder so ein Ding. Ich bin perplex", platzte Müller heraus, „wenn's ein Bub wird, werde ich Pate. Karl-Heinz ist doch ein schöner Name, oder?"

„Wir überlegen noch", gab Elke zur Antwort, „und was ist mit dir? Hat's dir die Sprache verschlagen?"

Markus saß tatsächlich so verdattert da, weil er noch gar nichts an Elkes Umfang bemerkt hatte. Nicht einmal, dass sie etwas zugenommen hatte.

„Ich weiß tatsächlich momentan nicht, was ich darauf sagen soll. Aber es ist doch egal, ob es ein Junge oder ein Mädel wird. Hauptsache, das Kind ist gesund."

„Hoffen wir auf einen Jungen", meinte nun auch Monika, „damit der Stamm der Herrenberger erhalten bleibt."

„Meint ihr wohl, ich lasse mich mit einem Kind abspeisen? Wo sind wir denn, da hätte ich auch gleich in Nürnberg bleiben können. Es war mir schon immer ein Anliegen und Bedürfnis Kinder zu haben", fuhr Elke fort.

„Denn wie ihr sicher wisst, kommt in Deutschland zuerst ein Auto, dann ein Kind, ‚das Auto ist der Deutschen liebstes Kind' heißt nicht umsonst ein geflügeltes Wort."

Wenn man sich kein Auto leisten kann, bleibt freilich die Nachkommenschaft auf der Strecke. Aber das ist in vielen hoch zivilisierten Ländern so: Zuerst kommt man selbst und will keine Einschränkungen akzeptieren, man will auch mehr als der protzige Nachbar haben, alles Angeberei, und man will auch kein Kindergeschrei ... Und natürlich ist es für eine moderne Frau auch nicht tragbar, wenn sie im Urlaub im Bikini ihre so genannten Schwangerschaftsstreifen am Bauch wie eine Hängebrust verstecken müsste. Nein, dann höchstens ein Adoptivkind, welches jedoch aus dem größtem Dreck heraus, also windelfrei, trocken und sauber ist.

„Nein, mal ganz ehrlich: Mutter Monika kann mit 50, wie auch der Hias mit 57, noch nicht in Rente gehen, und da wird sich auch nichts tun", sagte Müller, „die Gesetze sind streng. Man muss schon den Kopf unter dem Arm tragen, wenn man zum Beispiel wegen Behinderung etwas erreichen und vorzeitig in Ruhestand gehen will. In unserem Betrieb", fuhr er fort, „sind meines Wissen von den 800 Angestellten jetzt fünf Männer in Altersteilzeit gegangen. Wir haben dieses Angebot den älteren Mitarbeitern gemacht. Das finde ich auf jeden Fall eine Erleichterung, und damit soll auch der Ausstieg aus dem Berufsleben erleichtert werden. Wir haben schon bei vielen Mitarbeitern feststellen müssen, dass sie beim Eintritt in die Rente, sofern sie keine Nebenbeschäftigung oder sinnvolle Hobbies hatten, fast vor die Hunde gegangen sind. Aber nur fünf von dreißig möglichen Antragstellern haben meines Wissen das Angebot angenommen."

Arme Menschen in meinen Augen, diese restlichen 25. Der 20%ige Verdienstausfall zählt da mehr als ihre Gesundheit. Sie könnten damit nicht leben, doch begreifen sie nicht, dass sie nur die Hälfte dafür leisten müssen. Im Falle einer Kündigung, wie es in Betrieben auch jetzt wieder gang und gebe ist, und da ist keine Rede von Kündigungsschutz, ob man nun so oder so viele Jahre zum Betrieb gehört hat, ist nun auch keine Rede mehr von einer Abfindung. So etwas machen heute nur noch ganz, ganz wenige potente Großkonzerne. Andere wiederum meinen, wenn sie 20 Mark oder 100 Schilling weniger verdienen, ginge die Welt unter.

Müller konnte sich hier plötzlich in Dinge hineinsteigern, die ihn sonst im Betrieb nicht weiter berührten. Dort waren hauptsächlich der Personalchef und der Betriebsrat für die Belange der Angestellten zuständig. Sicher hatte auch er ein offenes Ohr, wenn sich ein Mitarbeiter ein Herz fasste und sich direkt an ihn wandte. Das waren dann jedoch meist Probleme von größerem Ausmaß, von gesundheitlicher, familiärer oder finanzieller Art.

„Auch bei zerrütteten Ehen habe ich schon ein paar Mal den Schlichter gespielt, ebenso bei Alkoholkranken, obwohl wir eine extra ausgebildete Fachfrau für Alkohol und Drogenabhängige im Betriebsrat haben. Frau Fleischer erledigt ihre Aufgabe zur vollsten Zufriedenheit und vermittelt Entzugs- und Kurkliniken. Zweimal bekommen die Betroffenen bei uns die Chance, von ihrer Sucht loszukommen, und es gibt zwei Lösungen: Entweder sie gehen auf Entzug bei voller Lohnfortzahlung, oder sie gehen für ganz, das heißt sie bekommen den blauen Brief und werden gekündigt. Meines Wissen wird leider mehr als die Hälfte früher oder später wieder rückfällig, weshalb wir uns auch entschlossen haben, jenen Gestrauchelten noch eine Chance zu geben und sie nochmal auf so eine Kur zu schikken. Das fruchtet dann auch fast immer, denn kein vernünftiger Mensch will einen sicheren guten Arbeitsplatz verlieren, oder was meint Ihr dazu? Und ehrlich, wenn es ganz korrekt und hart zuginge, würde das auch euch betreffen. Aber ich weiß, dass ihr keine Probleme mit diversen Suchtgiften habt. Und trotzdem, so sicher darf sich da keiner fühlen, auch ich nicht als euer Chef. Doch Markus, was ist? Haben wir überhaupt noch genug solches Gift im Keller für Silvester?"

„Jede Menge", gab Monika zur Antwort, die wohl auch im Keller am besten Bescheid wusste.

„Nun, dann holt noch eine Pulle, heute sitzen wir noch ruhig und gemütlich beisammen, denn in ein paar Tagen ist es mit der Ruhe hier vorbei, wenn die ganze Blase da ist. Liebe Hochkogler, ihr könnt mich anschauen, wie ihr wollt, vielleicht hab ich euch anfangs mehr von oben herab angeschaut und mir gedacht, mit den Bauernschädeln werd ich kurz oder lang schon fertig, und ich bekomme die Sache, die ich will und wollte. Inzwischen aber ist viel Wasser den Berg hinunter zum Inn geflossen, und inzwischen habe ich auch gelernt, dass die primitiven Bergbewohner gar nicht so primitiv sind, im Gegenteil, auch ich hab schon manches hier lernen können, was oft nur einfache Dinge sind, wie die Arbeiten draußen in Wald und Flur und im Stall.

Heute bin ich echt froh, dass wir ein so gutes Verhältnis haben. Verhältnis ist vielleicht noch zu wenig gesagt, ich würde es schon als Freundschaft bezeichnen und hoffe auch, dass dies noch viele Jahre so anhält.

Einerseits bedaure ich es, doch andererseits auch wieder nicht, dass ich euer Anwesen noch nicht habe erwerben können. Denn mit euch ist gut zusammenarbeiten, da gibt es keinerlei Probleme: Ihr kennt euch überall aus, mit einem Wort, auf euch kann ich mich voll und ganz verlassen. Ehrlichkeit zahlt sich schließlich immer noch aus."

Markus hatte inzwischen eine neue Flasche entkorkt, „auf unser Wohl und auf unsere Freundschaft."

„Ja, ein Prost für die Runde." Auch Simone bekam ein halbes Glas eingeschenkt; sie sollte sich nirgends als eine Außenseiterin oder als Ausgegrenzte fühlen. Gerade solche Menschen sehen oft Kleinigkeiten viel besser, da konnte eine Rosine weniger im Kuchen und ein kleines Stücklein Fleisch weniger im Gulasch der Auslöser einer vermeintlichen Benachteiligung sein.

„Stellt euch vor", begann Müller erneut sein Gespräch, „dem Moser Toni sein kleines Anwesen könnte ich jetzt erwerben, es soll angeblich verkauft werden. Die Mosers wollen, wenn der Alte wieder aus dem Knast ist, wieder woanders hinziehen und ihr Glück versuchen oder vielleicht ihre krummen Dinger fortführen. Es wäre gar nicht mal so teuer, hat mir der Dorfwirt gesagt. Zuerst hat Frau Moser es dem Bürgermeister gesagt, der war sogar glücklich als sie im von ihren Absichten erzählte."

„In ganz Hochstein hat doch keiner so viel Bargeld, diese Frette zu kaufen. Sie ist zwar nicht die Welt wert, aber immerhin, für eine Barzahlung ist es zu viel. Da kam man sich auf mich verlassen, aber ehrlich, liebe Freunde, auch mir liegt das Gütl im schattigen Loch nicht so, und ich werde auch deshalb die Finger davon lassen. Wenn es zu meinem Jagdgebiet und zu eurem Anwesen besser passen würde, ja, dann schon eher, aber so liegt es mir doch zu abseits."

13

Silvester kam und mit ihm auch viel neuer Schnee. Unmöglich für die restlichen Gäste, mit ihren Fahrzeugen herauf zu kommen. Da war Markus wieder gefragt: Mal um Mal ging das Motorschlittentaxi auf und nieder. Die Jüngeren und jene, welche noch gut zu Fuß waren, mussten sich allerdings laut Anweisung von Müller zu Fuß hinaufkämpfen. Und das war wiederum nicht ganz ungefährlich. Zuerst wollten die Leute nicht über den ungespurten Geisrücken, und erst als Markus ein paar Mal die Talfahrt dort gemacht hatte, kapierten sie es und folgten, wenn auch widerwillig, den Anweisungen. Es war auch für Markus eine gewagte Herausforderung, über den normalen Fahrweg zu fahren, doch bis jetzt war noch keine Lawine in diesem gefährdeten Teilstück abgegangen. Er nahm auch nur deshalb den Fahrweg, weil er durch diese Benutzung das Dreifache an Fracht transportieren konnte.

Auch Frau Renate musste gefahren werden, und sie schimpfte wie ein Rohrspatz, als sie mit dem Hochkogler allein unterwegs war. So eine hirnrissige Idee, bei diesem Sauwetter am Ende der Welt Silvester zu feiern, das konnte auch nur ihrem spinnerten Uhu von Mann einfallen. Zu was hatte sie eigentlich ihr elegantes Abendkleid und ihren teuren echten Schmuck mitgenommen? Wo dies doch gar keine Leute zu sehen bekamen. Außer den paar Hiasln, welche Karl-Heinz als so genannte Freunde des Hauses zusätzlich zu ihrer Familie eingeladen hatte. Die zwei Töchter waren da gescheiter, die kamen erst gar nicht mit, sie hätten schon etwas versprochen und hätten Wichtigeres zu tun, als da hinauf zu kraxeln.

Und dann waren sie oben.

„Noch so eine Fuhr", meinte Markus, und schon war er wieder unterwegs. Inzwischen waren die ersten extrem schnellen Kraxler eingetroffen und stolperten ins Haus, ohne den Schnee von den Schuhen und Kleidern abzuklopfen. „Wo ist die Dusche, ich schwitze, ich muss mich umziehen, wo ist die Gaststube, der Speisesaal, wir haben Durst und Hunger, wo bleibt denn die Bedienung? Mensch, das hat uns Herr Müller aber ganz anders geschildert, so ein Spruchbeutel."

Monika und Elke bemühten sich, die feinen Leute zu beschwichtigen und zufrieden zu stellen. Als sich dann noch eine Frau beschwerte, dass dies ein Saftladen sei, wo man nicht mal auf dem Zimmer rauchen dürfe, reichte es sogar Herrn Müller: „Entweder ihr haltet euch an die Hausregeln, oder Markus fährt euch postwendend wieder hinunter. Eine dritte Möglichkeit gibt es nicht! Und eines ist jetzt schon klar: Nächstes Jahr kommt nur mit, wer gerne mitkommt; vielleicht aber keiner mehr von euch, doch das macht nichts, ich jedenfalls komme auch allein."

Hias musste heute allein die Stallarbeit verrichten, und auch das Räuchern in Hof und Stall blieb ihm nicht erspart. Da gab es keine Verschiebung, dieser Brauch wurde immer am 24. und am 31. Dezember sowie am 5. Januar abgehalten.

„Das ist ein Ding, haste gesehen", hieß es da, „da geht der olle Mann mit der Glutpfanne, nuschelt vor sich hin, glotzt in alle Gemächer, und dabei begleitet ihn noch eine Frau mit einem Wasserkessel mit Pinsel in der Hand, und stell dir vor, sie kamen auch in mein Zimmer. Einerseits finde ich das eine Frechheit, denn wenn ich gerade beim Umkleiden gewesen wär, so hätte mich dieser Kerl mit dem stinkigen Zeug nackt gesehen. Andererseits finde ich es wieder ganz ulkig, wie ein mystischer Geheimbund, der vielleicht damit die bösen Geister beschwören will."

Inzwischen war es längst dunkel, als in der großen, umfunktionierten, geräumigen Stube endlich alle Gäste ihren Platz gefunden hatten. Zuerst machte Müller nochmals eine allgemeine kurze Begrüßung, dankte für das Kommen und für die gute Zusammenarbeit im letzten Jahr. Innerlich glaubten zumindest die Hochkogler, dass Müller da nicht die Wahrheit sprach, er hätte sicher lieber gesagt: „Wärt ihr doch geblieben, wo der Pfeffer wächst!"

Doch er hatte sich im Zaum, und er wusste, dass er manchmal über seinen Schatten springen musste, oder vielleicht, besser gesagt, manchmal über etwas hinwegsehen musste, angefangen bei seiner Frau Renate.

Daraufhin forderte er alle auf, sich von ihren Plätzen zu erheben, denn die Hausherrin würde jetzt ein Tischgebet sprechen. Monika war sowas nicht peinlich, obwohl sie wusste, dass wohl die meisten gar nicht beten wollten und nicht konnten. Sie wusste auch, dass sie manche hinterrücks vielleicht mitleidig wegen ihrer Naivität belächelten.

Doch sie lächelten zu ihrer Überraschung nicht. Nach dem Kreuzzeichen und dem Wunsch „gesegneten Appetit" begann man zu löffeln. Zuerst, wie alle Jahre am Heiligen Abend, die obligatorische Gerstelsuppe und anschließend die Germküchl mit Dörrpflaumen, Dörrbirnen und Kompott. Waren manche auch anfangs etwas skeptisch, so schmeckte es doch allen ohne Ausnahme. Es blieb kein einziges Küchl mehr übrig, obwohl gerade ein solches Müller auch ganz gerne in der Früh zum Kaffee haben wollte. Monika wusste, was sie zu tun hatte, nämlich das nächste Mal noch mehr zu machen. Und dabei hatte sie schon diesmal gedacht, dass eine Menge übrig bleiben würde.

„Heute hätten wir tatsächlich das Wunder von der Brotvermehrung nötig gehabt", meinte sie zu Müller. Es wurden aber doch alle satt, und auf einmal vollzog sich ein Sinneswandel. Alle waren auf einmal so begeistert und lobten in vollen Tönen die Köchinnen. Vielleicht hatte auch die Rüge von Müller dazu etwas beigetragen.

Es gab einen Silvesterabend, welchen Hochkogel, nein, ganz Hochstein noch nie erlebt hatte. Je näher die Zeiger der Uhren auf Mitternacht zur Jahreswende hin rückten, desto ausgelassener wurde die Gesellschaft.

Manche saßen angestrengt in der Runde der Bleigießer, andere machten die letzten Vorbereitungen für das Feuerwerk, welches ebenfalls alles übertraf, was Hochkogel und Hochstein je gesehen hatten.

Wieder andere ließen sich voll laufen und grölten umher. Es gab auch welche, die nichts erschüttern konnte und die sich in keiner Weise zum Beispiel beim Schmusen stören ließen. Etwas später gab es fast frivole Ausschweifungen: So wurden einige Damen bis auf BH und Slip ausgezogen und mussten bei verrückter Musik Bauchtanz oder Lambada demonstrieren, und selbst Simone schleiften sie mit.

Monika und Hias dachten ganz sicher: Auch diese Nacht wird zu Ende gehen; den Jungen machten solche Turbulenzen allerdings sichtlich mehr Spass.

Es war auf Hochkogel an diesem Tag meist heiter und lustig zu gegangen, bis auf wenige Ausnahmen, wo es in dem alten Haus fast wie ausgestorben und unheimlich war. Wie vor vielen Jahren zum Beispiel, als Franz allein die Stellung hier inne hatte.

Von all dieser Beschaulichkeit war man heute jedoch weit, weit entfernt, und wie entfesselt tanzte selbst Müller mit seiner Renate und seinen Sekretärinnen. Erst gegen drei Uhr früh kehrte in dieser schier besinnungsraubenden Nacht wieder etwas Ruhe ein.

Die Gemüter, die teils durch übermäßige Trinkgelage, teils durch Kraft raubenden, wilde Tänze und schlüpfrige, fast orgienhafte Liebesspiele aufge-peitscht waren, waren nun doch geschwächt.

„Solche Fackn hab i a nu nia gsechn", meinte in der Früh der Hias. Hias, dem die ausgelassene Gesellschaft in der Nacht doch zuwider gegange war, war als Erster in die Federn gekrochen. Es war vielleicht 1.00 Uhr gewesen, doch seine Ruhe hatte er dort beileibe nicht gehabt: Der Tumult drang durch die dicksten Wände, und selbst das Vieh im Stall schaute heute am Neujahrstag ganz verstört, als Hias die Stalltür öffnete.

Markus kam auch, um beim Füttern, Melken und Ausmisten zu helfen. Man wollte die tüchtigen Frauen heute etwas länger schlafen lassen. Sie hatten ja auch eine anstrengende lange Nacht hinter sich, teils mit Ärger.

Markus half auch später im Gastzimmer, der „guten Stube", wieder etwas Ordnung zu machen. Man hätte annehmen können, dass dort eine Bombe eingeschlagen sei: Volle Aschenbecher, Konfetti, Papierschlangen, eine Menge leerer oder halbleerer Gläser und Flaschen. Es war acht Uhr, als Hias nach einem kleinen, selbstgemachten Frühstück als Einziger am Neujahrstag sich auf den Weg zur Kirche machte. Er musste dafür seine Ski nehmen, und es hatte über Nacht noch etwas von der weißen Pracht gegeben, aber das hatte in dieser Nacht niemand bemerkt.

„Was war denn bei euch heut Nacht los?" fragten die Hochsteiner anschließend beim Dorfwirt, „man hat meinen können, ein neuer Krieg ist in Hochkogel ausgebrochen, oder der Graf Koks persönlich war droben: So ein Feuerwerk und so viele Leuchtraketen hat man im Kumpfental noch nie gesehen."

„Fehlt nit weit", meinte der Hias darauf in seiner trockenen Art. „Der Fabri-kant hat's heut Nacht extra krachen lassen, damit die Hochsteiner auch sehen, wo Geld ist, da kracht's."

Nach dem Viertelliter Südtiroler Kalterersee machte er noch einen Besuch bei seiner Mutter, denn diese konnte jetzt leider kaum mehr in die Kirche, besonders nicht im Winter.

Hernach machte er sich wieder an den Aufstieg, er wollte um ein Uhr zum Mittagessen auf Hochkogel sein, welches heute ausnahmsweise erst so spät stattfand.

Natürlich war nun die ganze Blase wach und zum Teil schon wieder beim Schlucken. Sektfrühstück im Neuen Jahr, warum nicht?

Monika und Elke hatten bereits am Vortag vorgekocht. Es gab zu Mittag

Gamsbraten oder Schnitzel Wiener Art, dazu Kartoffeln oder Knödel mit Endivien und Krautsalat. Müller hatte dazu bereits Tage vorher die Bitte an Monika gegeben, sie solle ja nicht mehr an Auswahl auftischen. Denn sicher würde es welche geben, die heute z.B. fränkischem Brauch zufolge Rippchen oder Knöchle mit Sauerkraut wollten und dazu Erdäpfelpüree. So was gibt es laut alter fränkischer Tradition stets am Neujahrstag, damit das Geld nicht ausgeht, sagt man.

Tatsächlich wollten manche Gäste Nürnberger oder fränkische Bratwürste, manche zum Braten Spätzle oder zum Schnitzel Kartoffelsalat. Am heutigen Tage hätte manchen freilich auch ein Rollmops gut getan.

Selbst Simone half heute brav und tüchtig mit, und die meisten Gäste bemerkten und erkannten gar keinen Defekt bei ihr, doch etwas fiel Mutter Monika gleich auf: Sie war heute etwas anders und lächelte fortwährend vor sich hin. Hatten ihr der Abend und die Nacht so gut gefallen? Hatte sie womöglich sogar ein schönes Erlebnis gehabt?

„Keine Frage, heut wird nochmal dageblieben, und zwar die ganze Meute", meinte Müller nach dem Mittagessen. „Ich habe bemerkt, dass seit gestern ein Stimmungswandel eingekehrt ist, und ich habe das Gefühl, dass es nun jedem hier gefällt."

Es hatte aufgehört zu schneien, und ein kleiner Verdauungsspaziergang in der frischen Luft kam da gerade recht. Wer nicht wollte, konnte auch zu Hause bleiben, die anderen schlossen sich an.

„Eigentlich können wir doch bis Sonntag den 5. Jänner da bleiben, denn die Arbeit läuft sowieso erst wieder am Dienstag, den 7. Jänner an."

„Eine famose Idee", meinten sofort alle begeistert, „echt toll".

Doch einige, darunter Frau Renate, wollten heim nach München. Ihr war bereits die große Silvesterparty bei der Bavaria und das Neujahrskonzert vom Bayerischen Rundfunk entgangen, und zu beiden Veranstaltungen hatte sie Einladungen bekommen.

Allerdings konnte sie sich jetzt auf dem Berghof fast als kleine First Lady profilieren, und das tat ihr, der geltungsbedürftigen, sehr gut. In München hätte sie sicher nicht so im Mittelpunkt gestanden, dort war sie, die Frau Renate Müller, auch nur eine unter vielen. Hier konnte sie dagegen ihr durchschnittliches Allgemeinwissen und ihren bescheidenen lateinischen Wortschatz eher anbringen und vielleicht sogar etwas Eindruck damit schinden. Ja, im Grunde kam sie hier wirklich mehr zur Geltung.

Da das Mittagessen heute später gewesen war, wurde es auch bald schon wieder dunkel, nachdem man von der Schneewanderung zurückgekehrt war.

Herr Müller wollte am Freitag, den dritten Jänner nach München zurückfahren, und sicher würde mit ihm der Rest mitfahren. Vielleicht war das doch besser, denn so ein volles Haus war auf die Dauer zu eng. Müller meinte, man könne den Hochkoglern die viele Arbeit nicht länger zumuten, er werde ihnen aber ein extra Weihnachtsgeld als Vergütung für ihre Extraleistungen geben.

Vielleicht sollten auch jene Neujahrswünsche nicht vergessen werden, welche via Telefon eintrafen oder von hier übermittelt wurden. In erster Linie meldeten sich die fünf verbliebenen Herrenberger der Reihe nach, dann auch, wie all die Jahre schon, die „treuen Franken." Da die Frauen jedoch zu sehr beschäftigt waren, musste Markus den Telefondienst übernehmen.

Bei der angehenden Schwiegermutter Susanne schien es fast, als wolle er gar nicht mehr den Hörer auflegen. Susanne war dieses Jahr an Silvester zum ersten Mal allein, und es schien ihr, als falle ihr die Decke auf den Kopf, bis sie kurzentschlossen in Stiefel und Mantel schlüpfte und einen Bummel durch die belebten Straßen von Nürnberg machte.

Zig Male musste sie den Gruß „Guten Beschluss" erwidern, und einige Male wurde ihr Sekt angeboten. Das tat Susanne gut: Es war ein Zeichen, dass unsere sonst so hektischen Mitmenschen zumindest an gewissen Tagen noch menschlich, freundlich und hilfsbereit sein konnten. Selbst die vielen Ausländer in jeder deutschen Stadt wurden an diesem mehr akzepiert und geduldet. Man stieß sogar mit ihnen an und wünschte ihnen eine gute und schöne Zukunft, was ansonsten nicht in solch ausgeprägter Form praktiziert wird. Ansonsten hieß es doch gleich „Ausländer raus."

Man kann die Dinge drehen und wenden, wie man will, sie haben immer zwei Seiten: Da gibt es die wirklich Armen und Vertriebenen, obwohl ich dazu sagen möchte, dass die wirklich Armen gar nicht da sind, denn sie hätten nämlich in keinem Fall genug Geld, um die Schlepperbanden zu bezahlen. 3000 bis 5000 Deutsche Mark pro Kopf, hört man, sei keine Seltenheit, sondern gang und gäbe. So viel Geld aber hätten die armen Säcke nicht.

Es sind also doch mehr Wirtschaftsflüchtlinge darunter, man kann auch

Schmarotzer dazu sagen, welche sich in deutschen Landen breit machen. Welchen wiederum jedes Mittel recht ist, hier ein flottes Leben zu führen. Die meisten Fälle von Einbrüchen, Raub und sogar Morde gehen auf das Konto solcher, meist illegaler Einwanderer. Werden dann solche Typen einmal gefasst, was passiert dann mit ihnen? Nichts! Im schlimmsten Fall werden sie abgeschoben, aber über die nächste grüne Grenze kommen sie wieder herein, und das Spiel beginnt von Neuem. Wenngleich das Boot für das Kontingent an Ausländern und Einwandereren schon längst voll ist, kommen doch jeden Tag neue.

Kurz nach Mitternacht war Susanne wieder zu Hause. Sie war ganz allein, aber der Spaziergang hatte ihr, wie gesagt, sehr gut getan. „Ich muss wohl tatsächlich lernen, allein zu leben", dachte sie sich. „Eine große Umstellung, doch es leben ja viele Frauen allein. Die Kinder verlassen das Haus, wenn sie flügge geworden sind, und bauen sich ein Nest. Das ist nun mal der Lauf der Dinge, damit muss man sich abfinden. Kinder, die immer, vielleicht sogar bis Mutters Tod, an deren Rockzipfel hängen, werden nie selbstständig."

Sie könnte auch wieder heiraten, Angebote hatte sie genügend bekommen. Vielleicht war auch manch gute Party dabei, doch sie wollte nicht nach Geld heiraten, das hatte sie gottlob nicht nötig. Sie war viel zu lange selbstständig gewesen, um sich noch einmal unterordnen zu können. Sie dachte dabei auch an ihre Verwandte Karin in Rebheim, die nach der Scheidung von Franz auch nicht mehr geheiratet hatte. Der kleine Bastard, der außereheliche Bub, würde auch mal groß sein und sein eigenes Leben führen. Mutter Christa hatte auch nicht das ewige Leben, und dann würde Karin allein umhertappen. Aber sie hatte bereits begonnen, sich an Gemeinschaften, Vereine und Kreise anzuschließen, wo sie sehr aktiv Geselligkeit pflegte. Eigentlich eine gute Idee, so etwas konnte sich Susanne auch vorstellen.

Sicher, vor einem Jahr waren die Kinder noch dagewesen. „Wie lange doch so ein Jahr sein kann", dachte sie. „Vor einem Jahr war die Welt hier noch in Ordnung."

Dabei schellte das Telefon, es war fast wie Gedankenübertragung, es waren die Rebheimer. „Wir haben es schon ein paar Mal bei dir versucht, aber es hat niemand abgehoben. Wir haben schon gedacht, du bist vielleicht doch zu deiner Tochter nach Tirol gefahren, aber dort hat man gesagt, du kämst wohl erst im Januar."

„Hast recht, Karin, im Januar habe ich vor, dorthin zu fahren. Nicht jetzt, wo dort der Teufel los ist, wo Müller mit seinen Freunden für Remmidemmi sorgt."

Ungefähr eine halbe Stunde lang tauschten sie Neuigkeiten per Telefon aus. Als endlich doch aufgelegt wurde, läutete es erneut. Es war ihr verflossener Mann Gert aus dem Sauerland. Er wollte wissen, wie es ihr und seinen Kindern so ging.

„Was, alle aus dem Haus, du ganz allein, unglaublich." Auch dass Franz gestorben war, wusste er noch nicht.

„Und wie geht's dir?", fragte Susanne.

„Gut, zufriedenstellend", sagte er, obwohl seine Stimme nicht so recht danach klang: Susanne kannte ihn gut genug, um am Unterton zu erkennen, wann dem nicht so war.

Und als sie dann bereits im Bett war, gab es nochmals eine Ruhestörung, jetzt war Harald dran. Doch dieser schien schon eine ziemliche Schlagseite zu haben, dazu ertönte noch Lachen und Gekicher im Hintergrund.

„Was ist, Muttl?" grölte er. „Du liegst noch nicht im Bett?"

„Doch, ich liege bereits drin. Was ist, willst du außer deinen Glückwünschen noch etwas anbringen? Hast du sonst noch etwas auf dem Herzen? Aber mir scheint, ihr habt schon ganz mächtig getankt, und ich sag dir, für Jux und Tollerei habe ich keine Stunde Gehör, da ist mir meine Ruhe wichtiger, verstehst du mich?"

„Stell dir vor, Muttl, Verena und ich wollen heiraten, und zwar schon bald, am achten Februar. Dazu möchte ich dich und Elke natürlich einladen. Ich weiß, du magst Verena nicht, aber ich dachte, schon des Anstandes wegen und der alten Sitte halber probier ich es nochmal: Vielleicht kommt ihr doch?"

„Wir werden sehen", gab Susanne zur Antwort und legte auf. Vielleicht hatte er sich Mut antrinken müssen, um ihr das zu sagen, waren ihre Gedanken.

14

Das neue Jahr begann sehr manierlich, und es tat sich weiter nicht viel, außer dass der Termin, der achte Februar, immer näher rückte. Susanne und Elke bekamen dazu noch eine extra Einladung, schön gedruckt: Harald und Verena würden sich sehr freuen, sie in der Pfarrkirche zu Buchberg im Bayerischen Wald begrüssen zu dürfen.

Susanne hatte nämlich darauf bestanden: Wenn sie nicht gleich auch kirchlich heiraten würden, käme sie auf gar keinen Fall, denn so ein Schlappenflickerverhältnis könne sie nicht dulden, und das war auch der Standpunkt von Elke.

Deshalb musste sich Harald wohl überwunden haben, in der Pfarrkirche der zuständigen Gemeinde Buchberg um einen Termin anzufragen. So mussten nun auch wohl oder übel die beiden Frauen ihr Einverständnis geben und nach Buchberg kommen. Susanne vergaß dabei nicht die Spezialeinreibung, welche sie ihrer Waldnachbarin Lisl versprochen hatte.

Der kleine Ort Buchberg im Bayerischen Wald unterschied sich kaum von den zahlreichen versteckten kleinen Gemeinden dieser Region, und es gab auch hier etwas Fermdenverkehr, und außer Susannes Eltern gab es hier viele gut betuchte „Herrschaften", die hier eine Zweitwohnung in Form einer Ferienwohnung oder eines Bungalows hatten.

Nun war es soweit. Elke war bereits zwei Tage vorher von Tirol angereist, und in moderner Aufmachung kamen Mutter und Tochter nach Buchberg. Sicher hatte der Ort seinen Namen von dem Hügel, auf dem er stand, sowie von den riesigen Buchenwäldern erhalten, die ihn umsäumten.

Beide Frauen verzichteten darauf, zwei Tage früher zur standesamtlichen Trauung und zu dem sicher ausschweifenden Polterabend zu kommen, welcher angeblich in der Waldhütte abgehalten wurde. Dabei sträubte sich Susanne allein bei dem Gedanken: Sie konnte sich bildlich vorstellen, welche Orgien da abgehalten würden. Die grell geschminkten, halbnackten Ferkel, nein, da würden sie keine zehn Pferde hinbringen.

Vor der Kirche auf dem kleinen freien Vorplatz hatten sich tatsächlich auch einige Einheimische eingefunden, darunter auch Lisl. Von der horizontalen Gesellschaft waren ebenfalls ein paar dabei. Harald und seine Verena kamen jedoch erst im letzten Augenblick, typisch Harald, immer musste er die Leute warten lassen. Es reichte nicht mal zu einer Begrüssung, die Glocken läuteten bereits zum Einzug in die Kirche.

„Aber jetzt nichts wie ab in den Schuppen", meinte er zu den Geladenen.

Der Pfarrer bemühte sich jedoch, die Zeremonie so feierlich wie nur möglich zu halten, er hatte ja die Großeltern vom Bräutigam gut gekannt, denn diese waren öfter mal, obwohl sie evangelisch waren, in die katholische Kirche gekommen, und sie hatten sogar einmal einen ansehlichen Betrag für eine neue Glocke gespendet.

„Vielleicht", dachte der Pfarrer, „kommt auch dieses fast verlorene Schaf wieder zurück und findet wieder den Weg zum Stall des Herrn, vielleicht in 10 oder 20 Jahren?"

Erst im Gasthaus „Post", wo anschließend das Hochzeitsmahl abgehalten wurde, konnten sich Susanne und Elke mit Harald und der Schwiegertochter bzw. Schwägerin etwas unterhalten.

Harald, altklug wie sein Sauerländer Vater, der allerdings nicht eingeladen worden war, fing nach dem Essen an zu sprechen: „Muttl, pass auf, was ich vorhabe. Meine Geschäfte gehen gut, die gehen immer, ja, ich weiß, du willst davon nichts hören, aber es ist nun mal so. Wir haben erst mal vor, unser Heim großzügiger und komfortabler auszubauen. Grund ist genug da. Auch bräuchte ich dich dafür jetzt gar nicht mehr zu fragen, aber du weißt, als „anständiger" Mensch macht man das."

Bei dem Wort „anständig" fingen sogar die „feinen" Damen zu lachen an.

„Mach was du willst, aber komm mir ja nicht damit, ich soll etwas dazu beisteuern. Das kommt gar nicht in die Tüte, dass ich für so einen Sündenpfuhl noch Geld ausgebe."

„Das wär vielleicht gar nicht so verkehrt", meinte er darauf. „Du bekämst da eine gute Rendite. Doch du hast schon recht, lassen wir das heute sein. Nebenbei, so viel wird dieser Umbau mich nicht kosten, dass ich es nicht bezahlen könnte. Doch da ist Verena, schaut sie nicht gut aus, meine Frau und deine Schwiegertochter?"

Verena hatte inzwischen ihre Deutschkenntnisse noch mehr ausgebaut und begann fast akzentfrei ein Gespräch mit Susanne. Sie sei sehr, sehr glücklich, dass ihre Schwiegermama und ihre Schwägerin doch noch gekommen seien, und sie werde sich sehr bemühen, dem Harald eine gute Frau zu sein. Natürlich sei es ihr ein großes Anliegen, wenn sie beide ihre Vorurteile ihr gegenüber ablegen könnten und so die Familienbande wieder fester knüpfen könnten.

Elke war von Verena beeindruckt und fand die Tschechin plötzlich fast sympathisch. Sie konnte sich nicht zurückhalten und drückte diese ein paarmal fest und innig. „Meine Geschichte werde ich euch ein andermal erzählen", meinte Verena noch. „Dazu brauchen wir mehr Zeit, und ich werde meine Geschichte wahrscheinlich niederschreiben, das habe ich zumindest vor."

Jedes Fest geht einmal zu Ende, auch das schönste. Man versprach, sich spätestens Anfang Mai wieder zu treffen, wenn Schwester Elke ihrem Markus am 3. Mai in Hochstein ihr Jawort gab. Das war so geplant und abgemacht. Doch je näher dieser Termin rückte, desto bedenklicher wurde Elkes Umfang. „Ob wir das noch schaffen?" dachte sie. „Ich möchte nämlich noch getraut werden, bevor ich Mutter bin." Die Zeit schien knapp zu werden.

15

Bis dahin gab es noch andere Probleme auf Hochkogel. Sie begannen schon, als die ersten Geißen ihre Jungen bekamen, und wie schon fast vermutet, hatten da die Steinböcke dahinter gesteckt. Die männlichen Kitze waren viel ausgeprägter, hatten einen robusteren Körperbau und schon fast das Gehörn von jungen Steinböcken.

Markus teilte das gleich seinem Chef mit, der so begeistert war, dass er alles stehen und liegen ließ und einen Fachmann von der obersten Jagdbehörde von München ersuchte mitzukommen, mit dem er etwas befreundet war. Und dieser Herr Luder kam tatsächlich mit, denn das interessierte ihn gewaltig. Er war selbst ein begeisterter Jäger und Bergfreund und telefonierte sofort mit seinem Tiroler Kollegen in Innsbruck. Selbstverständlich war auch dieser sofort Feuer und Flamme und sagte promt zu. So trafen sich alle auf dem Hochkogelhof.

Herr Hörmann, der Fachmann aus Innsbruck, begann als Erster im Stall mit seinen Sentenzen. Natürlich wusste er von der Steinbockkolonie am Sulzmoos Hühnerkogelgebiet. Die hatte das Land Tirol schließlich selbst hier angesiedelt. Ihr Verhalten und ihre Paarungsgewohnheiten wurden des öfteren im Jahr geprüft und beobachtet. Man wusste auch Bescheid über den Wildfrevel des Moser Anton, der selbst bei guter Führung noch ein paar Jahre hinter Gittern verbringen würde.

„Es passiert zwar selten, kommt aber doch hin und wieder vor, dass sich Steinböcke an frei laufenden Hausziegen vergehen", meine Hörmann. „Das Steinwild, man mag es glauben oder nicht, ist mit den Hausziegen verwandt. Beispiele dafür gibt es in Südtirol, wo ebenfalls einige Almziegen von Steinböcken trächtig geworden sind und Nachwuchs wie diesen bekommen haben. Umgekehrt allerdings ist noch kein Fall bekannt geworden, dass ein Ziegenbock Vater einer Steingeiß geworden ist. Wie gesagt, das kommt höchst selten vor, aber immerhin: Ab und zu passiert es eben, dass solche „alten Böcke" und Geißen fremd gehen. Am liebsten würde ich diese jungen Unikate konfiszieren lassen, aber vielleicht ist es doch besser, sie hier gemeinsam aufwachsen und sich entwickeln zu lassen. Es ist auch keine Frage, dass ich auf diese Missgeburten ein wachsames Auge haben werde, denn sie sind meines Wissen die einzigen in Nordtirol.

Deshalb werde ich auch mindestens einmal monatlich vorbeikommen, um zu sehen wie sie gedeihen."

„Am besten", meinte Hörmann zu Hias und Markus, die auch im Stall waren, „wir lassen sie ohne Trennung, also gemeinsam mit den anderen, im Stall und dann im Frühling auf der Weide. Wenn sie wieder auf der Alm sind, müssen wir allerdings noch mehr Augenmerk auf sie richten, was sie weiterhin machen, ob sie womöglich weiterhin mehr zu ihrem Vater hin tendieren und sich eventuell sogar seinesgleichen anschließen. Es kann leider auch die Negativfolge auftreten, dass die Steinbockgeißen dadurch nicht mehr soviel Nachwuchs bekommen, obwohl das eigentlich von je her unser Ziel war."

Von den trächtigen Geißen waren prompt alle von den Steinböcken „schwanger" geworden, und zwar alle fünf, welche auf der Alm in diesem Zeitraum zur Sommerfrische gewesen waren. Unter den neun Kitzlein waren fünf Böcklein.

Also bekam dieses Jahr der Müller leider keine Osterzicklein, denn alle neun wurden sozusagen unter Quarantäne gestellt und befanden sich unter besonderem Schutz der Landesregierung.

Als Monika den Herrschaften dann eine gute Marende kredenzte und anschließend dieses phänomenale Ereignis mit ein paar Flaschen Franken-wein begossen wurde, da wagte auch Müller einen Anlauf, wie es denn im Herbst sei, ob da nicht vielleicht doch eine Aussicht bestünde, für den Abschuss eines echten Steinbocks. Wenn er diesen Vorzug bekäme, würde er sich auch nicht lumpen lassen und würde dafür gerne auch das „Pflegegeld" bezahlen, welches Hörmann den Hochkoglern für die Auf-zuchthilfe der neun Schützlinge zugesichert hatte. Hörmann wollte mal sehen und meinte, er könne sich vielleicht für einen Abschuss entschlie-ßen, wollte dann allerdings auch dabei sein.

„Wir werden uns über dieses Fall sicher noch einige Male eingehend unterhalten", meinte der Mann aus Innsbruck.

Man einigte sich schließlich, sich von nun an noch intensiver mit dieser neuen Ziegen- oder Steinwildrasse zu befassen und natürlich noch enger zusammen zu arbeiten. Das fange schon bei Markus an, wenn dieser seine Kontrollgänge mache.

In ungefähr einem Monat sollte wieder ein solches Treffen am selben Ort stattfinden, wenn die Tiere auf der Weide waren, um Beobachtungen anzustellen. So ging man zufrieden auseinander, nicht jedoch, ohne zuvor nochmals in den Stall zu den Schützlingen gesehen zu haben.

Natürlich sickerten die Nachrichten von diesem Phänomen der selten vorkommenden tierischen Kreuzung nach außen durch und erregte die Aufmerksamkeit der Medien. Schon in den nächsten Tagen tauchten auf Hochkogel Reporter von verschiedenen Gazetten auf, und auch ein Berichterstalter vom ORF erschien mit Kamera und Notizblock.

Das gab hektische Stunden auf dem Hof, was den Bewohnern gar nicht behagte. Und kaum wurde die Sache publik, kamen viele Neugierige und wollten diese Wunderziegen sehen. Inzwischen rückte auch der Frühling immer näher und näher, und die Geißen und die Schafe wurden wieder tagsüber ins Freie gelassen.

Auf Hochkogel waren es schöne Tage, und die fünf Hochkogler waren mit sich rundum zufrieden. Selbst den sonst meist so wortkargen Hias konnte man jetzt öfter mal schon in aller Herrgottsfrüh pfeifen und singen hören. Manchmal konnte man meinen, sie würden um die Wette singen, der Hias und die Simone. Ostern stand vor der Tür, als Müller, wie all die Jahre schon, mit seinen Ostergeschenken eintraf.

Selbst die Geschwister erschienen nun wieder öfter in regelmäßigen Abständen. Wenn die vier Brüder dann allein kamen, was auch öfter mal der Fall war, dann kamen sie zum Kuren, wie sie dazu sagten, nämlich um im kräuterreichen Bergheu im Heustadl zu schlafen und zu schwitzen. Das geschah meist im Winter, wo sie dann nur mit einer kurzen Unterhose bekleidet zuerst wie toll im Schnee umher rannten und sich gegenseitig damit abrieben, solange man es aushielt. Dann ging's flugs ab ins Heu, eingewickelt nur mit einer Wolldecke. Da wurden manchmal sogar Wetten abgeschlossen wer es am längsten im Schnee aushielt.

Aber dann im Heu zu liegen tat so wohl, weil sich bald eine mollige Wärme entwickelte und prompt alle in einen tiefen Schlaf versanken.

Diese Art von Kuren fanden alsbald auch im Tal und in den Nobelhotels Nachahmer. Dort waren sie natürlich nicht umsonst, alles hat ja schließlich seinen Preis, sagt man. Nicht aber auf Hochkogel, dort praktizierten nun die Brüder und manchmal auch deren Freunde weiterhin diese gesunde Heilmethode.

Manchmal riefen sie sich gegenseitig an, fragten was los sei und man keine Lust zum Kuren habe. Und da sie doch fast alle schon Rentner waren, machten sie diesen Spass öfter. Das war dann jedesmal eine Mordsgaudi.

So auch jetzt an Ostern, obwohl gar nicht mehr so viel Heu im Stadl und auch gar kein Schnee mehr im nahen Umkreis lag, brausten sie sich kalt ab und krochen dann ins Heu. Auch ich muss gestehen, dass das wirklich wahre Wunder bewirkt: Ich kann so etwas nur wärmstens weiterempfehlen! Wenn dann die Geschwister so beisammen waren, schwieg natürlich das Fernsehen. Höchstens das Radio lief, am liebsten die Volksmusik von Radio Tirol mit Martina Moser, Peter Kostner und Franz Posch, und dann wurden die alten Spielkarten hervorgeholt.

Dann ging es rund, man spielte entweder Bauernschnapsen, Vierer oder Sechserwatten, je nach Teilnehmerzahl. Dabei vergaß man auch oft die Zeit, und ehe man es sich versah, war es Mitternacht.

Auch das Bieten oder Preferenzen (Palachin) war in Hochstein wie auch auf Hochkogel noch beliebt und deshalb wohl noch nicht ausgestorben. Man spielte nicht mit hohen Einsätzen, und man konnte sich auch so prächtig unterhalten.

Ostern waren fast alle Herrenberger in der Kirche von Hochstein, und auch Karl-Heinz Müller war dabei. Natürlich lud er sie alle zu einer Stärkung zum Dorfwirt ein.

„A schauts, die Steinbockbauern sind wieder einmal vollzählig", entfuhr es dem Wirt. „Werdet eure Rindviecher bald verkaufen, eine echte Marktlücke ist das, wäre sicher auch eine Ankurbelung der Fremdenverkehrswirtschaft. Mit einem Steinbocktierpark da oben könntet ihr sicher eine schöne Stange Geld verdienen."

„Freund", meinte Müller statt Markus. „Nix da, es bleibt wie es ist, es bleibt alles beim alten. Wirt, bring gscheiter einen Doppelliter Kalterersee und sieben Gläser." Sie bekamen einen schönen Tisch für sich. „Prost Freunde, Prost Hochkogler auf unsere Gesundheit."

Zum Mittagessen waren sie selbstverständlich alle wieder vollzählig zu Hause am heimatlichen Tisch.

16

Monika, die Mutter von Markus, wollte, dass ihre Kinder in Tracht im landesüblichen Gewand heirateten. Für Elke hatte sie ihr altes Röcklgwand (auch „Kasettl" genannt) bereitgelegt, welches schon die Hochkogel-Oma und vielleicht sogar deren Vorfahrin getragen hatte.

So ein Gewand wäre heutzutage sündteuer und würde wohl über 100.000 Schilling oder 15.000 Mark kosten. Allein der Hut, aber auch die breite Kropfkette, die aufwendige Machart sowie die Rüschen und die teils mit goldenen Metallfäden ausgeführten Stickereien wären in der heutigen Zeit sehr teuer. An dieser Stelle möchte ich auch versuchen einzuflechten, was bei uns die Bauern wie auch das „gemeine" Volk vor etwa 150 Jahren noch an Kleidung besaßen und brauchten.

Prof. Matthias Mayer, Pfarrer von Going, hat uns einen wertvollen Nachlass gemacht, den ich hier auszugsweise verwenden möchte.

So hatten die Bauersleute im Durchschnitt nur zwei bis drei Hemden. Man trug also das Hemd etwa drei bis vier Wochen, bis es eben allzu schmutzig oder verdreckt war. Dann wurde das andere, welches gewaschen im Kasten oder in der Truhe lag, angezogen. Das Material dafür war selbstgefertigtes und -gesponnenes Leinentuch der gröberen Gattung.

Vermutlich reichten diese Hemden bei den Frauen bloß bis knapp über die Brust und die Achseln, wahrscheinlich weil die Frauen früher öfter schwanger waren und somit längere Hemden, Blusen und Jacken wegen des Bauchumfanges nur hinderlich gewesen wären. Deshalb trug man darüber um den Hals ein eigenes Kleidungsstück, den Goller oder das Halsjöppl.

Im Gegensatz zu den Hemden der Männer hatte das Weibsvolk feinere Stoffe, den harbenen Linnen.

Von der Männertracht haben wir leider nur bruchstückhafte Überlieferungen, wie etwa einen Augenscheinbericht eines Zeugen, der den am 4. Juli 1703 an der Klause bei Kufstein gefallenen Bauern aus dem Söllande dort hatte liegen sehen: „Der Erschossene hatte einen praun Lodenrokk mit praun, tiechenen Überschlägen, einer irchenen Hosen und praun tiechenen Strimpfen auch ein harbes Hemet an."

Dass auch hier die Mode wechselte, zeigt ein Erlass des Landgerichtes

Kufstein vom 5. April 1739, in dem verschiedene Kleiderformen verboten wurden, weil sie schon wie im Kitzbichlerischen zuviel von der Pinzgarischen Form angenommen hätten. Auf dem Bilde eines Mannes aus dem Kriegsjahr 1809 ist neben den gewohnten schwarzen Lederhosen, den weißen Strümpfen, dem langen grünen Haftlrock und dem ganz roten Laibl (Brustfleck) ein über die obere Brust laufender breiter Hosenträger zu erkennen, der sichtbar getragen wurde. Der schwarze Schlips durfte da auch nicht fehlen.

Die Tracht, also eine ausgesprochen unterschiedliche Art und Weise sich zu kleiden, wurde von der Zeit und den Orten, also den Tälern, bestimmt, und sie starb in ihrer alltäglichen Verwendung mit unseren Großvätern und Großmüttern im ganzen Unterland aus. Das war laut Mayer um 1870 herum.

Einzelnes wurde von den Vätern bis zu der Zeit um 1950 getragen. Das waren jedoch meist Erbstücke, die unverwüstlich waren und vielleicht an Sonn- und Festtagen noch hervorgeholt wurden. Am längsten hielt sich der Ranzen, der breite Bauchgurt, den man noch bis zur Zeit um 1890 zur langen Hose trug.

Erhalten hat sich die alte Tracht bis heute nur als Festtagskleid der Frauen, zum Beispiel die so genannte Kasettltracht. Der Name kommt vom Korsett, das den Oberkörper von der Hüfte bis zu den Schultern umschloss. Vorne hatte es eine steife Einlage und reichte nur bis knapp über die Brust, so dass man das bis zum Halse reichende Hemd sehen konnte.

Im 19. Jahrhundert aber, und vermutlich schon im voran gehenden Jahrhundert, wurden das Hemd und der ganze Ausschnitt mit einem geblümten Seidentüchl bedeckt, das rückwärts unter dem Nacken am Kasettl durch eine Nadel befestigt wurde, während die vorderen Enden links und rechts hinter das Kasettl gesteckt wurden. Es war immer von schwarzer Farbe und oftmals aus Seidenstoff geschneidert. Für gewöhnlich trug man aber auch damals nicht das Kasettl, sondern wohl den sonst im Schnitte ähnlich gehaltenen, nur viel einfacheren, schmucklosen, so genannten „Spenzer", dessen Brustausschnitt nicht frei blieb, sondern mit dem gleichen Stoff so weit hinauf zugenäht wurde, dass um den Hals gerade noch ein dünnes Tüchl Platz hatte.

Der Hut hatte in der Zeit um 1850 und in den nächsten Jahrzehnten demnach eine Mindestbreite von 15-18 cm; die Krempe in der Höhe des Gupfes betrug etwa 10-12 cm. Diese wurde von einem schwarzen Seidenband umschlungen, dessen Enden zu einer schönen Masche verbunden waren. Die jetzt gebräuchlichen Goldquasten waren damals allem Anschein nach noch ganz selten vertreten und sind erst später allgemein üblich geworden. Zur Verschönerung des Hutes wurden auf der Unterseite der Krempe rundherum Goldborten genäht, und das wird heute noch als besonders „rantig" empfunden.

Als letztes Kleidungsstück, das noch in die hiesige Frauentracht aufgenommen wurde, ist ein buntes türkisches Schaltuch zu erwähnen. Es kam wohl um 1870 auf, vielleicht veranlasst durch die damalige Besetzung von Bosnien und der Herzegowina seitens Österreichs. Die Tuchgröße betrug etwa anderthalb Meter im Geviert. Der Qualität nach war es feines Wolltuch, das auf dunkelbraunem oder noch öfter schwarzem Grund gelbrötliche, aber auch blaugrüne Schnörkel, Ornamente und schneckenähnliche Zierate nach Art eines orientalischen Teppichmusters aufwies. Man legte es in die Schräge und trug es im Winter um die Schulter gelegt, so dass die langen Fransen vorne wie hinten herunterfielen. Es gewährte einen weit besseren Schutz gegen die Kälte als jeder heutige Mantel. Noch in der Gegenwart sind solche Schals nicht nur bei älteren Frauen in Gebrauch und werden besonders anlässlich von Begräbnissen im Winter gerne getragen.

Wie waren unsere Groß-, Urgroß- und Ururgroßeltern und Ahnen in den Jahren von 1820-1860 eigentlich gekleidet?

Wie sah die letzte, in dieser Gegend volksmäßig gewordene und benützte Männertracht aus?

Die Schuhe waren ursprünglich feste, tief ausgeschnittene, vermutlich doppelsohlige und mit Nägeln besetzte Bundschuhe. Später benützte man auch mittelhohe, grobe Schnürschuhe, die aber keine Hacken, sondern Löcher für Lederriemen besaßen. Die Halbschuhe dürften wohl erst am Anfang des 20. Jahrhunderts aufgekommen sein.

Dann kamen in der Kleidung, vom Fuße an gerechnet, zunächst selbstgefertigte, starkfädige Wollstrümpfe. Sie waren häufig gemustert, wahrscheinlich vor allem die am Sonntag getragenen, und zwar mit meist längs gerichteten Rillen und Furchen, z. B. zweimal glatt und zweimal verkehrt gestrickt. Ihre Farbe war weiß. Für die Werktage wurden sie wohl blau gefärbt, auch damit man den Schmutz weniger sah.

Mayer kann sich noch selbst an „bayrisch blau" gefärbte Baumwollsocken erinnern, die man als letztes Glied dieser Art Kleidungsstücke betrachten muss.

Die Strümpfe reichten vom Schuh bis unter die Knie und wurden dort mit dem Lederriemen der Hose und wohl auch einem eigenen Irchleder- oder Baumwollbandl festgebunden.

Die Hose war kurz und natürlich stets „irchen", also aus Ziegen- oder Wildleder, das der Weißgerber weich gearbeitet hatte. Sie reichte etwas über das Knie hinab, das sie ziemlich eng umschloss. An beiden Beinröhren war sie „außen" genäht, wobei ein schmaler Streifen des weißen Irchs heraussah. Das war, abgesehen von den Nähten des selbstverständlich vorhandenen „Hosentürls", ihr einziger Schmuck. Die grün ausgenähten Zieraten sind erst später aufgekommen, das sieht man auf den verschiedenen alten Bildern und Fotos ganz genau. Die Buben sind es, die zuerst solch grün verzierte Hosen tragen.

Man kann sagen, je mehr dererlei Grünzierrate ein Kleidungsstück hat, desto jünger ist es, und umso mehr wirkt es abgeschleckt und „salontiroler"-mäßig.

In alter Zeit hatte jedermann nur derlei lederne Hosen, die eine für Werk- die andere für Sonntage. Man wechselte häufig erst nach Jahren, wenn die Sonntagshose schon zu unansehlich und die Werktagshose überhaupt unbestimmbar in der Farbe geworden war.

Die lange Hose selbst kam erst zwischen 1860 und 1880 auf. Die ersten Stoffhosen hatten ebenfalls noch ein „Hosentürl" wie auch eine Außentasche für Stichmesser und Pfeiffenstierer. Natürlich waren diese langen Stoffhosen zuerst nur den Männern vorbehalten, und die Buben mussten sich weiterhin mit einer kurzen begnügen.

Um 1885 tragen die jungen Burschen wohl alle schon lange Hosen, die freilich noch bei Groß und Klein als einziger Rest der alten Tracht das „Hosentürl" zeigten. Befestigt und getragen wurde diese Hose mit meist ledernen Hosenträgern, die unter der Weste über die Schultern liefen. Trotz der Hosenträgers und zusätzlich zu diesen benutzte man namentlich wohl auf der Reise und an Feiertagen noch den Ranzen als Bauchgurt.

Dieser hatte auf der Innenseite der ganzen Länge nach eine schlauchförmige Geldtasche eingenäht. So konnte man in dieser „Geldkatze" bequem Geld und Papiere mit sich tragen. Es ist bemerkenswert, dass nach vielen Beobachtungen ein Ranzen auf alten Bildern aus dem Tiroler Unterlande kaum vorkommt. Auch in der einen Beschreibung aus dem Jahre 1703 des Gefallenen wird kein Ranzen erwähnt. Vermutlich ist also der Ranzen aus anderen Gegenden Tirols in das Unterland eingeführt worden.

Ich persönlich bin mir aber nicht ganz sicher, denn mein Onkel Martin (Wurz-Maschtl, gest. 11.05.1985) aus Scheffau hatte bereits vor dem 2. Weltkrieg landauf landab Altertümer, Raritäten und Trödel gesammelt, besonders aus dem Kufsteiner und aus dem Kitzbichler Raum, und in seinem kleinen Heimatmuseum in Scheffau hergezeigt. Darunter waren auch über 200 Jahre alte, teils mit Metallfäden verzierte Ranzen. Ich weiß dies deshalb noch so gut, weil ich mir von Onkel Martin selbst einmal einen schönen, wertvollen Ranzen ausgeliehen hatte, und dabei hatte er mir so manches über Alter und Herkunft erklärt.

Aber selbstverständlich will ich auch dem großen Heimatforscher Prof. M. Mayer nicht widersprechen. Für seine Ansicht spricht, dass die ältesten Formen solcher Ranzen mit Verzierungen aus Zinnstiften im Unterland wohl nur ganz vereinzelt durch den Handel noch in älterer Zeit hierher gekommen zu sein scheint.

Den Oberkörper bedeckte zunächst kein Brustfleck, wie ihn viele Südtiroler Trachten, und selbst die ältere Tracht des 17. Jahrhunderts des Tiroler Unterlandes noch aufweisen, sondern ein „Laibl" oder, wie man ebenso häufig sagte, das „Schlieh" (Gilet). Schon der Name weist dieses Kleidungsstück als so genanntes gesunkenes Kulturgut auf. Das heißt, es drang allmählich von der modischen Kleidung der oberen Gesellschaftsschichten und Bürgerschaft in die breiten Volkskreise ein.

Dementsprechend war auch der Stoff von guter, ja sogar teurer Qualität. Da ja zu einem Laibl kein größeres Stoffstück nötig ist, konnte sich hier fast jeder auch einen höheren Preis leisten.

Das Laibl war namentlich in älterer Zeit stets hoch geschlossen und reichte fast bis zum Hemdkragen hinauf. Später ließ man es oben etwas auseinander stehen, wodurch das Hemd etwas besser sichtbar wurde. Damals wurde das Hemd dann auch mit einem umschlagbaren Kragen versehen, und auch das Laibl seinerseits erhielt einen solchen, der früher stets gefehlt hatte. Es war bis in die Zeit zwischen 1930 und 1950 fast immer zweireihig, meist mit alten Silberknöpfen von noch barocker Form und mit etwas Zieraten oder auch alten Silberzwanzigern aus dem Ende des 18 Jahrhunderts besetzt.

Alten Fotos nach trugen die jungen Burschen auch gar kein Laibl, sondern nur Hemd und Joppe. Der Hemdkragen war übergeschlagen und meist so niedrig, dass er völlig unter und hinter dem hochgezogenen Laibl stecken blieb. Auch später behielt man den niedrigen Kragen bei, doch darf man das nicht mit einem Schillerkragen verwechseln, der nie und nimmer zu einer alten Volkstracht passt.

Über Ranzen und Laibl zog man den Janker oder, wie man auch sagte, die Joppe. Der lange Haftlrock, der sich um die Hüfte verengte und mit seinen Schößen rundherum fast bis auf die Knie reichte, war um die Mitte des 19. Jahrhunderts schon größtenteils ausgestorben.

Der Stoff des Rockes war meist ein starkes englisches Tuch, weshalb man auch nach Manchester, dem Tuchzentrum Englands, von einem „manchesternen" Janker sprach. War dieser Stoff anfangs blau, wurde er um 1860 mehr in dunkles Braun gefärbt.

Als letztes Stück der Männertracht ist noch des Hutes zu gedenken. Der einfache schwarze Hut mit hohem Gupf starb meistens mit dem Haftlrock aus, doch wurde er noch manchmal bei festlichen Anlässen getragen. Man zierte ihn mit einer Silberschnur mit hinten oder seitlich hinabhängenden Quasten.

Hier und da mochte sich auch ein hoher Biedermeierzylinder aus Städtlein wie Kitzbühel oder Kufstein aufs Land verirrt haben. Sonst hatte sich aber zumeist um die Mitte des 19. Jahrhunderts ein bräunlich gefärbter, rauer Haarfilzhut eingebürgert. Als Schmuck diente wohl nur, wie es bis heute teils noch auf dem Land an Festtagen der Fall ist, ein Sträußl mit ein paar Geranien, Rosmarin oder roten Nelken; Edelweiß ist heute nicht mehr dabei. Diese Männertracht war das leider inzwischen ausgestorbene Gegenstück zu dem heute noch an Festtagen getragenen Kasettlrock der Frauen. Man kann es nur lebhaft bedauern, dass die Männertrachten im Tiroler Unterland gänzlich ausgestorben sind. Denn eine Volkstracht ist nicht nur Liebhaberei für Altertumsfexen, nein sie ist und wäre auch heute noch, vernünftig gehandhabt, eine sehr reale wirtschaftliche Angelegenheit.

Mag für die Frauen die Kasettltracht, wie bereits erwähnt, bei der Anschaffung ein schönes Stück Geld kosten, so dient sie doch der Trägerin ihr ganzes Leben lang und kommt nicht aus der Mode. Wie viel könnte man im Haushalte des Bauern sparen, wenn anstatt der nur kurze Zeit zu gebrauchenden Modestoffe wieder feste Loden und Wolltuche verwendet würden und wenn die Lederhose und der selbstgesponnene wollene Strumpf wieder benützt würden.

Doch leider sieht man heute auf dem Lande die Bauernburschen schon längst wie Hochschulstudenten und die Landmädel an Sonntagen wie Filmschauspielerinnen daher kommen, obwohl weder Windjakken aus Kunstfasern und Ballonseide, noch Skihosen mit Keilschnitt, schottisch gefärbte Halstücher, Florstrümpfe, Stöckelschuhe oder Modehütchen aller Art für die Landbevölkerung mit ihrer von ehrlichen Arbeit zeugenden festen Händen passen.

Der Wunsch jedes Einsichtigen kann nur dahin gehen, dass sich das gehobene Standesbewusstsein des Bauern und seiner Familie auch in einer soliden, bauernmäßigen Kleidung ausdrücken möge.

Es ist gewiss schön und interessant, wenn ein Trachtenverein bei besonderen Anlässen und Gelegenheiten diese oder jene alte Tracht vorführt. Aber auch dabei ist zu bedenken, dass man dererlei Trachten nicht beliebig erfinden oder zusammen stellen darf, denn eine Volkstracht ist keine Maskerade und schon gar nicht eine Faschingssache, sondern ein geschichtliches Dokument. Wie Flur- und Bodenaltertümer, Urkunden und Bauwerke gehört sie unter „Denkmalschutz" gestellt und sollte nur nach Beratung mit sachverständigen Behörden angeschafft werden.

Solange dazu keine Verpflichtung besteht, muss umso mehr die Einsicht aller beteiligten Kreise angerufen werden. Eine wirksame Förderung für die bäuerliche Volkstracht wäre es, wenn bei Trachten- und Volksfesten nicht bloß die historische Vorführung der farbenfreudigen Tracht ausgezeichnet würde, sondern vielmehr die Gruppen von Burschen, Mädeln, Männern und Frauen prämiert würde, die in gleichmäßiger volkstümlicher Kleidung erscheinen, wie man sie alle Tage tragen kann, und dadurch ihr Standesbewusstsein zeigen. Vielleicht könnte das durch gemeinsames Wirken der Bauernschaft wie der ländlichen Fortbildungsschule, der Schützenvereine und aller beteiligten und begeisterten Kreise mit der Zeit erreicht werden, da diesen ja in besonderer Weise die Erhaltung des Brauchtums am Lande anvertraut ist.

Lieber Leser, diese zum Großteil von Prof. M. Mayer erbrachten Beobachtungen zum Thema Tracht und Brauchtum, die zum Teil schon über 50 Jahre alt sind, habe ich teilweise berücksichtigt, damit diese Aufzeichnungen nicht allzu sehr ausufern.

Quellen- bzw. Literaturnachweis: Prof. Matthias Mayer Heft 10, „Das Tiroler Unterland", erschienen im Selbstverlag 1949; Druckerei Lippott Kufstein.

17

Elke und Markus lehnten also eine Hochzeit in Tracht ab, zum Großteil wegen der meist kitschigen, überzogenen Aufmachung. Von einer wirklich alt hergebrachten Tracht gab es keine Spur mehr, wie Mayer bereits 50 Jahre zuvor bemängelt hatte: Man bekam kaum mehr eine solche Volkstracht. Die maschinell hergestellten Leinenfetzen hatten sicher auch ihre Abnehmer, aber sie waren doch mit der Qualität der traditionellen Tracht nicht vergleichbar.

Die zwei verzichteten wohl zu Recht auf diese Kleidung. „Wir wollen aus unserer Hochzeit keine Faschingskomödie machen, bei der der Unterrock über 10 cm vom eigentlichen Kleid vorsteht und fast auf dem Boden schleift und wo über das ganze Outfit mehr als l00 Edelweiß aus Plastik verstreut sind, von den Ohrringen Halsband bis zu den Schuhspitzen." Markus und Elke entschlossen sich also, in einfacher landesüblicher Kleidung zu heiraten.

Vor der Hochzeit aber ereignete sich noch so manches, darunter eine Überraschung, die man anfangs gar nicht glauben konnte oder wollte: Auch Simone war vermutlich schwanger!

Mutter Monika fuhr mit ihr ins Krankenhaus, denn sie wollte verständlicherweise nicht zu Dr. Riffl in Hochstein. Im Krankenhaus wurde die vage Vermutung dann zur Gewissheit.

„Im vierten oder fünften Monat schwanger, ganz normal so weit", sagte die Frauenärztin.

Um Gottes Willen, was jetzt tun? Simone das Kind austragen zu lassen wäre ein viel zu großes Risiko, falls sie ihre Anlagen und Störungsfaktoren an das Kind weiter vererbte. Wie käme so ein Kind mit seiner ebenfalls geistig behinderten Mutter zurecht? Monika hatte ja auch nicht das ewige Leben! Wem konnte sich Monika in dieser delikaten Sache anvertrauen? Halt, vielleicht konnte sie darüber am besten mit Susanne, der Ärztin, sprechen. Denn die Zeit drängte. Falls man aus Vernunftsgründen doch eine Abtreibung erwägen und durchführen wollte, musste das bald geschehen. Sicher würde dies in diesem speziellen Fall auch noch über den vom Gesetzgeber festgesetzten Zeitraum hinaus möglich sein.

Monika vertraute sich nur den drei übrigen Hausbewohnern an. Auch diese waren wie vor den Kopf geschlagen.

„Ja, gibt es sowas auch? Welcher Scheißkerl kommt da als Vater in Frage? Der muss doch angezeigt werden!"

Man brauchte nicht lange nachzurechnen.

„Es muss in oder um die Silvesternacht passiert sein. Einer von Müllers Freunden muss sich da an Simone vergangen haben."

Sie kamen zu dem Entschluss, nicht nur Susanne, sondern auch Müller gleich davon in Kenntnis zu setzen.

Sicherlich hatte Monika auch daran gedacht, dass Simone ganz und gar durchdrehen würde, nähme man ihr neuerlich ein Kind weg. Es würde Folgen nach sich ziehen, die für die Ärmste irreparabel wären. Sie wollte jetzt nicht schreiben, sondern sofort handeln, und sie wollte einen guten Rat. Also wählte sie die Nummer von Susanne, die auch gleich am Apparat war. Auch sie meinte, nun müsse man schnell handeln, und sie versprach, gleich morgen, am Freitag, persönlich zu erscheinen.

Auch Müller wollte am gleichen Wochenende kommen. Simone reagierte jedoch beinahe teilnahmslos, und es war fast, als ginge sie das überhaupt nichts an, berühre sie gar nicht. Sie ließ alles ohne Kommentar und Widerstand über sich ergehen, wie ein braves Kind eben.

Schon am nächsten Tag kam Frau Dr. Susanne Dreyfuss angereist. Nachdem sie besonders ihre Tochter Elke, aber auch die anderen herzlich umarmt hatte, meinte sie etwas spöttisch zu Elke:

„Nun wird's aber höchste Zeit, dass du unter die Haube kommst. Dein Umfang ist bereits nicht mehr zu verstecken. Aber wie habt ihr bei Simone schon jetzt bemerkt, dass sie in anderen Umständen ist?"

„Liebe Susanne, du bist ja selbst zweifache Mutter, genau wie ich. Einer Mutter entgeht zwar sicherlich so manches, aber vieles bleibt einer Mutter nicht verborgen, und außerdem habe ich bereits zwei Monate keine Spuren von ihrer Periode feststellen können. Sonst waren nämlich immer Blutspuren an ihrem Schlüpfer. Simone ist nämlich sehr schüchtern und verschweigt mir gewissentlich alles, was mit dem Intimbereich zu tun hat."

Als Susanne fragte, ob Simone denn überhaupt wisse, worum es gehe, was mit ihr los sei und warum sie in der Stadt bei der Ärztin gewesen sei, bekam sie als Antwort: „Wohl eher nicht."

Obwohl man es trotzdem nicht ausschließen konnte, dass sie wusste, wie es um sie stand.

„Ihr geistiger Zustand hat sich zwar nicht gebessert, aber Gott sei Dank auch nicht weiter verschlechtert."

Susanne meinte nach langem Überlegen, dass es wohl am besten sei, noch einmal ins Krankenhaus zu gehen, um dort eine genaue Untersuchung zu machen, so weit man eine solche in diesem Stadium machen könne. Jedenfalls könnten die Fachärzte sicher mehr Erkenntnisse über die weitere Entwicklung des Ungeborenen erhalten und raten, ob Simone das Kind behalten oder doch abtreiben solle. Sie würde, wenn's recht sei, ins Krankenhaus mitkommen.

Am Freitag war auch Müller zur Stelle. Er konnte sich zuerst überhaupt nicht vorstellen, dass einer von seinen Freunden dieses furchtbare Vergehen begangen haben sollte, wollte sich aber alle der Reihe nach persönlich vorknöpfen.

„Liebe Frau Erlbacher", so sprach er stets, wenn er amtlich wurde, „Sie können mir glauben: Wer sich so ein willenloses leichtes Opfer aussucht, und sei es auch im Suff, muss die ganze Härte des Gesetzes zu spüren bekommen. Wenn es ein Mitarbeiter von mir war, werde ich ihn aber nicht entlassen, denn er soll Alimente zahlen können, und das nicht zu knapp. Sollte es aber ein Geschäftsfreund von mir sein, wird dieser auf keinen Fall mehr ein Stück Boden von Hochkogel oder von meinem Revier betreten! Aber liebe Frau Erlbacher, ich kann es einfach noch nicht recht glauben, könnte denn außer denen überhaupt noch jemand anders in Frage kommen? Von meinen Leute hatten doch alle ihre Frauen mit dabei! Also wieder ein Fall für den Herrn Mager, doch diesmal wird er länger Arbeit haben, den Dreckskerl herauszufinden. Da braucht er sicher alle erdenkbaren kriminalistischen Fähigkeiten, um Licht in dieses Dunkel zu bringen.

Ich könnte es mir auch leichter machen, Frau Erlbacher, wenn ich sagte, Sie als Mutter und Vormund hätten besser auf Ihre Tochter aufpassen und sie womöglich wegsperren oder ausschließen sollen. Aber ich weiß auch, dass meine Stunden auf Hochkogel gezählt wären, wenn ich so etwas täte. Deshalb werde ich, wenn ich am Sonntag nach Hause fahre, mir bereits am Montag die Ersten vorknöpfen. Ich bin jetzt auch nur deshalb gekommen, um mich mit eigenen Augen und Ohren von der Sache zu überzeugen. Wenn ich mich recht erinnere, war Simone sehr lustig und hat wiederholt getanzt, und zwar meist mit Herrn Stocker von der Personalabteilung. Herr Stocker ist ein langjähriger, zuverlässiger und fleißiger

Mitarbeiter. Er ist glücklich verheiratet, soweit ich weiß. Keine Probleme in der Ehe, dazu zwei bis drei Kinder, aber halt, da fällt mir ein, er war allein hier, ohne Frau und Anhang. Das gibt tatsächlich zu denken! Das wäre echt ein Hammer, wenn sich der als Wüstling entpuppte, aber trotzdem, ich würde und könnte ihn nicht schützen."

„Müller, deine Worte waren nicht gut für meine Ohren gewählt, als du sagtest, du seiest eigentlich nur deshalb gekommen. Meine Tochter ist doch nicht weniger wert als deine Hirsche und Rehe im Wald, oder?"

„Verzeihen Sie diesen Ausrutscher, Frau Erlbacher, es tut mir auch ernsthaft Leid, dass mir diese Formulierung so ungeschickt über die Lippen kam."

Gleich am Montag wurde Simone eingehend untersucht, und man konnte auf dem Monitor gut den Fötus erkennen. Soweit man dies jetzt feststellen und beurteilen konnte, lag keine körperliche Beeinträchtigung oder Missbildung vor. Was jedoch im Kopf vorging oder sich noch entwickeln könnte, könne man nicht sagen.

Susanne setzte sich sehr dafür ein, eine möglichst genaue Diagnose zu bekommen. Der Arzt, der die Geschichte so weit wie möglich rekonstruierte, gelangte dann zu der Auffassung, dass man Simone das Kind belassen solle. An Simone jedoch solle man möglichst bald nach diesem Kind eine Sterilisation vornehmen. Ihre sexuellen Triebe würden dadurch zwar etwas gemindert, aber ansonsten sei es wohl die beste Lösung für alle, denn wenn Simone wieder einmal sexuellen Verkehr hätte, wäre eine Schwangerschaft ausgeschlossen.

Hier musste Susanne Einspruch erheben: „Wenn sich die Störungen entgegen der Erwartung der Ärzte zum Positiven entwickeln und Simone wieder völlig normal wird, zum Beispiel nach dem Kind, dann hat sie noch lange an ihrem verpfuschten Leben zu tragen, denn sie ist ja noch sehr jung."

„Das ist allerdings ein Aspekt, welcher durch ein Wunder durchaus möglich sein könnte, aber Wunder, liebe Frau Kollegin, Wunder liegen oft sehr weit weg in den Sternen."

Man einigte sich schließlich darauf, dass es für alle die beste Lösung sei, vorerst alles so zu belassen, wie es war, also die Dinge sich entwickeln zu lassen. Das Kind sollte leben, und Simone sollte vorerst fruchtbar bleiben, zumindest so lange, bis sie wieder mal „überraschend" schwanger werden sollte. Ob Simone die für sie wichtige Entscheidung aber richtig registriert hatte, ließ sich eher bezweifeln.

Zu Hause waren natürlich alle neugierig, was die Ärzte gesagt hatten und wie man entschieden hatte. Eigentlich sollte zumindest bei einer so schwer wiegenden Entscheidung auch gefragt werden, ob Markus damit einverstanden war. Sein Nicht-Einverständnis hätte zwar nicht mehr viel bewirkt, weil noch immer Monika die Herrin auf dem Hof war, doch ewig wollte sie diese Position nicht mehr einnehmen: Eigentlich hatte sie zum Hochzeitstag ihre Funktion als Wirtschafterin an Markus und Elke abtreten wollen und nach dem Pachtende den Sohn als Erbe eintragen lassen.

Vielleicht war die Geschichte für Simone gerade noch gut ausgegangen, denn Markus hätte als Besitzer anders gehandelt. Vielleicht hätte er sich Sorgen um den Hof gemacht, wenn von seiner Schwester ein behindertes Kind da wäre und er laut altem Herrenberger Gesetz dafür aufkommen müsste. Daran, dass der Übeltäter für das Kind aufkommen musste, im Extremfall sogar der Staat, hätte er vielleicht gar nicht gedacht. Markus und Elke waren also gar nicht so glücklich über diese Entscheidung vom Krankenhaus.

Doch auch hier hieß es zuerst einmal abwarten und Tee trinken. Nur den Hias ließ das alles scheinbar unbekümmert, und man hatte fast den Eindruck, er freute sich sogar.

Ellmau, Tirol.

18

Zuerst war nun die Hochzeit angesagt, und hernach hoffte man auf einen gesunden Stammhalter, einen Herrenberger. Dazwischen konnte Müllers Kriminalist zwar bereits erste Erfolge verzeichnen: Man konnte jetzt schon sagen, dass Herr Stocker als Täter wie als Vater wohl nicht in Frage kam. Zwar musste noch eine Genanalyse gemacht werden, doch wie es aussah schienen die Karten dieses Herrn im Großen und Ganzen gut zu sein. Doch wer war es nun? Alle wurden verhört, und zwar schön der Reihe nach, und leider zogen sich diese Untersuchungen länger hin, als vorerst angenommen.

Bereits am 1. Mai, wo überall in deutschen Landen der Tag der Arbeit gefeiert wird, kamen die Franken angereist, vor allem natürlich Brautmutter Susanne; Christa, Karin und Franzl aus Rebheim waren bereits zwei Tage zuvor erschienen.

Selbst Harald ließ es sich nicht nehmen, beim großen Tag seiner Schwester mit dabei zu sein. Seine junge Frau Verena war ebenfalls von einer Höflichkeit, als seien sie schon ewig und drei Tage die dicksten Freunde. Sie war zum Erstaunen aller so begeistert von der Bergwelt, dass sie am liebsten da bleiben wollte.

„Verrückt" meinte Müller, „man kann es auch übertreiben. Aber das sind dann meistens jene, die nur die Bergwelt mit ihrem Sonntagsgesicht sehen. Sie haben ja keine Ahnung, wie es ist, wenn da manchmal 10-15 Tage lang der Nebel jede Aussicht versperrt, und wie es im Winter ist, wenn man bis zu drei Monate von der Außenwelt abgeschnitten ist, es sei denn, man geht zu Fuß oder benützt die Ski. Kaum zu glauben, dass sich Elke dazu überwunden hat, in dieser Einsamkeit ihr Leben verbringen zu wollen. Es ist nicht einfach in dieser rauhen Wirklichkeit.

„Ob das gut geht?" fragten die Leute immer wieder, die auch die Schattenseiten des Hofs gesehen und miterlebt hatten. Was hatte Mutter Susanne schon gepredigt! Aber genau so gut hätte sie mit einem Felsklotz ihre Gespräche führen können.

Was keiner erwartet hatte, traf dennoch ein: Am 1. Mai erschien Gert, Elkes Vater aus dem Sauerland, um an der Hochzeit teilzunehmen.

„Von wem er das wohl erfahren hat?"

„Von Karin, mit der er einmal telefoniert hat. Dabei hat sie sich wohl verplapper."

Natürlich war der geschiedene Mann von Susanne nicht eingeladen gewesen, aber sein erster Kommentar war: „Ich wohne beim Dorfwirt und bin auch allein da."

Er wollte es sich nicht nehmen lassen, wenigstens bei seinem „Schneewittchen" Elke bei der Hochzeit dabei zu sein, wenngleich er auch bei Haralds Vermählung gerne gekommen wäre. Davon hatte er aber nichts gewusst.

Er wollte auch den neuen Hochkogelhof einmal in Augenschein nehmen; an den gemütlichen alten, den er zweimal besucht hatte, konnte er sich noch sehr gut erinnern. „Wunderbar, einmalig", entfuhr es ihm des öfteren, als ihn Monika in verschiedene Räume führte. „Schaust nicht besonders gut aus", meinte Elke zu ihrem Vater, „hast immer noch so viel zu tun wie früher, als du fast nie Zeit für uns hattest?"

„Nein, nicht mehr so viel, aber immerhin noch genug. Meine alte Mutter ist seit einem Jahr nahezu ein Pflegefall, und ich wollte sie ja auch zu Hause haben, und sie daheim pflegen, doch Doris war dagegen. ‚Entweder sie geht aus dem Haus oder ich', waren ihre Worte. Was sollte ich tun? Ich musste sie in ein Pflegeheim oder, besser gesagt, in ein besseres Altenheim geben. Da ich Beziehungen zu solchen Einrichtungen habe und fast alle maßgeblichen Ärzte im Umkreis gut kenne, ließ sich da auch ein guter und kostengünstiger Platz für sie finden."

„Das sollte Susanne hören! Wie oft hat sie in letzter Zeit nach ihr gefragt, ich konnte es gar nicht zählen."

„Ja, ich weiß, Susanne hätte sie gepflegt, wenn sie nach Nürnberg gekommen wäre, wohin sie Susanne wiederholt gebeten hat. Jetzt ist es eh' schon wurscht. Ich wollte eigentlich nicht darüber sprechen, aber Doris kommt kaum einmal in dieses Pflegeheim, um die alte Frau zu besuchen. Ich glaube, es war kein dutzend Mal, dass sie dort war. So muss halt ich jeden zweiten Tag nach der Arbeit hin. Dabei hätte Doris Zeit, sie ist, wenn sie nicht gerade einen Einkaufsbummel macht oder im Kaffeehaus sitzt, doch immer zu Hause, legt ihre Beine auf den Tisch, schaut in die Glotze, liest etwas oder hat Gäste. Sie lädt nämlich Tod und Teufel ein, Leute die sie vielleicht nur einmal gesehen hat, da wird dann geschöppelt und gequasselt, was das Zeug hält."

„Die Suppe hast du dir selbst eingebrockt", meinte Elke darauf. „Du und deine Mutter, ihr wart ja immer so begeistert von der jungen quirligen Doris."

„Ich weiß, darüber will ich auch gar nicht mehr reden, ich hab mir diese Suppe tatsächlich selbst eingebrockt, und jetzt muss ich schauen, wie ich sie am besten wieder auslöffle. Auf jeden Fall aber würde heute Doris vor meiner Mutter aus dem Haus fliegen. Aber dafür schaust du gut aus, einfach prächtig, und auf die gesunde Farbe, die du hast, könnte man wirklich neidisch sein. Hier, in dieser gesunden, reinen Luft zu wohnen und aufleben zu können ... Hast du es dir aber trotzdem gut überlegt? Ich habe gehört, die Winter hier sind hart und lang. Wenn man nicht hier geboren und aufgewachsen ist, muss das oft erdrükkend schwer sein, und viele bekommen Depressionen. Aber du musst es ja wissen. Und übrigens: Weißt du schon, ob es ein Junge oder ein Mädchen wird?"

„Ich weiß es nicht, und ich will es auch nicht wissen, wir überlassen es dem Schicksal."

Gert kannte auch alle anderen, und mit Müller wollte er sogar verhandeln wegen eines Zimmer für die Sommermonate. Für sich allein, betonte er ausdrücklich.

Müller ließ jedoch über dieses Thema nicht mit sich reden. „Mir wär auch lieber, ich hätt das ganze Haus", meinte dieser nur, „deswegen hab ich schon den ganzen Dachboden ausbauen lassen. Du kannst gerne zu Besuch kommen, vorausgesetzt, deine Verwandtschaft heißt dich überhaupt willkommen."

Das waren klare, harte Worte. Gert wusste, dass er hier wohl kaum mehr die Chance bekam, richtig herzlich aufgenommen zu werden. Eine Chance, welche er selbst vertan hatte, in seiner Überheblichkeit vor Jahren.

Als er aber von Simones Schicksal erfuhr, da wollte er als Arzt mehr von ihr wissen und erfahren. Mit dieser ein Gespräch zu führen, war schon oft für Monika und Markus nicht leicht, doch Gert schien heute Zeit und Geduld zu haben.

Ja, er wollte sogar mit ihr allein reden, und wohl über eine Stunde saßen beide in einer Ecke. Simone konnte sich manchmal an den fremden Herrn erinnern, eine Minute später jedoch schon wieder nicht mehr. Aber für Gert schien dieses Gespräch sehr aufschlussreich gewesen zu sein, und er meinte sogar, wenn er Simone länger in Theraphie hätte, könne er sich durchaus Chancen erhoffen, eine Besserung durch das Training der Hirnströme zu errreichen.

Simone war ja nun schwanger, und sie sollte, wie beschlossen, dieses Kind austragen. Da war sich freilich Dr. Gert Dreyfuss nicht so sicher, zumindest in diesem Stadium nicht. „Ich wollte, ich könnte helfen und auch bei der Geburt dabei sein."

„Wir können dir ja gerne mitteilen, wenn es so weit ist."

Der Vater meinte darauf: „Elke, natürlich haben sie in Tirol gute Ärzte. Viele Deutsche haben sogar hier studiert und ihren Doktor gemacht, aber es geht schon an mit den ganzen Einrichtungen und Ausstattungen im Krankenhaus. Aber wir in Gießen haben auf diesem Gebiet das Modernste, was es zur Zeit gibt, das wäre doch schon ein Argument, oder?"

Gert machte sich mit Harald und Verena auf den Weg ins Dorf. Auf Hochkogel war am 1. Mai wie auch am zweiten trotzdem auch Tag der Arbeit. Zu den vielen Vorbereitungen gehörte nicht nur, das ganze Haus auf Hochglanz zu bringen, da mussten auch noch etliche Kuchen und Torten fertig gemacht werden, mit einem Wort, sie hatten alle Hände voll zu tun.

Hias machte deshalb die ganze Stall- und Milcharbeit allein und kümmerte sich um die Hühner und die Ziegen mit ihren Mischlingen, und auch die zwei braven Hafliger mussten versorgt werden.

Markus und Elke wollten eine schlichte, fast geheime Hochzeit, aber es wurde das Gegenteil daraus. "Echt bombig bis fetzig", meinte bei vorgerückter Stunde sogar Harald. Aber noch war es nicht soweit, da die standesamtlichen, nicht vermeidbaren Angelegenheiten bereits einen Tag zuvor abgewickelt worden waren, ging der Weg gleich zur prachtvoll geschmückten kleinen Dorfkirche.

Vor dieser hatte sich eine unübersehbare Menschenmenge versammelt. Es waren nicht nur alle Verwandten da, es war auch ganz Hochstein auf den Beinen, obwohl Markus nicht alle als Freunde bezeichnen konnte. Es gab da sogar etliche Neider, welche den Hochkoglern das Glück, einen so honorigen Pächter und Gönner wie Karl-Heinz Müller zu haben, nicht recht gönnten, ja, es stank manchen sogar gewaltig.

Doch die Neugier trieb sie alle zum Schauen zur Kirche, schon der Braut wegen, die Ausländerin, die eine Schönheit sondersgleichen sein sollte.

Von der großen Verwandtschaft waren, wie gesagt, nicht nur die vier

Onkels und die Tante Maria mit ihren Partnern und Kindern gekommen, sondern selbstverständlich war auch Onkel Michels Frau mit Anhang da. Alle wollten, ja mussten persönlich miterleben, wie ein „Entgleister lange Abtrünniger" das Vermächtnis der Herrenberger fortführen wollte, und seine Karten schienen gut zu sein. Der Gestrauchelte hatte sich wohl doch noch seiner Wurzeln besonnen, und die Last schien plötzlich gar nicht mehr so schwer wie vor Jahren noch. Er war ja zumindest vorläufig noch nicht ganz auf sich gestellt, hatte noch die Mutter, den Hias und seinen Arbeitsplatz bei Müller. Das Glück hatte sonst kein Bauer auf Hochkogel, der Nebenerwerbslandwirt war.

Dabei gab es jetzt auch nicht mehr Erleichterungen als fünfzig Jahre zuvor. Zwar war vierzig Jahre zuvor eine Stromleitung gelegt worden und etwa dreißig Jahre zuvor war der Zufahrtsweg nach Hochkogel hinauf gemacht worden; später waren das Telefon und die Zentralheizung hinzu gekommen. Das waren aber auch schon fast alle Erleichterungen, denn man musste nach wie vor die steilen Wiesenhänge wie vor 200 Jahren mit der Sense mähen, und sie wurden auch noch alle auf diese Weise gemäht, etwas anderes hätte Monikas Stolz gar nicht zugelassen.

Auf anderen Höfen in exponierter Lage, wo keine Maschinen einsetzbar waren, wurden die fast unzugänglichen Hänge und Gräben einfach aufgeforstet oder der Natur überlassen. Sicher, inzwischen sprang der Pächter Müller gleich mit Aushilfen und Tagelöhnern ein, wenn Not am Mann war oder auch nur das schöne Heuwetter genützt werden sollte.

19

Ja, da wollten alle „life" dabei sein, und sie versprachen, wenn der Stammhalter da sei, alle wieder zur Taufe zu kommen. Selbst die Franken staunten erneut über soviel Familiensinn. Da sich K.-H. Müller vielleicht berechtigte Sorgen über sein Domizil und seine Pacht machte, die dieses Jahr am 31. Dezember auslief, musste und wollte er sich gegenüber den neuen Besitzern so gut wie möglich darstellen, und so richtete er als Hochzeitsgeschenk die ganze Hochzeit beim Dorfwirt aus.

Wenn es mich auch mehr als 20.000 Mark kostet, wird er überlegt haben, ist mir das die Sache schon wert.

Und in der Tat, aus der geplanten einfachen Bauernhochzeit wurde die größte Hochzeit, welche nachweislich je in Hochstein stattgefunden hatte. Sämtliche Vereine wurden vom Bürgermeister angehalten aufzumarschieren, obwohl Markus nur beim Schützenverein war; doch sein Großvater und seine Onkeln waren Veteranen und teils auch bei der Musikkapelle oder bei der Freiwilligen Feuerwehr, Tante Maria war beim Kirchenchor und so weiter ...

Es war wohl deshalb auch nicht ganz verwunderlich, dass ein Berichterstatter von Radio Tirol zugegen war, denn so etwas musste doch ganz Tirol hören, so etwas musste man erst nachmachen: eine gute Werbung für ganz Hochstein!

Das hatte zwar Müller nicht gewollt, aber es war der Wunsch der Gemeindevertreter. Müller brauchte und wollte keinen weiteren Tourismus hier; er liebte vielmehr die Stille, die Einsamkeit und die Ruhe, und er war derjenige, der das meiste Geld in den kleinen Ort brachte. Allein, was er jährlich für seine Jagd zu berappen hatte! Das wussten alle hier. Nach dem Hochamt in der Kirche ging man nach alter Sitte zuerst auf den Friedhof. Elke legte dort ihren wunderschönen Brautstrauß auf das Hochkogelgrab nieder. Dabei zwickte sie mit den Fingern auch ein paar Zweiglein ab und legte diese auf Onkel Franz' und Michels Grab.

Ein schöner Brauch, welcher leider zum Teil schon ausgestorben war. Müller wollte anfänglich sogar einen Bus für eine kleine Exkursion zum Achensee mieten, doch die Brautleute winkten ab: Da könnten doch wieder nicht alle mitfahren, und dann wäre die ganze schöne Gesellschaft zerrissen.

Man gab ihnen recht. Von Christa und Karin hatten sie als Hochzeitsgeschenk schon einen 10-tägigen Aufenthalt in Rebheim geschenkt bekommen, und es stand ihnen frei, diesen Aufenthalt vor oder nach der Geburt des neuen Hochkoglers einzulösen.

Das Geschenk wurde gerne angenommen. Markus war noch nie in Rebheim gewesen, in dem Rebheim, von dem Onkel Franz so oft schwärmte. Doch er fügte jedesmal hinzu: „Aber merkt euch, am schönsten ist es daheim, besonders auf Hochkogel." Die Heimat endeckt man aber meist erst in der Fremde, und Markus hatte sich diese Worte fast sonderbarerweise behalten.

Nach einem opulenten Hochzeitsmahl erhob sich Müller nochmals von seinem Stuhl zu einer Rede, wobei er unter anderem auch diese Worte von sich gab: „Es gab hier schon einmal eine Hochzeit zwischen Franken und Tirol, hier in diesem Raum. Freunde, auch bei diesem Paar meinte man, es wäre alles eitel Sonnenschein. Wir wollen jetzt aber nicht darüber reden, obwohl ich heute besonders oft an meinen Freund Franz denken muss. Dem Franz seine Frau, besser gesagt, sein gewesener Sonnenschein, ist heute auch unter uns, und wie ich gehört habe, ist auch unser Hochzeitspaar dorthin nach Unterfranken eingeladen. Ein gutes Zeichen, wenn dieser gute Kontakt nicht abreißt. Leider ist Franz nicht mehr unter uns. Wir waren aber bei ihm. Er wäre sicher froh und freudig zugleich, dass der Hochkogelhof doch weiterhin im Besitz der Herrenberger bleibt.

Doch jetzt Schluss, wir wollen aufstehen, das Glas erheben und auf das Wohl und Glück unseres Jubelpaares anstoßen. Hoch Prosit, dreimal hoch, hoch sollen sie leben, ja, und Kinder sollen sie kriegen, es muss ja nicht gleich ein Dutzend sein, doch bis zu einer Handvoll wünscht sich die Elke schon. Wunderbar, und wenn möglich davon vier Buben."

„Buben, Buben", flüsterte Simone ein paarmal. Doch es wurde ein Mädchen, welches Ende Mai das Licht der Welt erblickte. Ohne Komplikationen verlief auch diese Geburt eines Hochkoglers, welche erstmals im Krankenhaus stattfand.

Bis jetzt waren alle Kinder von Hochkogel auf dem Berghof geboren, manchmal sogar ganz ohne Hebamme. Laut Überlieferung musste manchmal sogar der Ehemann, der Bauer, den Geburtshelfer machen. Es gab auch, wenn man den Aufzeichnungen glauben darf, nie Probleme oder Komplikationen bei der Geburt. Es war zuerst eine kleine Enttäuschung, weil es kein Junge war, doch diese war auch bald überwunden und vergessen.

Das Mädchen war ein goldiges Ding und glich auch schon bald stark ihrer Mutter. Oma Monika und vor allem Karin waren überzeugt, als sie das kleine Mädchen zum ersten Mal sahen, es sei Eva; sie dachten fast, Eva sei wieder auferstanden.

Diese Ähnlichkeit verblüffte alle, welche Eva gekannt hatten. Karin wollte unbedingt die Patin werden und hatte Angst man würde ihr das verwehren. Schon bei der Hochzeit wurde darüber geredet, wer wohl die Patenschaft übernehmen sollte, und es kam fast zu Streitigkeiten, bis man sich schließlich für das Los entschied.

Es war eine auserwählte Runde, die überhaupt in Frage kam, an der Verlosung teilzunehmen. Da waren je sechs Männer und sechs Frauen, die Männer wären logischerweise bestimmt gewesen, falls es ein Junge geworden wäre. Die sechs Frauen waren jedoch für ein Mädchen auserwählt, und da zog Karin tatsächlich das Glückslos, obwohl sich vorher Frau Renate Müller bereits angeboten hatte. Diese wollte es sogar mit Bestechung versuchen, doch das Los bestimmte. So wurde das Mädchen auf den Doppelnamen Eva-Karina getauft.

20

Inzwischen war die Sommerzeit wieder gekommen, und zuerst kamen Tiere wie die Schafe und die Ziegen mit ihren Bastarden auf die Alm. Wie würden sich diese nun wohl verhalten? Selbstverständlich wurde Hörmann von der Jagdbehörde verständigt, und er kam sogar selbst für ein paar Wochen. So viel waren ihm diese Beobachtungen schon wert, zu schauen, wie die Jungen auf ihre Väter, die Steinböcke, reagierten und ob sie überhaupt Kontakt mit diesen suchten.

Zuerst wollte er sich je nachdem auf Hochkogel und auf der Sulzmoosalm einnisten. Ausgerüstet natürlich mit scharfen Gläsern und Fotoapparaten mit großem Teleobjektiv.

Da das Wetter günstig war, blieb er schon in der zweiten Nacht auf der Almhütte. Zu dieser Almhütte wurde in der ersten Woche Simone mit fertigen Speisen hochgeschickt, und Hörmann brauchte sich diese dann nur mehr warm machen. In der nächsten Woche waren dann auch die Rinder mit dem alten Senner Karl wieder droben. So hatten sie jetzt gegenseitig etwas Gesellschaft, besonders am Abend. Da Karl recht gut kochen konnte, war nun die Aufgabe der Speisenträgerin hinfällig.

Doch wenn Markus zwischen der Heuernte im Revier nachschaute, kam dieser gerne auf einen Plausch vorbei, und er war selbst auch neugierig, was sich da wohl noch tun könnte.

Und in der Tat, das Steinwild suchte erneut Kontakt und Berührung mit den Ziegen. Dies konnte Hörmann gleich ganz plastisch festhalten. Es gefiel im so gut auf der Alm, dass er am liebsten den ganzen Sommer beim Karl droben bleiben wollte, doch er hatte auch in der Stadt in der Behörde zu tun und das nicht zu wenig. Aber solche Sensationen waren halt vordringlich, denn solche Kreuzungen geschehen nur alle Jubeljahre.

Hörmann überlegte auch, ob er vielleicht im Herbst mit K.-H. Müller doch den Abschuss eines Steinbocks frei geben könnte. Stundenlang beobachtete er aus seinem Versteck mit dem Fernglas diese sonst so scheuen Tiere. Auch von einem Tierpark war schon die Rede gewesen. Auch hier war er strikt dagegen, obwohl schon manche Nachricht von dieser Steinbockkolonie durchgesickert war, was zur Folge hatte, dass noch mehr neugierige Touristen in die sonst so stille Almregion kamen. Sollte man sie vielleicht doch einfangen und mit einer Marke versehen? Es könnte ja durchaus sein, dass diese Tiere auch Wilddiebe anlockten, die sie einfangen wollten, eventuell mit Betäubungsmitteln, um sie dann mit gutem Gewinn zu verkaufen, zumal jetzt auch die Grenzen immer lokkerer kontrolliert wurden.

Im Herbst kam, fast auf den Tag der Berechnung genau, Simones Kind zur Welt. Ein gesunder Bub, soweit man das organisch feststellen konnte. Leider wurden die von Müller eingeleiteten Nachforschungen wegen über die Vaterschaft eingestellt: Ein höherer Mitarbeiter von Müller, der zum Kreis der Verdächtigen gehört hatte, hatte kurz nach Silvester einen tödlichen Verkehrsunfall gehabt, und ein Geschäftsfreund war mit seiner Familie nach Kanada gezogen. Da nach allgemeiner Auffassung nur noch diese zwei in Frage gekommen waren, hatte man die weitere Nachforschungen eingestellt.

Simone bekam Kindergeld, und auch ein Unterhaltszuschuss stand über komplizierte Behördenwege in Aussicht. Das besorgte eine Mitarbeiterin von Müller, welche sich in Recht und Gesetz gut auskannte. So konnte Simone, die zu Hause für Kost und Zimmer etwas arbeitete, diesen Extrazuschuss für ihren Buben auf der Raiffeisenbank in Hochstein auf einem Sparkonto anlegen. Das Geld wurde Monat für Monat direkt dorthin überwiesen.

Es schien, als wolle die junge Mutter ihr Kind manchmal am liebsten fressen. Öfter einmal musste Monika ihr das Kind sogar wegnehmen, um dieses nicht der Gefahr auszusetzen, dass Simone ihr Kind erstickte, so sehr drückte sie es öfter an sich, so dass man berechtigte Angst um den Kleinen haben konnte.

Natürlich brauchte auch Simone einen Paten, einen Göd für ihren Buben, doch da hielt sich die Begeisterung in Grenzen. Bruder Markus, den man als Ersten fragte, drückte sich herum. Da übernahm der Müller aus München ganz spontan diese Patenschaft und legte seinem Patenkind gleich ein gutes Sparbuch in die Wiege.

Keine Frage, dass Müller sogar etwas stolz war, als das Kind seinen Namen Karl-Heinz erhielt. „Karl-Heinz Herrenberger, das klingt doch fast vornehm", dachte er.

Ihn störte auch nicht, wenn die Kindsmutter unvermittelt ein paar laute Lacher ausstieß, und es berührte ihn nicht, dass Simone anders als andere war.

Es waren aber trotzdem wieder viele Neugierige zur Stelle bei der Taufe in Hochstein, neugierig, wie wohl das Kind einer geistig behinderten Mutter aussehen konnte, das nicht mal einen Vater hatte.

„Grüss dich, Simone, ja, wie geht's denn, so gut schaust aus, lass mal sehen dein Bübl, mei is das ein schöns liebs Kindl ..."

Mutter, oder besser gesagt Oma Monika musste einige energisch zur Seite drängen, um sich so einen Weg zum Gotteshaus zu bahnen, bei einigen allerdings ließ sich ein Einblick in das Kissen des Kleinen nicht vermeiden.

Müller, schien es, hatte da mehr Routine als Monika. Als man ihn anschließend fragte, wie oft er eigentlich schon Pate, Göd, sei, meinte er nur, er wise es nicht auswendig, er könne aber nachschauen, jedenfalls seien schon ein paar gestorben, meist durch Verkehrsunfälle.

Monika meinte, den kleinen Taufschmaus könne man zu Hause machen, da von Bayern außer Müller niemand zu diesen Akt erschienen war.

„Nix da", polterte Müller, „ich habe bereits gestern das Nebenzimmer beim Dorfwirt reservieren lassen, auch wenn es nur acht oder zehn Hansl sind. Freilich, so weit käm's noch, dass hinterher die Leute reden, der Müller hätt sich lumpen lassen."

Für Simone und noch mehr für Monika war es jedenfalls eine große Genugtuung, dass ihre Schwäger wie auch die Schwägerin Maria teils mit Anhang an der Taufe ihres Neffen teilnahmen.

Dem Sepp entfuhren leider am Wirtshaustisch ein paar bemerkenswerte Worte, und zwar, dass der Stammhalter und damit die Erbfolge auf Hochkogel nun gesichert sei.

Wie recht er damit haben sollte, würde sich jedoch nur wenige Jahre später bewahrheiten. Wie sehr er aber damit ins Wespennest gestochen hatte, war ihm wohl zuerst gar nicht bewusst. Er hatte diese Worte mehr scherzhaft als ernst gemeint, doch waren Elke und Markus auf diesem Gebiet sehr sensibel und empfindsam.

Elke konterte auch sofort: „Onkel Sepp, du meinst wohl, wir geben uns mit einem Kind zufrieden? Eva-Karina wird sicher noch ein paar Brüderchen bekommen, oder traust du das mir nicht zu?"

„Lasst gut sein, Kinder", ermahnte Müller, „ist ja gut, dass der Nachwuchs flutscht. Hauptsache, er ist gesund, oder? Hoffen wir, dass mein Patenkind gesund und glücklich wird. Es ist zwar meist ein langer, mühsamer und hügeliger Weg, bis man aus dem gröbsten Dreck heraußen ist, aber es ist doch kein Vergleich mit den Hürden, welche oft später noch überwunden werden müssen."

Und Müller war für Simone ebenso wie für wie den kleinen Karl-Heinz ein wahrer Glücksfall. So gab es dieses Jahr auf Hochkogel gleich zwei Geburten, also wieder ein Grund mehr zur Freude. Von Woche zu Woche hatte Monika mehr das Gefühl, als ob sich bei Elke und Markus nicht doch ein gewisser Neid zeigte. Missgunst wegen ihres Neffen, dem kleinen Heinzi. Man nannte in der Einfachheit halber gleich so, Karl-Heinz klang tatsächlich nicht so einheimisch.

Tatsächlich wuchs Heinzi prächtig heran, und er hatte mit einem Jahr schon mehr Gewicht als Eva-Karina später mit 18 Monaten.

Wenn Herr Müller, sein Göd, kam, bekam natürlich auch das Mädchen stets etwas, aber den Heinzi nahm er immer wieder auf seine Knie und machte seine Spassettl mit dem Kleinen: „Hoppa hoppa Reiter, wenn er fällt, dann schreit er."

Vielleicht schon deshalb, weil dieser arme Bub keine richtig vollwertige Mutter und keinen Vater hatte. Müller wusste sicher auch, dass Kinder gerade in den ersten Jahren viel Nestwärme und Geborgenheit brauchen. Simone liebte ihr Kind abgöttisch. Vielleicht waren dabei ihre Gedanken auch bei ihrem ersten Kind, welches man ihr weggenommen hatte. Monika aber hoffte inständig, dass sie noch recht lange zu leben hätte, zumindest solange, bis Heinzi selbst auf beiden Beinen stehen und für sich sorgen konnte. Vielleicht dann auch für seine Mutter Simone?

Denn wenn sie nicht mehr war, konnte es ganz leicht sein, dass ein Sinneswandel von ihrer Schwiegertochter und vielleicht auch von Markus der Simone das Leben zur Hölle machen konnte. Ja, sie war jetzt sogar froh, dass sie vor Jahren dem Druck von Franz gefolgt und den Hias geheiratet hatte.

Hias war ein treuer, schweigsamer Partner, der leicht zufrieden zu stellen war und keinerlei Ansprüche stellte, egal, ob beim Essen, bei der Arbeit oder im Bett. Leider konnte dieses Jahr das Hochzeitsgeschenk von Karin nicht mehr eingelöst werden, denn man wollte mit dem kleinen Bündel noch nicht in Urlaub nach Mainfranken kommen. Aber der Urlaub verfiel ja nicht. Für das nächste Jahr hatte man aber fest vor, mit der kleinen Eva-Karina nach Rebheim zu kommen; da konnte es auch sein, dass die Kleine dann schon etwas laufen konnte.

So verging auch dieser Sommer wieder ohne größere Vorkommnisse. Außer dem Geplärr der beiden kleinen Feger, in das sich manchmal auch Simones gutturales Lachen mischte.

Es war ruhig, fast zu ruhig. Mitten in eine solche Ruhe platzte der Rest der alten Haudegen aus Ingolstadt. Sie ließen sich wieder mit einem Taxi hochfahren. Noch vor den betagten Soldaten stolperte der alte Major, gestützt auf einen Krückstock, auf Monika zu.

„Hochkoglerin, grüss Gott, da schaust was, ja, ich leb noch, 40 Jahr sind es heuer, seit ich nach Hochkogel komme. Da warst du noch gar nicht da. Da musste ich doch herauf zu euch, oder? Sicher, Bäume Ausreißen ist nicht mehr drinn."

Monika freute sich wie immer, wenn alte Stammgäste und gute Bekannte sie besuchten. Sie wusste noch gut, wie diese Soldaten es veranlasst hatten, dass ihr in ihrer größten Not geholfen worden war, und das unentgeltlich. Das war noch gar nicht so lange her, wenn man es bedachte, vor sechs oder sieben Jahren.

Monika ließ sich Zeit für diese Gäste, und auf einmal, ganz unvermutet, kam Simone mit ihrem Kind.

Das war schon ein merkwürdiges Wiedersehen. Die zwei Soldaten erkannten die Haustochter sofort. Ganz anders Simone, sie wusste nicht, wer diese beiden Männer waren.

„Hochkoglerin, dabei dachten wir immer, bei euch heroben sei die Welt wieder in Ordnung, hoffen wir nur, dass dieses Kind nichts davon abbekommen hat. Noch kann es nicht sprechen, aber in seiner ganzen Mimik und seinem Gebahren deutet Gott sei Dank nichts darauf hin. Im Gegenteil, er scheint sogar wiff und reagiert klug auf Spielereien. Arme Frau, nicht mal einen Vater hat das Kind, sagst du, da kann man wahrlich doch wieder von Glück sagen, dass sie auf Hochkogel leben, wo beide im Großen und Ganzen wohlbehütet leben und aufwachsen können."

Während sie vor dem Haus ihren Kaffee tranken und dazu selbstgebackenes Brot nach alter Hochkogelrezeptur mit Butter aßen, kam das Gespräch auf das komische Ziegenvolk. „Normalerweise", meinte Monika, „wär' in dieser Butter auch Ziegen-, jetzt bald teils Steinbockmilch drin. Doch zur Zeit sind alle Ziegen trocken, also gibt es auch keine Milch von denen. Seit fast einem Jahr müssen wir Kuhmilch hineinmischen, aber Müller will es so. Der meint wohl, dadurch hätte er das ewige Leben. Er könnte sich mit der Ziegenmilch womöglich die ewige Jugend erkaufen. So ein Bauernschlauer, wer hat ihm wohl sowas erzählt?"

„Nein, das hat er irgendwo in einem schlauen Buch gelesen. Angeblich empfiehlt ihm das sein Hausarzt. Darum hat er die Gelegenheit beim Schopfe ergriffen und ist mit dem Hias nach Slowenien gefahren. Dort, irgendwo in Oberkrain, haben sie diese „gute" Rasse ausfindig gemacht und auch gleich ein halbes Duzend günstig erworben."

„Jeder nach seiner Façon", meinte der Oberst, „wie gesagt, der Glaube kann oft Berge versetzen, aber so sind die modernen Menschen. Die Jungen ernähren sich zum Großteil sowieso von Dosen- und Fertiggerichten, oft vitaminarm. Dann muss man wieder zusätzlich als Ausgleich Vitaminpräparate wie Vitamin E oder Magnesium zu sich nehmen. Doch auf Hochkogel müsste das meines Erachten gar nicht sein, wo vieles noch selbst biologisch und umweltschonend erzeugt wird."

Sie versprachen, wenn sie ihr Leben noch hatten, nächstes Jahr wieder zu kommen, wenn es auch langsam gehe mit den Haxen und mit dem Schnaufen.

„Hochkoglerin, bleib du gesund und stark. Wir wissen zwar den Hof in guten Händen, aber trotzdem braucht dich der Hof und das ganze Hochkogelanwesen, Er braucht dich vielleicht mehr als in der Zeit der Bitternis vor Jahren. Also pass gut auf dich auf, und auf ein gesundes Wiedersehn."

BRIXEN IM TAL TIROL

21

Bald kam das Vieh bis auf die Schafe und Ziegen von der Alm wieder herunter. Wie schnell doch die Zeit verging, schon wieder ein ganzes Jahr! Kaum kommt der Frühling mit seiner Blütenpracht, kommt auch schon wieder das Sterben dieser Pracht. Ein ewiger Zyklus, und der Mensch muss mit, ob er will oder nicht.

Als Karl der Senner ebenfalls wieder ins Tal verschwand, hielt Herr Hörmann allein mit seinen Vierbeinern die Bastion dort oben. Sicher war er einige Male zwischendurch in seiner eigentlichen Dienststelle in Innsbruck gewesen, doch hielt er es dort nur ein bis zwei Wochen aus, um das Nötigste aufzuarbeiten. Die Neugier in Bezug auf die Mischlinge ließ ihm keine Ruhe.

Jetzt saß er schon wieder seit einer Woche auf der Alm, und es wurde ihm nicht langweilig, so vertieft war er in seine zum Teil sich selbst auferlegte Aufgabe. Er war gar nicht froh und glücklich, wenn Wanderer oder Besucher kamen und ihn von seiner Arbeit und seinen Beobachtungen abhielten. Außer wenn Markus hin und wieder auf seinem Rundgang bei ihm Station machte, denn dann ging es meist um fachliche Dinge.

Im Interesse seines Chefs hatte Markus schon einige Male versucht, das Gespräch auf den Steinbockabschuss zu lenken. Doch bisher hatte Hörmann solche Gespräche immer gleich abgeblockt. Aber nun schien es, als würde er zugänglicher.

„Schau", meinte Hörmann „Du kennst den alten Bock mit den riesigen Hörnern. Er hat schon fast weiße Haare, das deutet auf sein Alter hin. Allerdings wär der sicher noch ein hervorragender Zuchtbock, was nicht nur an den Hörnern zu erkennen ist. Sein ganzer Körperbau ist noch muskulös, fast massig."

„Ja, den kenne ich sehr gut", gab Markus zur Antwort. „Sie werden lachen oder auch nicht, an den hatte ich auch schon gedacht, weil ich genau wie Sie festgestellt habe, dass noch zwei jüngere Böcke allem Anschein nach die gleichen Eigenschaften bekommen werden wie der Alte."

„Erraten, Markus. Also, du kannst deinem Chef mitteilen, dass wir unbedingt dabei sein wollen, wenn Herr Müller den ersten Steinbock seit über 100 Jahren legal – wohlgemerkt in diesem Gebiet – erlegt. Einen konkreten Stichtag kann ich noch nicht angeben. Dazu muss ich erst zu Hause schauen, welche Termine dort anstehen. Aber sagen Sie ihm, ab Allerheiligen kann er jeden Tag mit einen Anruf von mir rechnen. Ich hoffe nur, er ist ein guter Schütze und blamiert unsere Tiroler Jägerschaft nicht. Wir beide werden für alle Fälle unsere Bockflinten auch mit dabei haben. Ein angeschossener Bock kann nämlich noch weit kommen, auch in unwegsames Gelände, wo wir nicht mehr oder nur ganz erschwert hinkommen können. Da ist dann ein gut gezielter Fangschuss, richtig platziert, oft sehr nützlich."

„Meine Freude ist gedämpft, das sage ich dir ganz ehrlich. Es ist nämlich noch gar nicht so lange her, dass der Steinbock sehr selten war. Im 17. und 18. Jahrhundert war der Alpensteinbock fast ausgerottet. Schuld daran waren vielleicht auch hirnvernagelte Theorien (ähnlich wie Müllers Ziegenbutter), dass der Steinbock eine wandelnde Apotheke sei. Damals galten manche Teile als Heilmittel, besonders das Herz, das Blut, pulverisierte Hörner, sowie die Bezoare, das sind die Tier- oder Pflanzenhaarbälle im Magen des Tieres.

Doch um 1820 hatte der Jägerkönig Viktor Emanuel per königlichem Dekret die paar Dutzend letzte Exemplare, die noch übrig waren, unter strengsten Schutz gestellt, und das Massiv des Gran Paradiso im Aostatal rettete das Steinwild vor der Ausrottung.

Die wenigen Übrigen hatten also Glück, dass sie keine Krankheit hatten oder Wilddiebe trotz Wildhüter ihnen nicht den Garaus gemacht haben. Dass sie sich wieder erholten und vermehrten und jetzt auch in den Bergregionen wie hier angesiedelt werden können, ist auch ein Verdienst solcher Gesetze, ebenso wie das Verdienst couragierter Wildhüter. Natürlich stehen sie weiter unter Artenschutz, sie stehen weiterhin auf der roten Liste, und den Abschuss hier auf der Sulzmoosalm kann ich nicht allein entscheiden, aber unter uns gesagt, mein Wort hat einen gewissen Einfluss. Es hat so viel Gewicht, dass wohl niemand widerspricht. Das brauchst du aber nicht gleich weiterzuerzählen."

„Auf keinen Fall, Herr Hörmann, darauf können Sie sich verlassen, aber meinem Chef werde ich die freudige Nachricht gleich mitteilen."

„Ja, Markus, was meinst du, wie lang lassen wir das Kuntach (regionale Bezeichnung für Kleinvieh wie Schafe und Ziegen) noch da heroben?"

„Herr Hörmann i trau mir das a net recht zu sagn, wia des heuer wird. Aber wart ma a mal zu, vielleicht bis Allerheiligen wieder, dann allerdings ist es keinen Tag mehr sicher, ob es über Nacht nicht schneit."

„Lieber Freund Markus, wir kennen uns doch jetzt schon eine ganze Weile, wir sagen du zueinander, ich sag ja e schon immer Markus zu dir. Ich bin der Rudolf, hast mi, kannst aber auch Rudi zu mir sagen."

„Ja, i hab die Rudi, das kimb mir sowieso leichter über die Lippen, als des immer per Sie. Auch das hab ich schon gemerkt, Markus deswegen umso mehr."

Gut, Rudolf und Markus plauderten noch eine ganze Weile miteinander, bis der Jungbauer dann doch den Weg nach Hause einschlug.

Rudolf aber war die heutige Nacht wieder allein in der Hütte. Er saß noch lange am Fenster und blickte zu dem gegenüberliegenden Hang, wo die Ziegen und die Steinböcke einträchtig und friedlich nebeneinander ihr Futter suchten, bis er nichts mehr sah. Nach einem kargen Abendbrot machte er noch lange im Schein des Gaslichtes Eintragungen in seine Kartei. „Kommt ganz schön was zusammen im Laufe eines Sommers", meinte er zu sich selbst.

Bald aber war es dann doch so weit, und die kleine Herde wurde wieder zum heimatlichen Stall gebracht. Nur das echte reinrassige Steinwild blieb in freier Natur, dem Wind und Wetter überlassen vielleicht auch einen langen harten Winter. So hatten sich diese Tiere jedoch schon immer behaupten müssen, ohne schützenden Stall und noch früher noch ohne zusätzliche Fütterung. Heutzutage musste hier im Extremfall laut Müller eine Fütterung im Winter stattfinden.

Darüber stritten sich jedoch viele Jäger und Waldbesitzer. Die letzteren sagten, wenn nicht gefüttert würde, knabbere das Wild gern an den jungen Bäumchen und Trieben oder wandere in ein anderes Revier ab, und Müller habe das Nachsehen. Denn man könne auch nicht um jedes Bäumchen einen Schutzzaun machen. Anderseits würden jedoch die Wildtiere durch übermäßiges Füttern so sehr verwöhnt, dass sie sich vielleicht nicht mehr die Mühe gaben, ihre Nahrung selbst zu suchen.

Da gab es ganz gute Beispiele, bei den Murmeltieren etwa, diese possierlichen „Mangei", die auch Winterschlaf halten. Sie wurden in den Sommermonaten, etwa auf der Franz-Josef-Höhe am Großglockner, von den Autotouristen so mit Keksen, Schokolade und Naschwerk gefüttert, dass sie bald gelernt hatten, sich in Scharen auf den Parkplätzen zu versammeln und zu betteln. Sie hatten damit nicht nur ihre Scheu verloren, sondern auch ihr natürliches Verhalten völlig geändert: Warum sollten sie ihr Futter suchen, wenn es ihnen ins Maul gesteckt wurde?

Das waren Tatsachen: die natürliche Auslese, der Kampf ums Dasein. Nur das Gesunde und Starke hat die Chance und das Recht auf Fortpflanzung und Überleben. Fressen und gefressen werden heißt nicht umsonst ein geflügeltes Wort.

Anderseits ist es gut, dass man bei den Menschen den Kranken und Schwachen hilft, sie schützt und pflegt. Bei den Tieren sollte das freilich meiner Ansicht nach nur mit Haustieren geschehen dafür gibt es auch einen Tierarzt.

Das Allerheiligentreffen war, wie bereits erwähnt, nun schon seit Jahren eine feste Institution von Hochkogel geworden. Auch Müller gehörte dazu, und er war auch wieder mit dabei. Man wollte doch auch abstimmen, ob und wie lange man weiterhin den Hof verpachten wollte. Den Zuschlag würde sowieso Müller wieder bekommen, und so war es auch.

Im Mittelpunkt standen in diesem Jahr jedoch die zwei kleinen Hochkogelkinder. Monika genoss es sichtlich, als liebevolle Oma ebenfalls in der Mitte zu stehen.

Die vier Orgelpfeifen waren auch da, wobei auffiel, dass Martin, der älteste, mit seinen 68 Jahren sogar noch fast jünger aussah als zum Beispiel der Sepp, der dieses Jahr gerade einmal seinen sechzigsten gefeiert hatte. Nebenbei, auch Hans, Wast und Maria hielten sich sehr gut, und man hätte meinen können, bei ihnen sei die Zeit stehen geblieben.

22

Bevor der Winter aber richtig Einzug hielt, bekam Elke noch eine Einladung zu einem Schülertreffen nach Nürnberg. Sie überlegte hin und her, bis sie dann Markus und Monika überzeugt hatten und meinten, sie solle doch die schönen Tage noch ausnützen und hinfahren. Denn so ein Treffen werde auch nicht alle Jahre veranstaltet, und manche lebten vielleicht schon gar nicht mehr. Man legte diesmal auch zwei Jahrgangsstufen zusammen, da sowieso nie alle kommen konnten. Manche waren zu weit weg, oder hatten durch Heirat die Heimat verlassen und lebten jetzt in Amerika, da war Elke in Tirol noch relativ nahe. Manche konnten aus gesundheitlichen Gründen nicht kommen, andere wiederum waren anscheinend beruflich nicht abkömmlich, und mit zehn oder fünfzehn Leuten hätte es sich nicht rentiert.

Natürlich musste jetzt Moni auch öfter als sonst auf die Enkelin Eva-Karina aufpassen, und die Kleine war es gewohnt, ohne Mutterbrust ihren Appetit zu stillen.

Müller schleppte nämlich jedesmal ganze Kartons Babynahrung mit allen möglichen Variationen an, schon für sein Patenkind, weil Simone leider auch zu wenig Milch hatte. Vielleicht war das sogar gut so: Wer konnte wissen, was da so alles in dieser Muttermilch enthalten war? Obwohl das Stillen von den meisten Ärzten befürwortet wurde, gab es doch noch einige, welche laut neuester Forschungserkenntnisse meinten, Muttermilch könne im speziellen Fall einer kranken Mutter verschiedene Keime übertragen.

Elke machte sich bereits einen Tag vorher in ihre alte Heimat auf, und sie wollte spätestens in drei Tagen wieder bei ihrem Kind und ihrer Familie sein. Natürlich quartierte sie sich bei Mutter Susanne ein. Dort gab es natürlich auch viel zu erzählen von Tirol, aber auch vom Frankenland.

„Stell dir vor, Elke, dein Vater Gert hat nun schon einige Male bei mir angerufen, er wollte mich mal treffen was meinst du dazu?"

„Nicht, solange er mit dieser Tussi zusammen ist! Er hat sich seine Suppe selbst eingebrockt, soll er nun sehen, wie er sie auslöffelt. Die andere Seite ist aber, dass ihr beiden förmlich am Leben vorbei geht. Jeder will klüger sein und Recht haben. Mutter, Fehler machen alle Menschen, die einen öfter und mehr, die anderen nur ein oder zwei Mal. Wie es scheint, plagt ihn jetzt die Reue, aber lass in vorerst ruhig noch etwas zappeln, bevor du ihn wieder aufnimmst, und das machst du auch, so wie ich dich kenne. Mach ihm aber auch deinen Standpunkt klar und sag klar deine Meinung, sonst gerätst du wo möglich nochmal ins Hintertreffen. Sag ihm, dass du erstens in Nürnberg bleibst, und zweitens, wenn etwas Neues geplant wird, sei es auch nur ein Urlaub, dann willst du gleiches Mitspracherecht."

„Danke schön, Elke, ich wusste, dass ich mit dir vernünftig darüber reden kann, aber das ist ganz klar, dass mich keine zehn Pferde mehr von hier wegbringen. Ich denke, dem Gert seine Mutter macht es auch nicht mehr lange, ansonsten müsste sie wohl oder übel noch in ihren alten Tagen nach hier verlegt werden. Aber nun zu dir, morgen ist euer Treffen in einem Lokal am Stadtrand. Du sagst, es heißt „Zum Tintenfisch", und du willst ganz allein dorthin gehen? Willst du dir nicht jemanden als Begleitung mitnehmen, soll ich Harald anrufen? Man hört und liest in letzter Zeit doch so viel von Überfällen."

„Ja, deshalb ist es gut, Mutter, dass auch du bald nicht mehr allein bist. Doch dieses Treffen soll ohne Partner stattfinden. Man redet so viel leichter von der Schulzeit, den Lausbubenstreichen, den ersten Liebschaften und allem anderen."

Elke war eine der Ersten beim Treffpunkt „Zum Tintenfisch", doch dann ging es bald Schlag auf Schlag. Bei manchen hatte Elke überhaupt keine Probleme, die alten Klassenkameraden wieder zu erkennen, doch bei manchen gab es schon Schwierigkeiten, und erst nach Befragungen konnte man das Geheimnis lüften. Manche hatte man fast 10 Jahre nicht mehr gesehen, seit Entlassung aus der Grundschule. An die 40 Mädel und Buben waren anwesend, dazu noch zwei Lehrpersonen.

Die Organisatoren hatten sogar einen flotten Keyboardspieler dazu verpflichtet, etwas Musik zu machen, um so eine dezente Geräuschkulisse als Untermahlung zu haben.

Zu vorgerückter Stunde hatte man sogar vor, etwas das Tanzbein zu schwingen. Wie gesagt, eine dezente Musik sollte dem Ganzen außer dem Tischschmuck einen etwas festlichen Rahmen geben. Eine der Organisatorinnen, Frau Bell, hielt eine humorvolle einfühlsame Ansprache, als sie die verstorbenen Mitschüler nannte, und forderte alle auf, sich von den Plätzen zu erheben, um eine Gedenkminute einzulegen.

Die Speisen konnten à la carte bestellt werden, und das Essen war vorzüglich. Elke war wirklich überrascht über das geräumige und gut besuchte Lokal. Für das Schülertreffen war der größte Saal reserviert worden, doch gab es noch mindestens zwei bis drei Gasträume, in welchen ebenfalls zahlreiche Leute saßen. Elke musste zugeben, dass dieses Treffen eine großartige Sache war, und sie bereute es keinen Augenblick mehr, hierher gekommen zu sein. Alle, mit denen sie gesprochen hatte, waren der gleichen Ansicht, dass jeder Mensch es brauche, ab und zu mal aus dem Alltag rauszukommen. Obwohl Elke keine speziellen Freunde hier hatte, weder beim weiblichen noch beim männlichen Geschlecht, war sie schon in der Schule mit den meisten gut zurechtgekommen.

Aber Elke war auch nur zwei Jahre in diese Schule gegangen; vorher hatte sie bereits die Schulbank im Sauerland drücken müssen. Nach den zwei Jahren hier hatte sie dann die Realschule und zum Schluss die Haushaltungsschule besucht. Diese hatte sie ja erst voriges Jahr verlassen und war nach Hochkogel zu Markus gezogen.

So lustig und ausgelassen hatte man Elke schon lange nicht mehr gesehen. Sie war eine Augenweide für jedermann, selbst die feinen, geschminkten Damen mussten neidlos zugeben, dass sie die Schönste war, und sie bekam Komplimente über Komplimente.

Bis weit nach Mitternacht dauerte es, bis der Großteil, darunter auch Elke, ein klein wenig beschwipst das Lokal verließ. Manche wollten sie mitnehmen, und gar manchem wäre es sogar eine Ehre gewesen, die blonde Fee nach Hause fahren zu dürfen. Wieder andere meinten, man solle ein Taxi nehmen.

„Wo denkt ihr denn hin", gab sie lachend zur Antwort, „ich muss doch auch morgen wieder auf den Berg."

„Ja, dann alles Gute, und komm gut an, melde dich wieder mal, aber nicht erst in einem Jahr."

„O.k., mache ich also Servus."

Fast gleichzeitig fuhren sie los. Gerade, als die anderen abgefahren waren und Elke gerade noch ihren Sicherheitsgurt anlegen wollte, wurden plötzlich links und rechts die Autotüren aufgerissen. Sofort hatte einer der beiden Männer ihr die auf dem Beifahrersitz liegende Weste in den Mund gestopft.

Elke war fast am Ersticken, und man zerrte sie auf den Rücksitz. Während der eine ihr den Mund zuhielt, nahm der andere das Fahrzeug in Betrieb. Sie fuhren auch gar nicht weit, bis zu einer leerstehnden Hütte am Stadtrand, dort zogen die Rohlinge ihr Opfer wieder aus dem Auto.

Da keine Riemen, Schnüre oder Klebebänder zu finden waren, fesselten die zwei Elkes Hände mit ihren eigenen langen blonden Haaren auf den Rücken.

Als Elke daraufhin mit den Füßen um sich zu treten begann, wurden ihr kurzerhand Bluse und Rock vom Leib gerissen. Dann wurden ihr die Beine weit gespreizt und an vorhandene, einbetonierte Eisenträger gebunden. Jetzt war sie den Strolchen total ausgeliefert. Die beiden vergingen sich abwechselnd an ihrem hilflosen Opfer, bis sie beide befriedigt waren. Für Elke war es die Hölle, ihr Körper bäumte sich auf, und sie wollte beißen schlagen, aber es half alles nichts. Allmählich verlor sie dann die Besinnung; von ihrem Aufbruch im Lokal bis zum Zeitpunkt ihrer Bewusstlosigkeit war etwa eine Stunde vergangen.

Nach dieser brutalen Vergewaltigung wollten die Ganoven zuerst die Hütte anzünden, um so die Spuren zu verwischen, denn sie mussten damit rechnen, dass Elke ihre Gesichter der Polizei beschreiben würde. Die Polizei würde sicher Phantombilder anfertigen lassen, aber sie wussten, dass sie nichts Auffälliges wie Narben, Sommersprossen oder extrem lange Nasen an sich hatten. Sie hatten normale Figuren, und daher konnte eine normale Beschreibung auch nicht so tödlich für sie sein.

Aber der eine meinte: „Wenn die uns zufällig auf der Straße begegnet, was dann? Sie erkennt uns doch totsicher. Jemand der seinen Tod über sich gesehen hat, vergisst sein Gesicht nicht."

„Memme", erwiderte darauf der andere, „lassen wir uns halt in nächster Zeit einen Bart wachsen."

„In ein paar Jahren verändert sich sowiewo jedes Gesicht, aber ich weiß nicht so recht, ich hab irgendwie Angst vor ihr. Obwohl sie jetzt wie tot da drinnen liegt, kommt mir das nicht geheuer vor."

„Du bist ein Angsthase, ich hätte dich nicht mitnehmen sollen, ich hätte Detlef an deiner Stelle nehmen sollen. Mensch, stell dich nicht so an, du hast doch auch Spass dabei gehabt, oder willst du das jetzt bestreiten?"

„Ja, schön war es schon, aber doch nicht so, wie wenn beide daran Spass haben, es fehlt die Gegenliebe."

„Gegenliebe, was soll das? Wir brauchen keine festen Freundinnen, wir nehmen uns einfach eine, wenn wir gerade Lust danach haben. Keine Huren, die muss man ja bezahlen und die haben meist auch ihre Zuhälter, die kein Grüss Gott kennen. Sondern so ein hübsches Mädchen wie die da drinnen, das kostet nichts und bringt keine Scherereien oder Ärger."

„Leider ist kein Fluss in der Nähe, dann könnten wir sie einfach hineinwerfen. Doch mit dem Anzünden der Hütte hast du vielleicht doch Recht, da könnten sie uns erst recht erwischen, so viel ich weiß, ist hier in der Nähe sogar eine Polizeistation."

„Weißt du, was wir machen? Falls sie einen Reservekanister dabei hat, geht das noch einfacher. Wir überschütten sie mit Benzin, und damit sind dann alle Spuren beseitigt."

Und so machten sie es. Es waren vielleicht fünf Liter Benzin im Kanister, damit tränkten sie Elkes Kleiderfetzen und rieben ihren ganzen Körper damit ein. Dann stiegen sie in Elkes Auto, fuhren ein Stück in eine Seitengasse und ließen das Fahrzeug dort vorschriftsmäßig geparkt stehen. Natürlich wischten sie auch dort alles mit dem benzingetränkten Lumpen ab. Das Lenkrad, die Türgriffe, selbst die Sitzbezüge wischten sie ab. Sie schienen Profis zu sein, so, als würden sie so etwas nicht zum ersten Mal machen. Es sollte nichts dem Zufall überlassen werden.

Dann sperrten sie das Auto ab, nahmen den mit Fingerabdrücken versehenen Autoschlüssel an sich und gingen, als ob nichts geschehen sei, zum nahe liegenden „Tintenfisch." Dort war es um halb vier Uhr früh jedoch finster. Unter den wenigen Fahrzeugen war auch ihres.

23

Es war fünf oder sechs Uhr morgens, als Susanne auf die Uhr guckte und nach dem Bett von Elke sah. Das Zimmer war leer, das Bett unberührt. Da konnte etwas nicht stimmen, das war sie von ihrer Tochter nicht gewohnt. Sicher, bei einem solchen Treffen konnte es schon einmal später werden, man hatte sich ja auch viel zu sagen, oder? Doch wie sie Elke kannte, hätte diese bestimmt angerufen, dass es später würde.

Nein, da musste etwas passiert sein! Kurz nach sechs Uhr rief sie bei der Polizei an und machte eine Vermisstenanzeige. Sie zog sich vollständig an, holte ihren Wagen aus der Garage und fuhr direkt zum „Tintenfisch." Die Polizei war schon dort, und auch die Wirtsleute hatten die Beamten schon aus dem Bett geholt.

Der Wirt war zufällig mal ein echter Franke; man sieht es in Deutschland vorwiegend in den Großstädten, dass fast jedes zweite Lokal von einem Ausländer betrieben wird. Waren sie auch oftmals nicht die Besitzer, so pachteten sie diese doch von den Deutschen, denen das Geschäft zu unrentabel war. So waren viele Wirtshäuser in der Hand von Ausländern, vorwiegend von Südländern, welche solche Lokale mit einer enormen Zähigkeit und Begeisterung wieder auf Vordermann brachten.

Der Wirt, welcher sich gerade mit einer Hand den Hosenträger über die Schulter streifte und mit der anderen Hand durch das ungekämmte, struppige Haar fuhr, wusste bald, um wen es ging: „Das gibt es nicht, die junge Frau ist ganz sicher bei Freunden gelandet oder mitgenommen worden, vielleicht haben sie dort noch etwas getrunken und dann die Zeit vergessen."

„Hoffen wir es, aber ich kann mich damit nicht zufrieden geben", gab Susanne zur Antwort. Mittlerweile war es sieben Uhr geworden. „Elke ist eine pflichtbewusste Bäuerin und sie ist Frühaufsteherin. Sie hätte sich auch getraut, mich um vier Uhr früh aus dem Bett zu läuten, und nach sechs Uhr steht sie sogar sonntags nicht auf. Wenn sie aber inzwischen zu Hause angerufen hätte, hätte mich mein Dienstmädchen bereits verständigt." Dabei zeigte sie demonstrativ den Leuten ihr Handy.

„So müssen wir die Kripo einschalten, denn dann hilft abwarten und Tee trinken sicher auch nicht viel."

Als Verstärkung angefordert wurde, gab der Polizeiobermeister die Anweisung, zuerst in der unmittelbaren Umgebung zu suchen und den Kreis von hier aus auszuweiten. Vielleicht würde man zumindest etwas wie das Auto der Abgängigen finden. Es dauerte auch gar nicht lange, bis das Auto mit österreichischem Kennzeichen gefunden war. Das war gar nicht so schwer, denn österreichische Kennzeichen gab es nicht viele in Nürnberg.

Man musste die Türe aufbrechen, da schlug ihnen ein Schwall von Benzingestank entgegen. Aber keine Spur von einem Lebewesen. Elke blieb verschwunden.

Doch nun war auch den Polizisten klar, das etwas Schlimmes passiert sein musste, da gab es keinen Zweifel mehr. Man musste Susanne stützen, denn sie war nahe daran, ohnmächtig zu werden: „Man hat sie umgebracht oder verbrannt", schrie sie immer wieder. Man musste sie sogar in Gewahrsam nehmen, denn sie war mit ihren Nerven am Ende, doch dann brachte man sie nach Hause.

Die zwei alten Rentnersleute wechselten sich ab, einen Tag ging Herrchen, den nächsten Tag Frauchen mit dem Hund in aller Frühe Gassi. Währenddessen bereitete der daheim Gebliebene das Frühstück zu, und so geschah es auch an diesem trüben Sonntagmorgen.

Heute war Frauchen an der Reihe und ging mit Dinga, einer Mischlingshündin, Gassi spazieren. Der Weg war fast immer derselbe und führte am Stadtrand entlang, zwischen neu erbauten Häusern und Fabriken, aber auch zwischen aufgelassenen, halb bis total verfallenen Werkshallen und Hütten. Frauchen war, wie fast immer, guter Laune, und sie redete fast die ganze Strecke mit ihrem vierbeinigen Begleiter. Um diese Zeit und überhaupt an einem Sonntag waren kaum Menschen unterwegs, und so konnte sie ungestört mit Dinga plaudern.

Als sie jedoch in die Nähe einer halbverfallenen Hütte kamen, bellte die Hündin und zog an der Leine wie verrückt.

„Was ist denn, Dinga?" Doch diese bellte weiter und zog heftig an der Leine.

Sie war noch gar nicht beim Eingang, als ihr durch die halbkaputte Türe Benzingeruch in die Nase drang. Zuerst wollte sie warten, ob nicht doch ein Passant des Weges kam und mit ihr da hinein gehen würde. Doch es kam niemand, und es war, wie gesagt, schon ein großer Zufall, wenn Frauchen oder Herrchen an einem Sonntag jemanden über den Weg laufen sahen. Am liebsten wollte sie weiter gehen und vielleicht von zu

Hause aus jemanden davon unterrichten, sie bekam es wirklich mit der Angst zu tun.

Doch der Hund bellte und zog, bis er sie fast vor der Hüttentür hatte. Da die Tür nur angelehnt war, konnte Dinga mit ihren Vorderpfoten die Türe ganz aufmachen.

Sie brauchten auch nicht weit in den düsteren Raum zu gehen, da bot sich Frauchen schon ein Bild des Grauens. Sie machte vielleicht das einzig Richtige in einem solchen Moment: Sie band Dinga an einer Eisenstange fest, so dass die Hündin nicht ganz zu Elke kam. Dann rannte sie aus der Hütte zur nahen Hauptstrasse, um dort mit heftigem Winken einen Autofahrer zum Anhalten zu bringen, doch erst der Achte hielt schließlich an. Er versprach, sofort die Polizei zu verständigen, und während Frauchen wieder zur Hütte zurückging, kamen auch schon zwei Beamte zum Tatort. Sofort wurden auch ein Notarzt und ein Rettungswagen zur Hütte beordert.

Elke war noch immer nicht bei Bewusstsein. „Ein tiefes Koma", meinte der Notarzt. „So was haben nicht einmal wir alten Hasen von der Polizei gesehen. Eine Frau mit den eigenen Haaren gefesselt!" Es überstieg schier ihr Vorstellungsvermögen.

Man versuchte sofort, Spuren zu sichern, doch die Kerle hatten tatsächlich mit ihrer Benzinmethode ganze Arbeit geleistet. Dem Notarzt riss die Geduld: „Schnell ab mit der Schwerverletzten ins Krankenhaus, wir haben keine Sekunde mehr zu verlieren." Der Notarztwagen raste bald darauf mit Blaulicht und Martinshorn los, gefolgt von der Rettung.

Die Polizisten und die Beamten von der Spurensicherung blieben noch am Ort der Schandtat. Es gab keinen Zweifel mehr für sie, dass es sich um die heute früh verschwunden gemeldete Frau Herrenberger handelte. Man nahm auch die Daten von Frauchen auf, die mit ihrem Hund diese Rettungsaktion ausgelöst hatte. „Vielleicht bekommen Sie noch einen ‚Finderlohn'", meinte ein Beamter zu der alten Frau, welche jedoch gleich resolut meinte, Finderlohn brauche sie keinen, das sei doch schließlich Menschenpflicht. Aber in Zukunft werde sie in diesem Viertel etwas vorsichtiger sein, obwohl an ihr wohl kein solcher Sexgangster mehr Interesse haben werde, „und schließlich hab ich immer meinen Hund mit dabei. Doch jetzt gehen wir, sonst macht sich meine bessere Hälfte noch Sorgen um mich und verständigt womöglich auch noch die Polizei."

Alle bedankten sich bei ihr für ihren selbstlosen Einsatz und meinten, diese Mutter Courage solle vielen Menschen unserer Zeit als ein Vorbild dienen: Hinschauen, nicht wegschauen sei des Bürgers Pflicht, denn es sei ja immer bequemer, wegzuschauen oder wegzulaufen, als womöglich seinen Kopf oder gar sein Leben zu riskieren!

Elke wurde sofort in die Notfallambulanz gebracht, und zuerst wurden Herz, Puls und Atemwege kontrolliert.

„Wohl noch einmal Glück gehabt, zumindest auf diesem Gebiet", meinte ein Arzt. „Den ersten Anzeichen nach wird Elke in ein paar Wochen über den Berg sein, dann sehen wir weiter. Hoffentlich kommen keine Komplikationen dazu."

Selbstverständlich wurden auch Abstriche in Elkes Genitalbereich gemacht, die Spermaspuren wurden analysiert und in eine Datenbank eingegeben.

Dann erst konnte man die geschundene Frau in einem wohltuenden Schaumbad von ihrem stinkigen Bezingeruch befreien. Jetzt erst fand man es angebracht, ihre Mutter, Frau Dr. S. Dreyfuss, zu verständigen, die zu Hause wie auf Kohlen saß und auf einen erlösenden Anruf wartete.

„Gott sei Dank", waren ihre ersten Worte, „sie lebt." Alles andere schien nun nebensächlich. Bevor sie losbrauste, musste sie auch noch Markus verständigen, der bis jetzt überhaupt noch nichts von der schrecklichen Tat wusste. Sie hatte absichtlich gewartet, denn erstens hatte man Elke finden müssen, und zweitens hatte man mit dem Schlimmsten rechnen müssen, Verwaltigung oder gar Mord. Es war Monika am anderen Ende.

„Monika, pass auf und setz dich besser hin!"

Dann erzählte Susanne in groben Umrissen von dem Geschehen. „Ich weiß, auch ihr hattet Elke heute wieder zurückerwartet, aber das wird jetzt wohl ein paar Wochen dauern. Hoffentlich wird alles wieder gut, ja, hoffentlich, liebe Monika, vielleicht kannst du dieses Verbrechen dem Markus halbwegs schonend beibringen?"

Monika entkam ein schwerer Seufzer: „Das muss ich wohl!"

Moni, die brave, tapfere Frau war es schon von Kindheit an gewohnt, alle unliebsamen Dinge und Arbeiten für andere zu verrichten, und sie war es gewohnt, immer den Kopf für andere hinzuhalten. Nur gut, dass Eva-Karina und Simone die Tragweite dieser Tat nicht so bewusst wurde. Doch dem Markus und dem Hias musste sie diese böse Kunde wohl mitteilen.

Als Susanne im Krankenhaus eintraf, war Elke endlich von Unrat und Gestank befreit. Sie lag bereits in einem frisch überzogenen Krankenbett, und ihr langes Blondhaar fiel engelsgleich auf ihre Schultern. Sie schlief, war aber einmal auch kurz wach, und dabei flackerten ihre Augen wie Irrlichter im Raum umher, dann war sie wieder eingeschlafen.

„Wenn man nicht genau wüsste, was mit ihr passiert ist, könnte man meinen, sie sei ein Bild für die Götter."

Der Oberarzt meinte zu Susanne, für Schönheit habe man schon immer bezahlen müssen. Nicht umsonst heißt es in einem Lied: „Eine schöne Frau gehört dir nie allein." Auch wenn Zeitgenossen oft nur mit ihren Augen davon naschen, knabbern oder zehren wollen, eine schöne Frau bringt tatsächlich oft mehr Probleme als eine hässliche, denn eine solche wird höchstens in einem Rauschzustand oder in aller höchsten Not einmal gebraucht, nicht geliebt wohl gemerkt.

„Frau Dr. Dreyfuss, sie ist in der Tat ein Bild für die Götter. Wir müssen", dabei zog er sie ein Stück vom Krankenbett weg, um ein eventuelles Mithören der Patientin zu verhindern, „wir müssen sehr vorsichtig und behutsam mit ihr sein, es ist nicht auszuschließen, dass Elke doch bösartige Folgen zurückbehalten könnte, und es wär auch nicht auszudenken, wenn dies der Fall wird. Wir haben alle Vorsorgungen bereits getroffen, um beim nächsten Erwachen ganz vorsichtig zu sein."

„Ich bleibe bei meiner Tochter, ich halte zumindest die erste Wache, bis ich nicht mehr kann, das ist jetzt das Mindeste, was ich dazu tun kann."

„Das finde ich sehr gut", gab der Oberarzt zur Antwort. „Sie sind doch selbst Ärztin. Wenn wir auch keinen Seelendoktor haben, so haben Sie doch mehr Einfühlungsvermögen als eine Krankenschwester, obwohl ich mit unseren Schwestern (dabei sah er die zwei Diensthabenden lächelnd an) durch dick und dünn und durchs größte Feuer ginge. Sie haben auch alle Prüfungen mit den besten Noten bestanden."

Die beiden schauten sich darauf mit etwas Stolz gegenseitig an. „Gut, Frau Dr. Dreyfuss, wir lassen Ihnen etwas zu Essen und zu Trinken bringen. Möchten Sie auch etwas lesen? Es kann lange dauern. Vorsorglich haben wir in diesem Zimmer alle Klingeln und das Telefon abgestellt. Sie verstehen, kein unnötiges Erschrecken."

„In Ordnung, wenn ich jemanden benötige, komme ich auf den Gang, o.k.?" Das Ärzteteam verließ daraufhin mit den Schwestern das kleine helle Krankenzimmer, wo sich nur Elke auf einem Rollbett aufhielt.

Susanne setzte sich, stand jedoch bald wieder auf und ging ganz leise auf und ab. Immer wieder ging sie zum einzigen Fenster. Susanne sah hindurch und dachte, es werde doch noch ein schöner Sonntag, nur in Bezug auf das Wetter natürlich.

Ansonsten war es für sie wohl der schwärzeste, dunkelste Tag seit dem brutalen Mord an ihren Eltern vor fast zehn Jahren. Susannes Blick streifte die kahle, weiße Wand. Ganz kahl? Nein, es hing ein kleines Kruzifix daran. „Herrgott, ich weiß, du kannst oder willst vielleicht nicht jedem und überall helfen und Wunder tun, das wäre wohl auch zu viel von dir verlangt. Von dir, an den wir nur meist in höchster Not denken. Aber ich würde dich ganz herzlich bitten, dass du bei deinen unschuldigen Schäflein einmal ein kleines Wunder tust, lieber Herrgott, gib deinem edlen großen Herzen doch einen Stoß und lass bitte Elke wieder normal werden, lass sie wieder eine gute Mutter sein, lass sie wieder tatkräftig, fröhlich und heiter werden! Schon wieder gleich mehrere Wünsche, wirst du jetzt denken, die Menschen sind doch alle gleich! Gibt man ihnen den kleinen Finger, wollen sie gleich die ganze Hand."

Susannes Blick kehrte wieder zurück zum Krankenbett, wo Elke immer noch mit geschlossenen Augen lag. Sie hielt den Atem an, und da konnte sie doch deutlich die regelmäßigen Atemzüge der Kranken hören.

„Ja, Herrgott, ich danke dir. Hauptsache, sie lebt." Das Essen und Trinken, das man ihr gebracht hatte, stand immer noch unberührt auf dem kleinen Tischchen und war sicher schon kalt geworden.

Susanne brachte keinen Bissen hinunter und versuchte es auch gar nicht, obwohl es ihr vielleicht ganz gut bekommen wäre. Es wurde ihr bewusst, dass sie heute noch gar nichts zu sich genommen hatte, vielleicht sollte sie sich doch überwinden, auch wenn es mit Widerwillen verbunden war? Plötzlich ging die Tür leise auf, und in der Tür stand Gert. Susanne wusste nicht mehr, weshalb sie noch vor Monika Elkes Vater angerufen hatte, sie wusste es tatsächlich nicht mehr. Aber jetzt war sie froh, als sie ihren Exmann zwei Meter vor sich sah. Sie legte ihren Zeigefinger auf den Mund, was bedeuten sollte, ganz still zu sein. Er machte diese Geste nach, kam jedoch die paar Schritte auf sie zu und drückte ihre Hand, was Susanne gerne geschehen ließ, ja, sie erwiderte den Händedruck. Beide starrten nur auf ihr Kind, das da so friedlich lag, als ob es nur schlief.

Ab und zu kreuzten sich ihre Blicke, und sie konnten ihren Blicken gegenseitig standhalten. Gewiss, es gibt Augenblicke, in denen viele Menschen mit einem schlechten Gewissen einen Blick nicht aushalten können und sich deshalb sofort abwenden. Doch Susannes Blicke sagten zu Gert: „Gut, dass du gekommen bist." Und in diesem Moment schlug Elke die Augen auf. Ihre Augen waren groß und starr auf die zwei Menschen gerichtet.

„Was ist los, was starrt ihr mich so an? Bin ich gestorben, dass du da bist, Vater?"

„Vater", hatte sie gesagt, sie hatte ihn also erkannt, doch ein Wunder!

Beide waren sofort am Bett und schauten mit strahlenden Augen auf ihre Tochter, welche jetzt da lag, als hätte sie tatsächlich nur geschlafen. Sie war bald putzmunter, doch als sie merkte, dass sie in einen Krankenzimmer lag, und als bald der Oberarzt kam, welchen Susanne vom Gang herbeiholen ließ, wurde ihr das grausame Ereignis, das keine zehn Stunden zurück lag, voll bewusst. Die Erinnerung war da, Gott sei Dank.

„Was ist mit mir?" waren ihre nächsten Worte. „Sie sind hier zur Erholung", gab ihr der Oberarzt zur Antwort. Vorsichtig erkundigte er sich, ob sie irgendwo Schmerzen oder sonst einen Wunsch hätte.

„Ja, ich habe mächtigen Hunger, aber noch mehr Durst."

„Das ist ja großartig", meinte der Mediziner darauf, „das ist ein gutes Zeichen. So werden Sie auch bald wieder über den Berg sein."

Als Elke ihren Speisewunsch geäußert hatte, wurde sofort ein Serviermädchen beauftragt, das Gewünschte aus der Küche zu besorgen. Während sie darauf warteten, meinte Elke: „Das ist aber schön, euch beide so zu sehen. Ich hoffe, dass ihr von nun an immer beisammen bleibt, denn es ist nicht gut, dass der Mensch allein ist, das habe ich jetzt erst wieder am eigenen Leibe verspüren müssen."

„Kind, es war eine große Dummheit von mir, aber glaube mir, dass ich die Trennung von Susanne schon seit langem bereue."

Darauf meinte Elke: „Ja, ich glaube fast, dass jeder Mensch einmal eine Dummheit macht, vielleicht auch machen muss, um die Realität und die wirklichen Werte des Lebens wieder zu finden."

„Na ja", meinte Susanne darauf. „Was soll ich darauf sagen? Ihr habt mich überstimmt, und ihr seid in der Überzahl. Also gut, Gert, probieren wir es nochmal." Und zur Besiegelung gab sie ihm den ersten Kuss seit vielen Jahren.

„Doch da kommt das Essen, lass es dir gut schmecken." Nach dem Essen kam auch der Arzt wieder. Nach anfänglichen kleinen Scherzen erkundigte er sich fürsorglich, ob Elke nun zu einem ernsthaften Gespräch in der Lage sei und an die grausigen Geschehnisse der letzten Zeit erinnert werden könne.

„Jetzt sind wir beisammen, da kann doch nicht mehr viel passieren, oder?" war Elkes Kommentar.

„Also, liebe Frau Herrenberger, ach lassen wir am besten diese Formalitäten, wir sind doch unter uns! Nun, liebe Elke, nach den ersten Untersuchungen mussten wir uns auf schwerste seelische wie auch körperliche Schäden einstellen. Gott sei Dank scheint Ersteres glücklich verlaufen und überwunden oder nicht eingetreten zu sein. Doch was die körperlichen Schäden betrifft, vor allem im Vaginalbereich, so müssen diese zwar äußerlich erst abheilen, doch es könnte sein – bitte bleib jetzt stark – es könnte sein, dass du erstens von den Übeltätern schwanger bist, und zweitens könnte es sein, dass du überhaupt kein Kind mehr haben kannst."

„Nein", entfuhr es Elke. „Nein, das darf, das kann nicht wahr sein, das könnte ich nicht ertragen. Ich habe meinem Mann einen Stammhalter versprochen, einen Hoferben. Ich habe bis jetzt alle meine Versprechen eingelöst."

„Wir hoffen es sehr, ja, wir hoffen es sehr", sagte der Doktor darauf. „Sicher ist, dass du die nächsten zwei Wochen bei uns bleiben wirst, und es soll dir an nichts fehlen, ja, ich wette fast, dass du danach gar nicht mehr gerne von uns weg willst." Diese letzten Worte waren natürlich in spaßhafter Ironie vom Arzt gesagt worden. „Wir wollen dich nicht als Versuchskaninchen, aber wir wollen und müssen dich überwachen und ständig untersuchen. Es soll dir, mit einem Wort, an nichts fehlen."

So wurde es auch gemacht, und fortan durfte sie wieder alle Besucher empfangen, und die Alarmklingel und das Telefon wurden wieder angestellt.

Als sich Elkes Eltern schließlich verabschieden wollten, meinte sie: „Bleibt doch noch ein wenig, bis ich Markus Bescheid gegeben habe."

Und Susanne wählte die Nummer von Hochkogel, aber wieder war Monika am Apparat. Als sie jedoch die Stimme von Elke vernahm, konnte Elke den freudigen Aufschrei ihrer Schwiegermutter am anderen Ende hören. „Markus, Markus", rief sie. Sofort war Markus am Apparat. „Heiliger Strohsack, du machst vielleicht Sachen, doch Schuld daran bin auch ich! Ich habe mir deshalb schon viele Vorwürfe gemacht, denn ich habe gesagt, dass du mal nach Nürnberg zu dem Treffen fahren sollst, einmal raus aus dem Trott, altbekannte Gesichter sehen, das kann nicht schaden. Aber Liebling", Markus gab seiner Frau eigentlich ganz selten Kosenamen, wie Schatzi, Mausi oder Hasi, und nur wenn er wirklich gut drauf war, sagte er einmal Liebling zu Elke, ansonsten nannte er sie nur bei ihrem Vornamen, „wenn du erst in etwa zwei Wochen kommen kannst, macht das doch nichts, es zählt nur, dass du wieder gesund wirst, Liebling. Du fehlst uns sehr. Wir meinen zwar, dich überall zu sehen und zu hören, auch Eva-Karina schaut und schaut und fragt sich, wo denn wohl die Mammi so lange bleiben mag, aber das Wichtigste ist, dass du erst einmal wieder gesund wirst. Und sag, was soll ich dir mitbringen? Denn ich komme bald einmal zu dir."

„Das muss nicht sein, Markus, dass du kommst, höchstens zum Abholen, ja?"

Man einigte sich, dass Markus sie doch besuchen käme, und dafür würden Susanne und Gert Elke nach ihrer Entlassung nach Hochkogel bringen.

Als Markus vier Tage später nach Nürnberg aufbrach, nahm er sein Töchterlein nicht mit, für die musste nun Oma Monika allein sorgen. Markus hatte natürlich auch mit Müller gesprochen und ihn selbstverständlich von dem brutalen Überfall auf Elke informiert.

Müller wollte daraufhin gleich seinen Kriminalisten Mager einschalten, vielleicht könne der behilflich sein und man könne auch hier ein paar Spuren von den Triebtätern finden, je früher desto besser.

Markus musste all seine Überzeugungskraft einsetzen, um ihn dazu zu bringen, wenigstens so lange zu warten, bis er von Nürnberg zurück sei. Manchmal sei es besser abzuwarten, als sich überstürzt in ein paar vage Indizien zu verrennen. Selbstverständlich bekam er ein paar Tage Sonderurlaub für diese Fahrt.

Als er bei Elke im Krankenhaus war, schien die Welt wieder Ordnung zu sein. Sie küssten sich und schmusten wie ein verrücktes junges Liebespärchen.

Elke war erst einen Tag vorher zum ersten Mal aufgestanden. Beim Gehen hatte sie noch arge Schmerzen, besonders im Schritt, aber noch mehr Schmerzen hatte sie beim Wasserlassen, denn die ganze Scheide war noch stark entzündet und ziemlich ramponiert; außerdem hatte das Benzin die Schleimhäute und die Abschürfungen schwer in Mitleidenschaft gezogen. Als Markus ihr mit der Hand in diesen Bereich greifen wollte, schrie sie auf, und sofort zuckte Markus Hand zurück: So schlimm also stand es um sie! Nicht, dass er jetzt etwas von ihr wollte, es war generell eine Gewohnheit von ihm, mit den Fingern an ihrem Vaginalbereich zu spielen.

„Was muss Elke nur für Schmerzen durchgemacht haben", dachte er bei sich. „Jetzt mische ich mich erst recht ein, um Rache zu nehmen, diese Hunde sollen nicht ungestraft davon kommen. Die sind ja eine echte Gefahr für alle allein stehenden Frauen. Solche Sexgangster haben, wenn sie erst einmal Blut geleckt haben, immer wieder das Verlangen nach neuen Opfer. Nein, nicht mit mir!"

Natürlich sagte er seiner Frau nichts von seinem Vorhaben. Er fragte lediglich, ob sie wisse, wie weit die Polizei schon mit ihren Ermittlungen gekommen sei und ob es schon Ergebnisse bei der Fahndung gäbe.

„Sie haben erst gestern nach meiner Beschreibung Phatombilder angefertigt, und in den überregionalen Zeitungen wurde zusammen mit diesen Bildern von der Verwaltigung berichtet."

Elke war dies alles sehr peinlich, und das wusste er. Sie versuchte, ihn zu trösten. „Lass uns noch etwas Zeit, Markus, auch ich möchte wieder mal ganz dein sein und dich ganz spüren."

„Das ist es nicht, Liebling, es ist nur diese grauenhafte Tat, und man kann anscheinend nichts dagegen tun, zumindest vorläufig nicht. Abwarten und die Hände in den Schoss legen, das liegt mir nicht."

Doch innerlich sahen diese Rachegedanken furchtbar aus. Wenn er die Kerle zu fassen bekäme, würden sie keine Frau mehr vergewaltigen können. Seine Gedanken waren von Rache erfüllt, Rache, die keine Milde duldete. Die beiden waren vielleicht eine Stunde allein, und ihr Thema waren wieder die Zärtlichkeit und die letzten Tage und Stunden. Elke wollte gerade sachlich werden und fragen, wie es Eva-Karina gehe und wie es in Hochkogel ohne sie stehe.

Da ging die Tür auf, und Susanne trat ein. Sie war nicht allein, sondern Harald und Verena waren mit dabei.

„Wenn es dir zu viel wird mit dem Besuch, Elke, dann sag es bitte, denn so viel Besuch auf einmal kann ganz schön anstrengend sein."

„Nicht für mich", gab diese lachend zur Antwort, „je mehr, desto besser, ich bin ja nicht krank, Leute."

Harald, welcher nun etwas abseits mit Markus stand, meinte leise zischend zu ihm: „Diesen Hunden gehört der ganze Sack abgeschnitten.

Und dann nicht nur in allen Zeitungen, nein, auch im Radio und im Fernsehen müssten ihre Namen und ihre Visagen veröffentlicht werden. Als abschreckendes Beispiel für alle Sexlustmolche, meinst du nicht auch?"

„Ja, Harald, daran habe ich auch schon gedacht. Dass nur so was eine wirksame Methode wär, denn was nützt es, wenn man einen solchen erwischt und ihn einsperrt. Unsere Gefängnisse sind ja so überfüllt, dass praktisch schon Schwerstverbrecher wie Mörder sie füllen würden. Da ist man bei solchen „Delikten" dann leider viel zu großzügig, nach zwei oder drei Jahren lässt man die Kerle dann meist schon wieder auf Bewährung auf freien Fuß. Wenn sie rückfällig werden, hat man sich eben geirrt, und das Spiel fängt von vorne an. Nur dass der Triebtäter das nächste Mal in eine psychiatrische Anstalt kommt. Die Opfer bleiben ihr ganzes Leben lang gebrandmarkt, manche werden dazu auch noch schräg angeschaut. Na ja, die jungen Dinger von heute reizen doch ganz bewusst mit ihrem Aufzug die Männer. Die werden dann schwach, und dann ist es oft schon zu spät."

Markus blieb über zwei Stunden bei seiner Frau. Zuerst wollte er am selben Tag wieder nach Tirol zurück, doch Elke meinte spontan: „Nein, du bleibst heute bei Mama. Du musst auf sie aufpassen, denn mein Vater kommt erst nächste Woche, aber dann kommt er bald für ganz wieder zu uns."

Da waren Harald, Verena und Markus überrascht, denn sie wussten überhaupt noch nichts von einer Aussöhnung und Wiedervereinigung der Eltern.

Man telefonierte mit Monika. „Das hab ich mir schon denkt", gab diese zur Antwort, „es ist besser, wenn er bleibt, also dann bis morgen."

Als Elke ihr Extra-Abendessen bekam, verabschiedeten sie sich alle auf einmal.

„Morgen komme ich nochmal vorbei, bevor ich fahre", sagte Markus noch, nachdem er ihr einen Schmatz mitten auf den Mund gegeben hatte.

„Ist gut, also bis morgen. Servus alle miteinand."

Bei Susanne nahm man anschließend noch ein Abendbrot zu sich, dann plauderten die vier noch bis fast Mitternacht.

„Jetzt müssen wir aber aufbrechen", meinte Harald, als er leer getrunken hatte, und erhob sich.

„Was ist, Schwager?" meinte er noch zu Markus. „Ihr könnt uns ja auch einmal besuchen! Nehmt Muttl mit, von mir aus auch den Alten! Der Umbau ist fast fertig, alles Luxusappartements. Keine Angst, wir haben jetzt auch einen extra Wohnbereich für uns allein, damit wir nicht mehr so oft belästigt werden."

„Man soll niemals ‚nie' sagen", meinte Markus altklug. „Möglich ist alles. Also bleibt gesund, aber Harald, sei vor allem auch du wachsam! Du weißt ja, unseren Großeltern hat dieses Refugium im Wald kein Glück gebracht, sondern den Tod, und zwar durch Mord. Auch für unseren Franz war diese Hütte ein Ort des Schicksals. Ehrlich, ich könnte mich dort nicht mehr wohlfühlen!"

Für alle hier war der Franz nur „unser Franz", er war also von der ganzen Verwandtschaft akzeptiert.

Auch Markus ging nun zu Bett, das zuvor noch seine Elke benutzt hatte. Ihre Sachen waren auch noch da.

Obwohl er eigentlich mit dem heutigen Tag sehr zufrieden gewesen war, konnte er doch lange nicht einschlafen, und der Morgen dämmerte schon, als ihn endlich der Schlaf übermannte. Auch für Susanne waren die letzten Tage alles andere als angenehm gewesen. Sie anstrengend zu nennen wäre nicht genug gewesen, fast nervenaufreibend war diese Zeit. Alle Tage gab es eine Menge Neuigkeiten, vorwiegend von dem Problem Nummer eins aus dem Krankenhaus.

Dabei hätte sie doch sehr zufrieden sein und schon längst ihr geheimes Versprechen gegenüber dem kleinen Kruzifix einlösen müssen. Warum konnte sie nicht, wie alle anderen Menschen auch, einfach nur dankbar sein?

Dabei entwickelte sich doch alles zum Guten, was sie zwar immer gehofft, doch fast nicht auszusprechen gewagt hatte. Und dann war da auch noch Gert, der wieder zu ihr gefunden hatte. Hatte sie da womöglich nicht etwas zu vorschnell ‚ja' gesagt? Vielleicht hatte er die Notlage von Elke bewusst dazu genutzt? Nein, so etwas wollte sie nicht denken. Im Grunde brauchte sie sich wirklich nicht zu beklagen. Wie viele Mütter hatten schon ihre Kinder verloren, teils durch Krieg, teils durch Unfälle, Entführungen, Sexual- und Tötungsdelikte? Wie leicht hätte ihre Elke heute schon auf dem Friedhof liegen können! Aber jetzt war endgültig Schluss mit der Grübelei, sonst war die Nacht ganz rum, und sie brauchte gar nicht mehr ins Bett zu gehen.

Markus war Frühaufsteher, er hatte es sich bei seiner Paulus-Saulus-Theraphie angeeignet. So war er schon wieder um kurz nach fünf Uhr munter, doch aus Rücksicht auf die Ruhe in diesem Haus blieb er noch bis sechs Uhr im Bett liegen.

Erst dann machte er sich etwas frisch, und dann kam auch schon das Dienstmädchen und fragte ihn etwas verstört, was er zum Frühstück haben wolle.

„Ist gut, Linda, besser ich nehme mir die Zeit und warte, bis auch Susanne da ist."

Er setzte sich in einen Sessel, nahm eine Illustrierte und wollte gerade anfangen, darin herumzublättern, als auch schon die Hausherrin im Morgenrock erschien.

„Entschuldige, Markus, erst habe ich lange nicht einschlafen können, und jetzt habe ich doch tatsächlich verschlafen. Ich weiß, dass du früh aufstehst. Aber nun wollen wir gemeinsam frühstücken, ja? Ich werde gleich nachsehen, wo Linda bleibt."

Da Markus keinen besonderen Wunsch hatte, gab es auch keine Extravaganzen. Während sie so am Tisch saßen, meinte Susanne plötzlich: „Was ist mit Weihnachten? Könnten wir, das heißt Gert und ich, da zu euch kommen? Weihnachten in den Bergen feiern, das wollte ich schon lange Zeit einmal."

„Natürlich, liebe Schwiegermama, ihr könnt sicherlich zu uns kommen, aber nicht als Liebespärchen, denn so was würde unsere Mutter nicht dulden, du kennst sie ja gut genug."

„Ach, schau mal an! Aber gut, Markus, dass du das gesagt hast. Ehrlich, ich habe jetzt im Moment gar nicht gewusst, dass ich ja eine geschiedene Frau bin. Na ja, Alzheimer lässt grüssen, es schaut zumindest so aus. Nun, bis Weihnachten sind es auch noch einige Wochen. Ich werde nächste Woche, wenn Gert kommt, ihm diesen Vorschlag unterbreiten und werde sagen, entweder er heiratet mich oder er kann doch bleiben, wo er war. Er wird natürlich zustimmen", meinte sie gleich mit überzeugter Stimme. Und dann: „Hat es dir geschmeckt?"

„Wunderbar, echt spitze, das hat auch schon immer unser Franz gesagt, was für eine gute Köchin du bist. Wenn du Weihnachten bei uns bist, musst du auch einmal ein typisch fränkisches Gericht machen. Doch jetzt muss ich langsam los."

„Ich komme mit", sagte Susanne spontan. „Ich zieh mir nur noch schnell etwas anderes an, einen Moment noch."

Anzumerken war vielleicht noch, dass die Hochkogler nur einen PKW besaßen, und den hatte Elke für ihre Fahrt genommen. Markus hatte einen Geschäftswagen von Müller borgen dürfen, der meist auf Hochkogel stand und als Geschäftsauto benutzt wurde.

Getrennt fuhren beide zu Elke ins Krankenhaus. Elke erwartete sie bereits und sah bezaubernd adrett aus; ihr Blondhaar umfloss wie bei einem schönen Gemälde das hübsche Gesicht.

„Am liebsten möchte ich auch gleich mit, aber grüsse alle recht schön von mir, auch Simone mit ihren Buben, und ruf gleich an, wenn du zu Hause bist! Aber vergiss nicht, ich warte auf deinen Anruf!"

Nach einem langen Kuss verließ Markus das Krankenzimmer.

„Kann der überhaupt küssen?" meinte Susanne zu Elke.

„Natürlich, sonst hätte ich ihn gar nicht genommen."

Am gleichen Tag kamen auch noch die Blümleins aus Unterfranken, beladen so nach Blümleins Art. Mit jeder Menge Leckereien und Schmankerln von daheim. Ein paar Flaschen verschiedener Fruchtsäfte nach Christas eigener Rezeptur und aus eigener Herstellung. Die beiden Frauen hatten auch Franzl dabei. Der Bub hatte seit dem letzten Sehen wieder einen gewaltigen Satz nach vorne getan. „Franzl", meinte Elke scherzend zu ihm, „wenn du nicht bald aufhörst zu wachsen, wirst du schon bald nicht mehr durch eine normale Tür kommen, ohne dich zu bücken!"

Franzl überreichte Elke einen schönen Blumenstrauß.

„Immer noch Blumen, immer noch ein Rosenkavalier? Vielleicht weißt du noch, wie du mir die ersten Blumen geschenkt hast? Du, ich glaube das waren Margeriten, Du hast damals, glaube ich, noch gar nicht sprechen können. Du hast sie mir einfach in die Hand gedrückt."

„Ja, damals war noch unser Franz dabei." Diese Worte begleitete ein tiefer Seufzer, nein, nicht Karin, es war Christa die das sagte.

Die zwei Frauen blieben noch eine ganze Weile auf ihren Stühlen sitzen.

„Elke, auch wir hoffen, dass du wieder so sein wirst wie du warst." Zum Abschied ließen sie noch ein paar Flaschen aus ihrem Keller zurück, als Marschverpflegung.

„Und für mein Patenkind ein schönes Medaillon in dem der Name Eva-Karina eingraviert ist."

24

Als Elke eine Woche später entlassen wurde, verspürte sie keine Beschwerden mehr im Genitalbereich, und auch das Wasserlassen verlief wieder normal.

Susanne hatte sich kurzfristig entschieden, Elke selbst nach Tirol zu bringen, auch um dort nochmal anzufragen, ob es denn keine Ausnahme gäbe und ob es nicht doch möglich wäre, dass Gert und sie Weihnachten auch ohne Trauschein kommen könnten. Denn es sei nach deutschem Gesetz ganz unmöglich, sich innerhalb weniger Wochen scheiden zu lassen und sich gleich darauf wieder zu verheiraten. Dazwischen liege das verflixte Trennungsjahr, welches im Normalfall einzuhalten sei.

Sie hatte dem Gert diese Worte von Markus gleich erzählt, und er war einerseits froh, dass sie beide auf Hochkogel willkommen waren, andererseits aber doch etwas geschockt, dass man heutzutage noch so rückständig sein konnte, einem unverheirateten Liebespaar kein Zimmer zu vermieten.

Doch Gert wusste, dass Monika in diesen Dingen hart bleiben konnte. Sie hatte sogar im Pachtvertrag verankern lassen, dass Müller nur verheiratete Paare mitbringen durfte. Wenn Pärchen unverheiratet waren, mussten diese getrennt untergebracht werden, also nur Männer oder Frauen in einem Zimmer. Ob das allerdings immer auch eingehalten wurde, war eher fraglich, wenn man nur an die Silvesterfeierei von letztem Jahr dachte. Doch Susanne wollte keine Zwistigkeiten vom Zaun brechen, und so hoffte sie, vielleicht etwas Einfluss auf Moni nehmen zu können, und deshalb fuhr sie nun schlussendlich Elke nach Tirol. Susanne kam gerade noch nach Hochkogel hoch, herunter würde wohl Markus mit ihren Fahrzeug fahren müssen und dazu Ketten auflegen.

Gerade als sie auf den Hof zusteuerte, kamen ihnen die ersten Schneeflocken entgegen.

Sie standen alle Spalier, sofern sie stehen konnten; die zwei Jüngsten waren je auf einem Arm von Monika und Simone.

„Herzlich willkommen daheim", waren die ersten Worte der Hochkoglerin. „Daheim." Elke hauchte dieses Wort einige Male nach, so als wär es ein Fremdwort. „Daheim."

„Ja, wäre ich nur immer ‚daheim' geblieben, da wäre uns sicher viel Leid und Ärger erspart geblieben."

„Kein Wort mehr davon!" Markus hatte diese Worte nicht so barsch äußern wollen, es war ihm einfach herausgerutscht.

Als sie in der warmen Stube waren, ergriff Susanne das Wort: „Ich glaube, wir müssen alle oftmals Wege gehen, bei denen wir nicht wissen, wohin sie letztendlich führen. Manche Wege sind vielleicht sogar so bestimmt. Auch ich bin nicht immer den richtigen Weg gegangen, und es sind nicht immer die geraden und bequemen Wege, die zum Ziel führen. Ihr alle wisst, dass ich von Gert geschieden wurde, und jetzt wollen wir", dabei schaute sie Markus fest in die Augen, „wieder heiraten. Sonst dürfen wir Weihnachten nicht hierher kommen."

„Wer sagt denn sowas?" fragte Monika. „Was, der Markus hat das gesagt, ausgerechnet der? Doch, im Grunde hat er schon recht, ich werde nie wilde Liebschaften unter meinen Dach dulden. Aber ihr seid natürlich eine Ausnahme, weil ich weiß, dass ihr vorhabt, euch wieder zu vereinen, ich meine von Gesetzes wegen, und von Seiten der Kirche seid ihr sowieso nicht geschieden. Die Kirche trennt nicht, sie verbindet nur."

„Daran haben wir gar nicht gedacht! Was ich für eine kluge Schwiegermama habe", jubelte Elke und lachte dabei. So war dieses Problem auch schon aus dem Weg geräumt. Als ob sie sich abgesprochen hätten, tauchte kurze Zeit später Müller auf, und er hatte seinen Kriminalisten gleich dabei.

„Es hat keinen Zweck, so was auf die lange Bank zu schieben", meinte er, als sich beide an den großen runden Tisch in der guten Stube setzten.

„Jetzt sind Nägel mit Köpfen angesagt. Sicher gibt es vereinzelt Fälle, wo man nichts überstürzen sollte und wo es sich lohnt, sich etwas mehr Zeit zu lassen, um ein besseres Resultat zu erzielen, aber hier gilt es, keine Zeit mehr zu verlieren."

Der pensionierte Kriminalbeamte kam nach einer kleinen Stärkung zur Sache und bat Elke, ihm ins Büro von Müller zu folgen. Dort konnten sie ganz ungestört und konzentriert sprechen.

Herr Mager ging bis ins kleinste Detail. Oft sei es nur eine winzige Kleinigkeit, ein Haar, dem man überhaupt keine Bedeutung beimesse, das den Ausschlag für eine erfolgreiche Fahndung gebe, meinte er. Also würde er sie sehr bitten, alles, was sie wisse, schön der Reihe nach anzugeben, beginnend mit dem Lokal „Zum Tintenfisch."

„Ist dir dort niemand aufgefallen, der dich auffällig oder besonders eingehend gemustert hat? Soviel ich bereits erfahren habe, wart ihr vom Schülertreffen nicht allein in diesem Lokal. Sicher seid ihr in einem extra Raum gewesen, doch wie schaut es aus, als ihr kamt oder auf die Toilette gingt? Ist dir da nicht aufgefallen, dass dich jemand besonders gemustert hätte?"

Der Kriminalbeamte notierte sich alles genau und gab Elke seine Visitenkarte, wo er telefonisch zu erreichen war. Es könne doch sein, dass sie jetzt vielleicht etwas Wichtiges vergessen habe und es ihr erst später wieder einfalle. Elke bezweifelte allerdings stark, dass in dieser Sache etwas herauskomme.

Herr Mager hatte auch hier schon wiederholt bewiesen, welche kriminalistischen Fähigkeiten in ihm steckten, und er besah sich noch einmal eingehend die Phatombilder in der Zeitung. „Es kann sein", sagte er abschließend, „dass uns auch hier wieder das Schicksal, will sagen das Glück, etwas entgegenkommt. Solche Triebtäter sind meist Wiederholungstäter, und wenn wir Glück haben, erwischt man sie vielleicht sogar in flagranti. Aber wie gesagt, so lange können und wollen wir nicht warten. Es kann leicht sein, dass sie beim nächsten Mal ihr Opfer gleich töten, um keine Spuren zu hinterlassen."

Dabei kamen Elke erneut Bedenken, dass sich der ganze Aufwand gar nicht lohnte und es vielleicht besser sei, diese Nachforschungen einzustellen.

„Kommt überhaupt nicht in Frage, liebe Frau Elke, wenn ich etwas in Angriff nehme, führe ich es auch zu Ende. Ob ich jedoch immer erfolgreich bin, steht auf einem anderen Blatt."

Man ging wieder in die Stube zurück, wo außer Hias alle noch am Tisch saßen und angeregte Gespräche führten. Es war klar, dass sie nur ein Thema hatten, das Sexualattentat auf Elke. Als die beiden eintraten, wechselte Müller aber gleich das Thema auf die Steinbockziegen, die im kommenden Winter erneut Mischlinge bekommen sollten.

„Hörmann hat schon einige Male angerufen", sagte Markus gewichtig. „Er will wissen, was mit dem Abschuss des alten Steinbockes ist."

„Ja, Markus, ich habe auch schon daran gedacht, gar keine Frage. In den letzten Wochen habe ich dieses aufregende Vorhaben euretwegen nicht anpacken wollen. Du hast etwas Urlaub gebraucht, und ohne dich können wir dieses epochale Vorhaben wohl nicht angehen."

25

„Von mir aus können wir dieses Unternehmen schon morgen angehen. Du hast die Nummer von Hörmann, und ich werde jetzt gleich versuchen, ihn zu erreichen."

Und Hörmann war da. Zwar passte ihm anfangs der morgige Tag nicht so recht, er habe noch Verschiedenes zu besorgen und zu erledigen, doch schließlich sagte er zu.

„Er will morgen früh auf Hochkogel eintreffen, gestiefelt und gespornt."

Kriminalmeister Mager wurde auch dazu eingeladen, trotzdem wollte man kein großes Aufsehen erregen mit dieser Sonderaktion „Steinbock."

Denn es war nicht von der Hand zu weisen, dass auch andere Jäger, vor allem Einheimische, ein Recht auf solch einen Abschuss hätten. Vielleicht sogar mehr als der bayerische Millionär. So oder ähnlich würde dann gleich geredet: „Da sieht man es mal wieder, Geld regiert die Welt und sonst nichts."

Auch die Politiker ließen sich ja von den großen Wirtschaftsbossen beeinflussen, wenn diese mit einem dicken Scheck winkten. Bestechungen seien an der Tagesordnung, das hatte selbst Müller mehrfach ganz offen zugegeben.

Nach dem Abendessen unterhielten sich die Männer praktisch nur mehr über den morgigen Tag, ob wohl alles klappt wie geplant, dass keine Komplikationen besonders beim Abschuss auftreten.

Da Müller als erster Schütze nominiert war, schien er sogar etwas aufgeregt, und das ließ sich nicht verheimlichen, als Markus sagte, eine ruhige Hand sei morgen das Beste.

„Du hast gut reden", erwiderte Müller. „Du stehst daneben und brauchst nur abzudrücken, wenn etwas schief läuft."

„Die Blamage wirst du uns doch nicht antun, Müller", meinte nun der Hias. „Nicht nur das Dorf, nein, das ganze Land würde über dich und uns lachen. ‚Bekommen die nach fast 100 Jahren den ersten Steinbockabschuss und treffen dann nicht, diese Hosenscheißer und Sonntagsjäger', ja, so ähnlich würde man da gleich reden."

„Ich trinke heute auch nichts Alkoholisches mehr", polterte Müller los. „Ihr macht mich noch ganz konfus! Man sagt zwar oft Zielwasser zum Branntwein, aber ich würde das Gegenteil behaupten. Auf jeden Fall bleibe ich so lange trocken, bis dieser Bock hier tot auf Hochkogel liegt."

Er ging anschließend noch in seine Garage, wo auch Susannes Auto untergestellt war. Es schneite noch leicht, und Müller holte seine Fotoausrüstung aus dem Wagen, denn es durfte nichts dem Zufall überlassen werden. Die teure Fotoausrüstung, welche Müller, genau wie seine Waffe, immer bei sich führte, wurde Markus übergeben und genau erklärt. Markus sollte von allen Einzelheiten Fotos machen und anschließend mindestens ein Dutzend Bilder von seinem Chef mit der erlegten Trophähe machen.

Während die Männer weiter fachsimpelten, unterhielten sich die Frauen über dieses und jenes. Natürlich stand immer wieder das Nürnberger Verbrechen im Vordergrund.

Aber auch die Wiedervereinigung der Familie Dreyfuss kam zur Sprache, und das nicht zu wenig. Sicher war Gert von seiner Doris kuriert. Was sie jedoch als Abfindung von Gert bekommen würde, musste man erst noch sehen. Vielleich auch gar nichts. Oder vielleicht ging der ganze Besitz, also das Haus mit allem, was dazu gehörte, ins Sauerland. Die andere Seite war, wenn Gerts Mutter vom Altenheim in ein Pflegeheim umziehen musste. Da konnte es leicht sein, dass von diesem Besitz etwas, wenn nicht gar alles, abgezweigt werden musste, um die gewaltigen Kosten eines solchen Pflegeplatzes zu bezahlen. Bis jetzt kam sie Dank einer Zusatzversicherung mit ihrer Rente gerade über die Runden.

Simone saß still am Tisch und hielt ihr Kind im Arm, teils lächelte sie ihr Bübchen an, teils lächelte sie traumverloren vor sich hin. Sie wusste sicher nicht, worüber die Gespräche am Tisch gingen, und obwohl sie das Recht gehabt hätte, an ihnen teilzunehmen, konnte sie dieses Recht nicht nutzen. Sicher wussten die drei anderen Frauen, wo der Unterschied lag: Elke war im Gegensatz zu Simone noch einmal gimpflich davongekommen. Simone war vielleicht nicht vergewaltigt worden, aber als man ihr ihr erstes Kind wegnahm und mit ihr zusammen in den Fluss warf, war dies zu viel für sie gewesen. Simone war auch die Erste, welche zu Bett ging.

Über Nacht hatte es tatsächlich so viel geschneit, dass Hörmann es nicht wagte, hoch zu fahren. Er rief an und wollte sagen, dass es dauern werde, weil er zu Fuß kommen musste.

„Bleib", sagte Markus, „ich nehme den Motorschlitten und hol dich ab. In fünfzehn Minuten bin ich drunten."

Eine gute Erfindung und eine große Erleichterung für Hüttenwirte und Bergbauern, obwohl sich viele so ein Gefährt gar nicht leisten konnten.

Susanne blieb auch noch. Diesen Tag wollte sie opfern, und sie wollte sich diese Jagdszene auf keinen Fall entgehen lassen, wo sie jetzt diese einmalige Möglichkeit hatte.

Bald schon stapften die fünf Männer im frisch gefallenen Neuschnee auf die Höhe zu. Markus nahm den kleinen, leichten Schlitten auf die Schulter, um die kostbare Jagdbeute darauf laden zu können, denn zum Tragen würde der Bock zu schwer ins Kreuz gehen.

Man wollte ihn auch auf keinen Fall an Ort und Stelle ausnehmen, und Hörmann bestand darauf, verschiedene Innereien in Plastiksäckchen zur Untersuchung nach Innsbruck mitzunehmen.

Man brauchte länger als sonst, denn der fast knietiefe Schnee hemmte ihre Schritte. So brauchten sie fast drei Stunden für den Aufstieg zum Weideplatz bei der Sulzmooshütte.

Da war sie, die ganze Steinbockkolonie, und die Tiere rupften wie gewöhnlich etwas Heu aus den Ritzen der Heuhütte. Auch der Bock war darunter. Jetzt gab es aber ein kleines Problem: Wie konnte man ihn erlegen, ohne die anderen zu gefährden? Als ob die Tiere es geahnt hätten, dass ihnen heute Gefahr drohte, machten sie auf dem Absatz kehrt und stoben davon. Doch in vermeintlich sicherer Entfernung blieben sie stehen und schauten neugierig zurück.

Sicher kamen ihnen die meisten Personen bekannt vor, und sie wussten auch, dass ihnen von diesen keine Gefahr drohte, oder etwa doch? Da waren ein paar dabei, die sie weniger gut kannten. Markus setzte seinen Schlitten an der Hüttenwand ab und setzte sich mit den anderen darauf. Nun fingen sie zuerst einmal an zu jausen und taten so, als ob sie den Tieren gar keine Beachtung schenkten. Diese schauten eine Zeit lang noch gespannt auf die Ruhestörer, dann siegte wieder die Neugier in ihnen. Schritt für Schritt kamen sie langsam in Richtung Hütte.

Müller fing an, etwas nervös zu werden. „Nur ruhig Blut", ermahnte ihn Hörmann. „Eine solche Gelegenheit bekommen wir vielleicht in den nächsten Tagen nicht wieder."

Müller versuchte, seine Nervösität zu überwinden, und er nestelte die ganze Zeit an seiner teuren Bockflinte herum.

Als sich die Tiere wieder auf etwa 100 Schritte genähert hatten und der Bock etwas im Abseits stand, meinte Hörmann, jetzt solle er sich so unauffällig wie nur möglich bereit halten, vielleicht noch ein paar Schritte.

Ein dumpfer Knall unterbrach die friedliche Ruhe. Müllers Bockflinte hatte tatsächlich ganze Arbeit geleistet. Zuerst starrte der Bock bewegungslos auf den Schützen, und man hätte diesen Blick als grenzenlos ungläubig bezeichnen können, so als wolle das Tier sagen: „Was, ausgerechnet du hast es auf mich abgesehen?" Dann klappte der Bock in sich zusammen.

Als der Schuss fiel, waren die anderen sofort über alle Berge und auf und davon, ganz nach dem Motto „rette sich, wer kann." Der jungfräulich weiße Schnee war nun vom Blut rot gefärbt. „Weidmannsheil", sagten alle. „Weidmanns Dank", erwiderte Müller, sichtlich froh, dass alles so gut geklappt hatte. „Leute, bin ich froh, dass alles so glatt verlaufen ist."

„Das war zwar kein typischer Blattschuss, aber ein Schuss, der eine Hauptschlagader und das Herz getroffen hat", stellten die anderen Experten übereinstimmend fest.

Ein Tannenzweig wurde in den Äser gesteckt, dann war Markus an der Reihe mit Schießen. Fotos natürlich, wie besprochen. Auch von den anderen Teilnehmern, dann von dem Schlitten mit der Hütte und dem Hühnerkopf im Hintergrund.

„Wenn der Fotoapparat was gscheits is, muaß a guate Buidln davon geben." „Ich werd dir gleich geben", meinte Müller zu Markus. „Diese Bildermaschine hat über tausend Mark gekostet, wenn's nix Gescheits werden, dann pass auf, dann ist sowieso nur der Fotograf schuld. Ich hätt vielleicht doch noch a Zusatzkamera mitnehmen sollen, aber ich glaub und hoff es nicht. Wie könnt ich meinen Freunden sichtbar klar machen, dass ich den ersten Steinbock in den Ostalpen seit weit über Menschengedenken erlegt habe? Diese Bilder werden nicht nur vervielfältigt, sie werden zum Teil auch als Poster vergrößert, gerahmt und dann in meinen sämtlichen Büros und in meinem Wohnzimmer aufgehängt."

Beim Hochkogelhof wurde dann dieser gut 100 Kilo schwere Steinbock ausgenommen, und der Großteil der Innereien wurde in Plastiksäckchen gefüllt und verschlossen. Diese Beutel wollte Hörmann mit einem Viertel des Bocks morgen nach Hause mitnehmen, das Fleisch ebenfalls für gute Freunde.

Da der ausgezogene Bock nach dem Erkalten in Viertel geteilt wurde, bekamen die Hochkogler ein Vorderviertel, das andere Vorderviertel wollte Müller ebenfalls in seiner Gefriertruhe auf Hochkogel lassen. Doch das Gehörn sowie das Wichtigste, die Haut, wie auch das restliche Hinterviertel wollte er am nächsten Tag nach München mitnehmen.

Er hatte bereits eine Depesche per Telefon nach München durchgegeben, natürlich auch an die Süddeutsche Zeitung.

„Münchner Fabrikant erlegt den ersten Steinbock in Tirol", so lautete ungefähr die Schlagzeile der Überschrift, Bild folgt.

„Leute, heut wird gefeiert, so was muss einfach gefeiert werden." Müller war in seinem Element, er war heute so happy, als hätte er das größte Geschäft seines Leben gemacht, als hätte alles andere nur nebensächlichen Wert. „Peanuts", wie man heutzutage so flott daher sagt.

Heute wurde gefeiert, und dabei hob er sein Patenkind in die Höhe und tanzte solo auf dem Stubenboden.

Es mussten alle zusammen helfen, denn jetzt war tatsächlich Eile angesagt.

Nur den Hias entließ man, damit er seine Arbeiten im Stall erledigen konnte. Ein herber Steinbockbraten bruzzelte währenddessen im Rohr. Alle vier Frauen hatten zu tun, so dass man die zwei Kinder einfach gemeinsam ins Gitterbettchen verfrachtete, damit sie ja nicht unter die schnellen Schritte der hektischen Frauen gerieten. Wenn die kleinen Scheißer nicht gerade im Bettchen oder auf Mutters Arm waren, ließ man sie sonst oft auf dem Fleckerlteppich in der Stube spielen, denn da konnten sie am wenigsten anstellen und nicht herunterfallen.

Es ging alles gut Hand in Hand. Markus wollte nochmals mit dem Motorschlitten ins Dorf fahren, um eine Spur zu ziehen. So käme man am nächsten Morgen mit den beiden Autos besser ins Tal.

Anschließend wurde es noch ein recht gemütlicher, ja ein schier festlicher Abend, und der Münchner schien weder Kosten noch Mühen zu scheuen. Die besten Weinflaschen mussten aus dem Keller geholt werden, und selbst Hörmann bekam mit vorgerückter Stunde seinen Hio.

Vielleicht war dieser goldene Schuss auch der letzte gewesen, obwohl Hörmann gleich darauf wieder meinte, wenn die Population sich weiterhin so gut vermehrte, könne man in etwa zwei Jahren bedenkenlos den nächsten Abschuss machen, falls nicht von höherer Stelle entschieden würde, diese Herde zu teilen und eine zweite woanders anzusiedeln. Sollte dies nicht der Fall sein, wäre Müller erneut als Erster für den Abschuss vorgemerkt.

„Lieber Müller", sagte er, „jetzt habe ich aber ein schlechtes Gewissen, denn wenn Sie jetzt schon das erste Exemplar erlegen durften, wird mir womöglich die ganze Tiroler Jägerschaft auf den Pelz rücken, warum immer zuerst die Ausländer dran kämen. Das weitere Lied vom Geld, das die Welt regiert, kennen sie eh' schon gut genug."

„Kommt Zeit, kommt Rat, vielleicht können wir sogar zwei Abschüsse riskieren, oder du verzichtest doch auf den nächsten Bock zu Gunsten der einheimischen Kollegen. Ich wette, deine Gunst würde dadurch um ein Vielfaches steigen, und deine Beliebtheitsskala würde nach meinem Empfinden enorm in die Höhe steigen."

„Kommt Zeit, kommt Rat. Prost, Mager, damit du nicht einschläfst. Hoppla, die Strapazen heute scheinen mir doch etwas zu viel geworden zu sein. Zuerst der Marsch im Schnee auf die Alm, und jetzt die Wärme da herinnen, die haut mich tatsächlich noch um. Na gut, ich probier's mit einen kräftigen Schluck Wein."

Tatsächlich half dieser Geist, die Müdigkeit etwas zu verdrängen. Am nächsten Morgen war dann allgemeiner Aufbruch, und als Erster guckte Hörmann zu Monika in die Küche. Bald waren auch Susanne und die zwei Münchner wieder am Tisch vereint.

„Guten Morgen, gut geschlafen", die gleichen Floskeln überall. „Habt ihr schon zum Fenster hinausgeschaut, Freunde?" meinte Hörmann. „Noch ein halber Meter Neuschnee, schätze ich. Bin ich froh, dass ich meinen fahrbaren Untersatz im Dorf drunten gelassen habe."

Markus war schon bei der Dunkelheit einmal zum Spuren im Ort gewesen, jetzt fuhr er vor Susanne her, bei der er die Schneeketten aufgelegt hatte, dahinter kamen dann die Münchner heil ins Tal. Nach dem Frühstück hatte man noch einen Blick in den Stall zu den Bastarden geworfen und dann zum Aufbruch geblasen. Was Müller und Hörmann sich noch weiter zu sagen hatten, handelte sicher von der Großwildjagd von gestern. Der Kriminalist versprach schließlich, umgehend von München nach Nürnberg zu fahren und Erkundungen anzustellen.

Susanne und Elke lagen sich in den Armen: „Mach es gut, Kleines, ich hoffe, es wird alles wieder gut, und du weißt ja, Weihnachten ist nicht mehr allzu weit, dann komme ich, pardon, kommen wir, und dann sind wir auch wieder fast komplett."

Nur Simone schaute mit ihrem Buben auf dem Arm teilnahmslos den Scheidenden nach. Wenn jemand lachte, lachte sie auch, bei den Abschiedstränen heulte sie auch. Man brauchte sie nicht zu fragen, warum sie weinte, sie wusste es selbst nicht oder gäbe ganz simpel zur Antwort, ‚ja der und der weint ja auch'. Wie die zwei kleinen Kinder, die auch nicht verstehen konnten, was hier so vor sich ging.

Sie kamen alle gut ins Tal und nach Hause, und auf Hochkogel ging das Leben weiter. Die vier Großen und noch mehr die zwei Kleinen ließ das, was jetzt in der Natur außen so passierte, wohl mehr oder weniger kalt, es war immer so auf dem Berg. Nur Elke musste sich erst daran gewöhnen, sie war nun sicher schon gut ein Jahr auf dem Hof, aber manchmal kam es ihr jetzt vor, als sei das gar kein Paradies hier.

Dabei hatte sie doch jetzt auch Eva-Karina und durfte sich in der Hinsicht nicht beklagen, und auch ihr Mann und ihre Schwiegermutter waren fürsorglich zu ihr.

Nur mit Schwägerin Simone hatte sie manchmal Probleme. Susanne meinte diesbezüglich einige Male zu ihr: „Das darfst du nicht so eng sehen, du musst immer wissen, Simone ist krank, darauf muss man eben etwas Rücksicht nehmen."

Vielleicht war es auch etwas Neid bei Elke, Neid auf Heinzi, der sich an Mutters Brust so prächtig entwickelte. Ihr eigenes Baby wuchs fast ohne Muttermilch auf, dafür jedoch mit der besten Babynahrung, die Müller für auftreiben konnte.

26

Vielleicht zwei bis drei Nächte nach der Steinbocksiegesfeier wollte Markus seine Elke nach Wochen wieder einmal beglücken. Obwohl alles funktionierte, empfand Elke daran eher Ekel als Freude oder gar Wollust. Sie sagte nichts, denn sie wollte zumindest ihrem Mann eine Freude gönnen. Dieser bemerkte gar nicht, dass seine Frau eher Widerwillen an der ganzen Sache hatte. „Vielleicht wird's doch wieder", dachte sie bei sich.

Bald stand auch das Weihnachtsfest vor der Tür, und Elke brachte, da ja die Franken kommen sollten, alles auf Hochglanz für die Eltern. Sie betrachtete dabei, wie schon so oft, das Gruppenbild der letzten Herrenberger, wo sie noch alle vollzählig waren. Die sieben Brüder mit ihrer Schwester Maria und ihren Eltern. Deutlich erkannte man darauf auch die feingliedrigen Hände, welche alle Herrenberger hatten.

Auch das Hochzeitsbild von Franz wurde abgestaubt. Wenn sie gewusst hätte, dass auch ihre Mutter den Franz verführt, ja fast vergewaltigt hatte! Mit einem Aufputschmittel hatte sie das damals geschafft, aber das wusste nur Susanne. Dann kam das Medaillon an die Reihe; sicher hätte dieses Stück Metall am meisten erzählen können. Jedenfalls freute sie sich schon sehr auf ein Wiedersehn mit ihren Eltern: Wann hatten sie das letzte Mal gemeinsam dieses Fest gefeiert? Das mochte nun schon fast 10 Jahre her sein, und statt Harald waren nun Markus und Eva-Karina dabei.

Auch Müller versprach, Weihnachten wieder zu kommen. „Es ist doch nur bei euch oben so richtig weihnachtlich, und dazu gibt es deine guten Germkiachl, Monika", sagte er und schmatzte dabei genüsslich. „Ich hoffe, du fabrizierst diesmal etwas mehr, damit ich mich endlich daran satt essen kann."

Schon bei seinem letzten Besuch auf Hochkogel hatte er sein Kommen angekündigt, auch wenn seine Renate wieder etwas zu meckern hatte. Vielleicht war sie aber doch gnädiger, denn es waren ja dieses Jahr eine Ärztin mit ihrem Mann, einem sehr bekannten Facharzt auf Hochkogel, mit denen sie sich wohl unterhalten könne, die lägen sicherlich auf ihren Niveau.

Bis Weihnachten waren es nur mehr ein paar Tage, und jetzt folgten, das Kindergeplärr ausgenommen, einige besinnliche, adventliche Wintertage.

Der Winter hatte die Berglandschaft nun schon fest im Griff, und Markus musste außer seinen Kontrollgängen auch Füttertage machen. Fast tagelang musste er durch das Revier und die Wälder stapfen, manchmal kam er mit den Skiern, manchmal mit den Schneereifen besser voran.

In aller Herrgottsfrüh und oft auch am späten Abend, wenn er von seinem Rundgang zurück kam, musste er eine Spur nach Hochstein bahnen, was er immer mit dem Motorschlitten machen konnte. Allerdings musste er in einer Woche zweimal seine Lawinenraketen zünden. Die Lawinen machten den Weg bei dem vielen Nass- und Pulverschnee sehr unsicher, besonders dort, wo seine Oma und sein Vater zu Tode gekommen waren und wo fast auch seine Mutter ihr Leben hätte lassen müssen.

Obwohl nach dem Brand der Weg verbreitert und an dieser kritischen Stelle eine Stützmauer errichtet worden war, reichten diese Maßnahmen bei hohem Schnee nicht aus, und deshalb mussten im Extremfall aus Sicherheitsgründen alle Fahrten eingestellt werden.

In solchen Situationen lag es immer im Ermessen der Bauersleute, ob sie den Weg nutzten. Deshalb feuerte man auch solche Knaller als Lawinenauslöser ab: Durch die Schallwellen wurden die aufgetürmten Schneemassen in Bewegung gebracht, was tatsächlich meist funktionierte. Nach dem so ausgelösten Lawinenabgang war es dann meist sicher genug, dass man es wagen durfte, die Zufahrt nach Hochstein hinab zu benutzen.

Mit „Wintermärchen in den Bergen" könnte man ein solches Bild beschreiben. Monika meinte jedoch stets bei dem vielen Schnee: „Im Winter fahrts ihr mir nicht auf dieser Via mala."

Die Hochkogler und einige andere Einschichtbauern hatten eine Abmachung mit der Gemeinde, dass die Bauern, die im Winter eingeschneit oder nicht per Fahrzeug erreichbar waren, die leere Remise im Dorf zum Unterstellen benutzen durften. Es nützten allerdings nur wenige dieses Angebot. Der Dorfwirt allerdings als unmittelbarer Nachbar nahm die Remise gerne ungefragt für seine Fremdengäste in Anspruch. Monika sagte dem Müller, Susanne und wer weiß wem noch, dass sie dieses Recht nützen könnten und sollten, allein schon der Sicherheit wegen.

Diese Weihnachten blieben die zwei Karossen der Deutschen in der Remise im Dorf, zum Ärger des Wirts, dem so schon wieder ein paar Stellplätze fehlten. Wie hatte er doch frech in seinem Hausprospekt angegeben: „Kostenlose Garagen beim Haus"! Ein Wunder, dass der Bürgermeister da noch nicht ein ernstes Wort gesprochen oder eingegriffen hatte.

Ansonsten konnte sich der Dorfwirt freuen, denn er profitierte nicht nur von den Hochkoglern, sondern auch durch Müller konnte er so manch fetten Gewinn einstecken.

Reden wir nicht mehr darüber, in einen so kleinen Ort muss man zusammenhalten, denn da ist fast jeder auf den anderen angewiesen. Doch giftiger Neid ist auch im kleinsten Kreis gleich zur Stelle. Als sich im Jahr zuvor das Gerücht verbreitete, dass der Sohn vom Michl Herrenberger eine Pension mit Fremdenzimmer und Restaurant bauen wollte, da war der Dorfwirt fast explodiert. Sofort ging er zum Bürgermeister, der von dem Gerücht natürlich nichts wusste, sich aber ein Schmunzeln nicht verkneifen konnte.

„Da musst schon selber fragen, am besten gehst gleich nach Hochkogel", was auch promt geschah.

Monika erwiderte: „Es war einmal im Gespräch, auf dem Grund vom Hias seinem Häusl zu bauen. Das Grundstück war ihm aber leider zu klein, und so hat Michl junior den Plan wieder fallen gelassen. Ein Wirtshaus in Hochstein reicht, meinte er, und ihr habt ja sowieso schon eine Konzession für eine Jausenstation."

So standen die zwei großen Autos in der offenen, jedoch überdachten und verbretterten Hütte. Für Markus war das kein Problem. Da nicht alle vier auf einmal kamen, konnte er fast ohne Wartezeiten zuerst Susanne und Gert hochfahren.

27

Bevor Susanne nach Tirol aufbrach, löste sie noch ein Versprechen ein und besuchte das Rentnerehepaar, welches in einer ganz bescheidenen Wohnung eher hauste, als was man heutzutage unter wohnen allgemein versteht. Doch es war sauber. Susanne fühlte sich sofort zu diesen Leuten hingezogen und brachte ihnen einen Geschenkkorb sowie einen Tausendmarkschein mit, und für Dinga hatte sie einen ganzen Kranz Fleischwurst dabei. Frauchen und Herrchen protestierten, doch Susanne blieb hart, sie musste sogar energisch werden. „Schaut Freunde, euer Hund ist gescheiter, der nimmt die Wurst." Susanne brach etwas von dem Wurstring ab und gab es Dinga, die natürlich gleich zuschnappte. Kein Wunder, wann bekam so ein armes Tier schon einmal so was!

„Seht ihr, Dinga ist da nicht so verklemmt wie ihr beiden." Diese mussten an dem kleinen Beispiel sehen, dass Stolz manchmal auch Nachteile mit sich brachte. Schließlich nahmen sie dann doch den Korb mit Essenswaren, vornehmlich Bohnenkaffee, Südfrüchte, Konserven, Bonbonnieren und andere weihnachtliche Aufmerksamkeiten. Auch den Geldschein nahmen sie nach langem Sträuben widerwillig an. „Weißt was", meinte Frauchen zum Herrchen, „davon kaufen wir uns für den Winter warme Schuhe, und den Rest bringen wir auf die Sparkasse."

„Also", meinte Susanne, „ein schönes Christkind." Susanne musste versprechen, bald wieder vorbeizukommen, vielleicht sogar mit Elke.

„Aber bitte vorher Bescheid sagen. Anrufen können Sie uns leider nicht, denn wir besitzen kein Telefon. Aber wir möchten euch gerne auf einen Kaffee einladen."

Susanne wusste, dass sie zwei arme und doch auch wieder reiche Leute verließ, denn diese hatten etwas, was heute bereits Mangelware ist, nämlich Zufriedenheit. Ihr wurde auch wieder bewusst, dass es in Deutschland noch genug arme Leute gab, die oft unverschuldet ins Abseits geraten waren, weil sie sich nicht so durchsetzen konnten und nicht diese Ellbogenmanier hatten, mit einem Wort, die nicht auf der Sonnenseite des Leben standen. Susanne konnte sich gut in die Situation der alten Leute hineindenken, obwohl sie nie hatte Hunger oder Mangel an Kleidung hatte leiden müssen. Ihr mangelte es wahrlich an nichts, sie hatte im Vergleich zu diesen ein Paradies auf Erden, und sie hatte eine sorgenlose und glückliche Kindheit gehabt.

28

Auch auf Hochkogel hatte man eigentlich nie so richtig hungern müssen, obwohl es manchmal knapp zugegangen war, wie bei vielen kinderreichen Familien. Da war öfter mal Schmalhans Küchenmeister, und da gab's oft nur Erdäpfel mit etwas Salz und Milch und am nächsten Tag dann Milch und dazu ein paar Erdäpfel. Aber die Grundnahrungsmittel waren meist ausreichend vorhanden.

Aber es war kein Vergleich mit der heutigen Lage in den meisten zivilisierten Ländern Europas, wo man gar nicht mehr wusste, was man eigentlich essen sollte und was einem eigentlich noch schmeckte. Wie viele unverbrauchte Lebensmittel landeten dort auf dem Komposthaufen oder im Müll, während doch auch Menschen in denselben Ländern hungerten, doch die sah man nicht oder wollte sie nicht sehen, und helfen wollte man schon gar nicht. „Nächstenliebe, was ist das? Der Nächste bin ich mir selbst", sagte man da.

Auf Hochkogel verlief jedoch nicht alles nach der neuesten Mode, sondern dort geschah vieles noch nach altem Brauch und nach althergebrachter Tradition.

Auch Simone und Markus hatten noch ein paar Jahre zuvor über die uralten Rituale gelästert und sie „zum Lachen" gefunden, oder sie hatten „den alten Zopf" abschneiden wollen. Komisch, inzwischen moserte keiner mehr. Selbst den Sauerländer faszinierte das, und er wollte sogar beim Räuchern mit dabei sein: „Das ist ein Ding, Junge", meinte er zu Markus. Die Feiertage, die ganzen Rauhnächte von 24. Dezember bis zum 6. Januar, verliefen ohne Zwischenfälle.

„Außer Schneefällen nichts gewesen", meinte Frau Renate.

Während die Männer schwatzten, tranken und auf der faulen Haut lagen, mussten die Frauen ran. Auftischen, Abräumen, Spülen, Boden wischen. Nur Wäsche wurde keine gewaschen in den Rauhnächten, das war schon immer so und so sollte es auch bleiben. „Solange ich das Ruder noch in der Hand habe", war stets der Spruch von Monika.

Selbst die Windeln sollte man nicht waschen. Mindestens zweimal hatte Müller einen großen Pack Pampers mitgebracht, und jedesmal hatte er sie wieder mitnehmen und an Bekannte verschenken müssen. Pampers, nein, Pampers kamen auf Hochkogel nicht in Frage. Nicht nur Monika war gegen dieses neumodische Zeug, sondern auch die sonst so aufgeschlossene Elke meinte, damit könne ihr Kind vielleicht zu sehr verwöhnt werden. Und sie wollte auf keinen Fall, dass aus ihren Kind ein verwöhnter, verzogener Fratz wurde.

Nur Simone meinte gar nichts, außer dass sie diese Wegwerfwindeln auch nicht benützte für den kleinen Heinzi. Wohin auch mit den vollen Windeln? Man konnte sie schlecht auf den Kompost oder auf den Misthaufen werfen. Nein, da blieb man schon lieber bei dem Althergebrachten, wozu man ausgediente, zerschlissene Leintücher hernahm. Diese konnte man auf die gewünschte Größe zuschneiden, und das waren dann Mehrweg- und keine Einwegwindeln.

Verliefen auch diese Tage wie fast alle Jahre schon, so gab es jetzt zwei kleine Kinder. So ganz nebenbei machten Susanne und Gert einen Skikurs bei Markus und einem Gast von Müller. Das war meist ein Heidenspass, besonders als Gert einmal nicht mehr rechtzeitig bremsen oder abschwenken konnte und pfeilgerade in den Misthaufen fuhr. Doch Gert nahm das gelassen hin. Was hätte es ihm genutzt, hätte er geflucht oder wäre fuchsteufelswild geworden? Man hätte ihn ganz sicher noch mehr ausgelacht. Bereits nach drei Tagen konnte man einen deutlichen Fortschritt bei den neuen Wintersportlern erkennen, und es gab keinen Grund mehr, über sie zu lachen.

Zu Lachen gab es allerdings an Silvester wieder jede Menge, und das volle Haus leerte sich erst wieder gegen Dreikönig. Da wurde es wieder still auf dem Berghof. Alle gingen wieder hochbeglückt, und alle reservierten gleich fürs nächste Jahr.

Dieses sollte wieder einiges an Gutem, aber leider auch an Schlechtem bringen. Bereits Anfang März ereignete sich der erste Trauerfall. Es war die alte Mutter vom Hias, welche sich still und leise für immer verabschiedete. Sie hatte angeblich nur eine leichte Erkältung, und natürlich brauchte sie für so was keinen Doktor. Ihre Nachbarin schaute im Auftrag von Hias mindestens jeden zweiten Tag bei der alten Frau vorbei, denn ihr Sohn machte sich Sorgen um seine Mutter, konnte aber auch nicht alle Tage ins Dorf hinunter, und so war die Absprache mit der Nachbarin getroffen worden.

Fünf Tage vor dem Josefitag wurde sie im kleinen Familiengrab beigesetzt. Selbstverständlich war fast wieder alles da, was irgendwie verwandt oder sonst eine Beziehung mit ihr oder dem Hias hatte. Auch Müller war extra aus München gekommen.

Nur die Rebheimer blieben fern, diese, so schien es zumindest, machten sich in letzter Zeit sowieso etwas rar. Dabei hatte gerade Karin versprochen, öfter nach Hochkogel zu kommen, weil sie ja schon bei Eva-Karina das Patenamt übernommen und damit mehr Grund habe. Warum das plötzlich so abflaute? Lag es vielleicht daran, dass Mutter Christa nicht mehr so mobil war? Die Jahrzehnte langer, harter Arbeit in den Weinbergen, meist in gebückter Haltung, mussten über kurz oder lang Schäden am Rücken, an den Hüften und an den Bändern auslösen. Und tagtäglich war sie als Erste auf den Beinen und machte das Frühstück für sie drei. Für Franzl machte sie auch das Schulbrot fertig, und manchmal gab sie ihm eine Milchschnitte oder eine Kinderschokolade mit in seine Tüte. Der Bub war für seine zehn Jahre schon recht groß gewachsen und für sein Alter ziemlich stark. So konnte er, wenn er wollte, im Weinberg auch ganz ordentlich mithelfen. Aber mit dem Wollen war das so eine Sache, da wollte er dafür auch schon wieder bezahlt werden.

„Egon bekommt ja auch Geld", lautete seine Devise.

„Das gibt mal einen geizigen, raffsüchtigen Bauern", meinten manche Nachbarn öfter zu Karin und Christa. Einen sparsamen Nachbarn wollte man schon akzepieren, aber mit einem Geizhals wollte man nicht viel zu tun haben. Vorerst allerdings ging der Bub noch zur Schule und hatte keine Probleme beim Lernen. Er war, auf gut deutsch gesagt, eher ein gewiefter Typ.

Hias wollte das kleine, armselige Häuschen nun nicht allein und unbewohnt stehen lassen. Als er aber Monika den Vorschlag machte, ob sie sich nicht zur Ruhe setzen wolle und mit ihm in Austrag ins Austragshäusl unten am Dorfrand gehen wolle, biss er natürlich auf Granit.

„Nein, mein lieber Mann, das werde ich heute und auch morgen noch nicht tun. Zwar könnte es schnell gehen, ein Unfall oder eine Krankheit könnte uns zwingen, den Hof innerhalb kürzester Zeit zu übergeben, was ich, so Gott mir beisteht, noch nicht hoffen will. Aber, Hias, ich möchte dir sagen, dass ich nur im Notfall von hier wegziehen werde. Sollte zum Beispiel das bis jetzt gute Verhältniss mit Elke so ins Negative absinken, dass man nicht mehr zusammen unter einem Dach wohnen wollte, ja, dann könnte man darüber reden. Außerdem kann ich Simone mit ihren Kind nicht gut allein lassen, zumindest solange Heinzi nicht aus dem größten Dreck heraußen ist. Am liebsten wär mir, wenn ich so lange die Kraft und die Gesundheit hätte, bis er selbstständig ist. Wie es scheint, wird er gar nichts von Simones Leiden mitbekommen, wenn er auch nicht so aufgeweckt wie Eva-Karina ist. Er wirkt eher bedächtig und sachlich."

„Dann wird es wohl am besten sein, ich vermiete das Häusl, das allerdings zuvor etwas saniert werden muss. Vielleicht verpachte ich es an den Dorfwirt für sein Personal, der sucht doch immer solche Zimmer, weil er findet, dass die Fremdenzimmer für seine Saisonbediensteten viel zu schade sind."

„Ja, das ist keine schlechte Idee. Mach ihm aber gleich zur Auflage, dass es dann nicht noch mehr heruntergewirtschaftet wird und dass du es zumindest in dem jetzigen Zustand wieder zurückbekommst. Lass dir das dann am besten alles schriftlich geben. Du kennst ja den Dorfwirt, hinterher will er von nichts gewusst haben!"

„Eigentlich ist es doch wieder schade, dass dem Neffen Michael dieses Objekt mit Garten zu klein ist. Sonst hat sowieso niemand daran Interesse, außer den Fremden, die würden dieses Häusl gleich als ein gefundenes Fressen sehen, die sind doch ganz versessen auf alles. Egal, ob's eine Almhütte oder ein altes Bauernhofzuhäusl ist, ja selbst die Heustädl werden von denen ausgebaut und als Ferienwohnungen umfunktioniert. Besonders wenn sie noch halbwegs eine Zufahrt haben."

Das Geschäft und der Vertrag mit dem Wirt konnten noch im März gemacht werden, als noch Schnee lag. Da erhielt Markus einen Anruf vom Kriminalmeister Mager aus München. Er sei jetzt ganz nahe dran, die zwei Burschen zu überführen.

„Es bestehen zur Zeit auch einige Nachrichtensperren, da seit dem Überfall auf Elke in Nürnberg erneut eine junge Frau und letzte Woche ein Schulmädchen zuerst vergewaltigt und anschließend ermordet worden sind. Man geht jetzt davon aus, dass es die gleichen Übeltäter sind. Jetzt konnte man auch bei den Kinderkleidern ein paar hoffentlich nützliche Fingerabdrücke sicherstellen. Es kann sich nur mehr um Tage, wenn nicht gar Stunden handeln, bis die Burschen gefasst sind. Du wirst von mir selbstverständlich auf dem Laufenden gehalten; so viel vorerst zu deiner Kenntnis.

Vorausgesetzt es sind die gleichen Ganoven, sollten sie eigentlich auf keinen Fall billig davonkommen, aber was bekommen die dann? Bei guter

Führung werden sie schon nach ein paar Jahren wieder entlassen. Laufen sie dann frei herum, wird es nicht lange dauern, bis sie ihr grausames Spiel wieder von vorne beginnen. Was zählen heute schon Tote im deutschen Strafgesetz? Es ist manchmal zum Haare ausraufen. Faustrecht und Selbstjustiz wären da vielleicht öfter angebracht. Es scheint, je mehr Straftaten und Raubmorde in Deutschland geschehen, desto milder werden die Strafen. Der größte Prozentsatz von Straftaten fällt auf Ausländer, die angeblich genau wissen, dass ihnen nicht viel passieren kann, zumindest nicht in Deutschland."

Als Mager zwei Tage später anrief, teilte er mit, dass doch alles blinder Alarm gewesen war. Man hatte die zwei Kerle wegen falschen Verdachts wieder laufen lassen, denn sie hatten einwandfreie Alibis nachgewiesen. Jetzt wurde es allerdings Markus zu dumm, und seine Wut kannte keine Grenzen, als er darüber hinaus erfuhr, dass bei seiner Frau Elke vor ein paar Tagen bei einer Untersuchung festgestellt worden war, dass sie wohl keine weiteren Kinder mehr bekommen könne. Als der Befund auf dem Tisch vor ihnen lag, kochte er, und jetzt kam auch noch diese nichts sagende Nachricht aus Nürnberg!

Er wollte die Sache jetzt in die eigene Hand nehmen und nicht nachgeben, bis er die Missetäter geschnappt hätte. In seiner Rage glaubte er tatsächlich, klüger als die Polizei zu sein.

„Ich fahre morgen nach Nürnberg."

Seine Worte klangen hart und bestimmt, als er das beim Mittagstisch verkündete.

„Nein, du wirst nicht fahren", antwortete Elke, „und wenn schon, dann fahren wir gemeinsam. Erstens kennst du diese Kerle gar nicht, und zweitens gebe ich auch deiner Fahndung keine große Hoffnung. Wir sollten lieber Harald und die Blümleins besuchen, vielleicht kommst du dann auf andere Gedanken."

„Da bin ich aber gar nicht begeistert, wenn du dabei bist."

Abends einigte man sich, doch gemeinsam zu fahren. Klein Eva-Karina durfte auf gar keinen Fall mit, sie musste wieder einmal bei der Großmutter Monika bleiben.

Schon vor dem Mittagessen trafen die beiden bei Susanne ein. Man legte sich noch nicht fest, wie lange man bleiben wolle. „Es können zwei bis drei Tage sein, es kann aber auch sein, dass wir zwei Wochen bleiben."

Gegen Abend machten sich alle drei auf den Weg zu Frauchen und Herrchen. Sie wollten den alten Leuten einen kurzen Besuch abstatten, um dann anschließend im „Tintenfisch" Abend zu essen. Das Essen dort sei sehr gut, meinte Elke, und Markus fügte gleich noch hinzu: „Vielleicht haben wir etwas Glück und treffen dort die Sexualverbrecher. Ha Ha ha, wie heißt doch der Spruch: Der Mörder kehrt immer wieder zu seinen Tatort zurück?"

Bei den alten Leuten trafen sie Frauchen und Dinga wohlauf an, doch Herrchen lag in einem wackligem Bett, das bei jedem Huster knarzte.

„Mein Mann ist leider etwas krank, schon seit sechs Tagen muss ich mit Dinga allein Gassi gehen." Frauchen schien das aber weiter gar nicht zu bedrücken, und sie schien auch gar nicht besorgt um ihren Mann zu sein. „Die hat vielleicht Sorgen", dachten sich die drei. Susanne war gleich beim Krankenlager und schlug die Zudecke etwas zurück, worauf ihr ein Schwall von Ausdünstung entgegenschlug. „Etwas Grippe, meinten Sie, Frauchen?" Susanne fühlte zuerst den Puls. „Wenn das nicht schon mehr ist! Habt ihr keinen Arzt verständigt?"

„Nein, wir holen nie einen Doktor, zu uns würde auch gar keiner kommen, wir können uns keinen leisten."

„Liebe Frau, ich bin Ärztin, und ich sage Ihnen, Ihr Mann ist nach der ersten Diagnose sicher kränker als Sie meinen. Ich werde sofort einen Rettungswagen bestellen, das wäre ja noch schöner, wo sind wir eigentlich?"

Jeder Ausländer, jeder Schmarotzer nützte sämtliche Vergünstigungen und alle Angebote der Bundesrepulik schamlos aus, obwohl keiner von diesen jemals einen Pfennig Beitrag an eine Krankenkasse geleistet hatte, und natürlich wurde denen geholfen. „Deutschland ist gut", solche Aussagen hörte man oft von Asylanten. Von A – Z, von den Augen bis zu den Zähnen, wurde da repariert, teure Brillen, ganze Gebisse zum Nulltarif. Ein Einheimischer, der seinen Lebtag lang brav seine Steuern bezahlt hatte, konnte sich das manchmal gar nicht leisten.

Susanne ließ sich nicht aufhalten, als Frauchen sie mit aller Gewalt zurückhalten wollte. Kurz darauf war auch schon ein Rettungsauto da, und dann ging es ab ins Krankenhaus.

Susanne sagte zu Elke: „Geht ihr schon mal voraus zum ‚Tintenfisch', ich komme bald nach. Ich fahre jetzt als Begleitung mit und werde im Spital alles Notwendige klären und Anweisungen geben. Wahrscheinlich muss ich auch eine Nachtwäsche und Toilettenartikel besorgen."

So blieben Frauchen und Dinga allein zurück in der Bruchbude. Es würde wohl einmal der Tag kommen, an dem einer der beiden für immer zurückbleiben musste, doch an einen solchen Tag wollte sie jetzt noch nicht denken. Sie zeigte auch keinerlei Rührung, aber vielleicht konnte man es ihr auch nicht ansehen? Sie war ein einfacher, besser, armer Mensch, doch hatte sie sicher auch Gefühle. Vielleicht können solche Leute diese halt nicht so zeigen?

Elke und Markus fuhren jedoch nicht, ohne dem Frauchen nochmals zu versichern, dass sie bald wieder kommen würden.

Im „Tintenfisch" war wieder reger Betrieb. Eigentlich war dies stets ein gutes Zeichen. Sie bekamen noch einen kleinen Tisch. Elke musterte natürlich gleich alle Gäste, ohne jedoch jemand Bekanntes oder gar einen der Ganoven zu sehen. Sie bestellten nur etwas zu trinken, mit dem Essen wollten sie noch warten, weil ja noch jemand dazu kommen sollte.

Es dauerte und dauerte, und Elke war der Hunger schon fast wieder vergangen, als schließlich Susanne erschien.

„Das sind vielleicht Flaschen dort im Krankenhaus! Es hat ewig gedauert, bis ich denen dort erklären konnte, wie der Hase läuft. Aber ich habe ihnen gesagt, dass ich Ärztin bin und entscheiden kann, ob eine Einlieferung nötig ist oder nicht. Leider ist das Erste, was man bei einen Arztbesuch herzeigen muss, der Krankenschein, oder, wie seit neuester Zeit, das Plastik-Versicherungskärtchen, wo alle die wichtigen Daten gespeichert sind. Der alte Mann war fast nicht ansprechbar, aber er hat alles klaglos über sich ergehen lassen.

Aber jetzt bin ich ja da! Habt ihr schon gewählt? Ach, sieh mal an", meinte Susanne, als sie die Speisekarte studierte, „es gibt bereits wieder Karpfen, frische neue Ernte aus den Aischgründen."

Die zwei Frauen nahmen gebackenen Karpfen, Markus bestellte sich lediglich „Blaue Zipfel". Davon hatte er schon gehört, jetzt wollte er diese einmal versuchen und sehen, welche Bewandtnis es mit diesem eigenartigen Namen hatte.

Während sie plauderten, tranken und speisten, beobachtete Elke ununterbrochen die Gäste, besonders die, die neu ins Lokal kamen. Es wär zu schön gewesen, gleich auf Anhieb einen Fahndungserfolg zu haben.

Da auch Susanne und Markus das Lokal sehr gut fanden und der ganze

Service vorbildlich war, blieben sie länger sitzen, als sie eigentlich vorgehabt hatten. Als sich später dann auch noch der Wirt zu ihnen setzte, konnte Elke es nicht mehr für sich behalten, sondern erzählte ihm die ganze Geschichte, nämlich dass sie es gewesen sei, welche nach dem Schülertreffen im Herbst den Sittenstrolchen zum Opfer gefallen sei.

„Mein lieber Schwan", sagte darauf der Wirt, „was sich da immer für ein Gesindel herumtreibt. Leider kann man die Leute nicht nach ihren Ausweispapieren fragen oder gar die Polizei verständigen, und die kann auch nichts unternehmen, solange nichts passiert ist. Und wenn etwas passiert, dann ist es meistens zu spät, und die Spitzbuben sind über alle Berge.

Ich habe mein Personal schon öfter angewiesen, sich dubiose Gestalten genau anzusehen und sich ihre Gesichter zu merken. Aber als das Phatombild in den Zeitungen war und die Polizei einige Male wegen dieser Sache bei uns war, konnte sich niemand an die zwei Kerle erinnern. Es könnte schon sein, haben zwei gemeint, aber so hundertprozentig könnten sie es nicht sagen, bei den vielen Menschen, die da ständig kommen und gehen."

Es ging schon gegen Mitternacht, als sie nach Hause fuhren. Am nächsten Tag hatte man ursprünglich zu Harald fahren und dessen Puff einen Besuch abstatten wollen, aber das musste um ein Tag verschoben werden, denn für den heutigen Tag hatte sich überraschend Gert angesagt. Er kam schon am Vormittag, und brachte wieder einen Teil von seinen Sachen mit.

„Es spielt nun sowieso keien Rolle mehr, wo ich bin. Das ist jetzt aber rein auf meine Mutter bezogen", fügte er schnell und lachend hinzu. „Ansonsten weiß ich nun sehr wohl, wohin ich gehöre, wo ich Mensch bin und wo ich gerne zu Hause bin. Doch die Mutter erkennt mich nur noch ganz selten, wenn ich jede Woche oder auch jede zweite Woche einmal zu ihr komme und nach dem Rechten sehe, und, so glaube ich, das reicht dann auch. Sie wollte ja nie fort aus dem Sauerland, und sie will neben ihrem Mann beigesetzt werden.

Ich werde in Olpe alles verkaufen, aber jetzt will ich noch abwarten, was aus der alten Frau wird. Ein Pflegefall würde große Löcher in die Finanzkasse reißen. Da kennen sie kein Grüss Gott, wenn es ums liebe Geld geht, da holen sie, was es zu holen gibt und fragen nicht, ob man von dem, was sie dir lassen, noch leben kann."

Gert hatte im Herzzentrum in Erlangen eine gute Stellung bekommen. Ein Professor meinte sogar: „Sie schickt uns der Himmel. Da jetzt zwei Kollegen aus Altersgründen in den Ruhestand gegangen sind, kommen Sie gerade richtig."

Gert meinte dazu: „Ich habe dem Professor geantwortet: ‚Nicht der Himmel hat mich geschickt, sondern meine Frau, die Sie, meine lieben Kollegen, vor einigen Jahren aus einer guten Stellung in eine Lückenbüßerposition manövriert haben'. Er darauf: ‚Was, lieber Dr. Dreyfuss, wer hat das gemacht? Aber das spielt doch jetzt keine Rolle mehr!' Ich wieder: ‚Aber das ist Wahrheit'. Er dann: ‚Sei es, wie es sei, Sie können jederzeit bei uns anfangen, je eher, desto lieber. Ihre Qualifikation und ihre Papiere sind so gut, dass wir Sie womöglich gar nicht bezahlen können, also je eher desto besser, kommen Sie bald'."

Anfänglich wollte man Gert auch überreden, am nächsten Morgen zur Waldhütte, jetzt „Waldbordell" zu fahren, doch dann passte es ihm wieder nicht, denn er hatte in Erlangen noch einiges zu erledigen, bevor er am nächsten Tag seine wohl letzte Dienstreise nach Norden antreten würde.

So mussten Elke und Markus die Reise in den Wald allein antreten, da sie es versprochen und sich bereits angemeldet hatten.

Mit etwas unguten Gefühlen fuhren sie die letzten Meter auf die Lasterhöhle zu. Harald und Verena kamen sofort zum Empfang.

Sie schauten noch ganz verschlafen aus der Wäsche. „Ihr seid wohl verrückt geworden, mitten in der Nacht zu kommen."

„Wir sind deshalb schon so zeitig hier, weil wir deine Geschäfte nicht durch unsere Anwesenheit stören wollen."

„Alles Krampf, die Geschäfte, die ihr meint, gehen sowieso erst am Abend los, und auch dann könnte man sich ganz ungestört in unserer Wohnung aufhalten, denn eines ist doch klar, für meine Schwester und meinen Schwager habe ich immer Zeit. Und wenn ich keine hätte, würde ich sie mir nehmen."

Auch Verena war sehr nett, sie war jedoch schon in der Frühe arg geschminkt. „Das will Harald so", meinte sie.

Von außen deutete nichts darauf hin, dass hier Sexorgien und Saufgelage abgehalten wurden und dass weiß der Teufel was noch florierte.

„Leider können wir nie gemeinsam länger in Urlaub fahren, denn unser ‚Geschäft' läuft jeden Tag. Da gibt es keinen Ruhetag, denn was glaubt ihr, wenn gute Kunden, die wer weiß woher kommen, dann vor verschlossenen Türen stehen? Das kann man einmal machen, aber dann ist es auch schon passiert."

Es wurden sogar ganz angenehme und unterhaltsame Stunden, und Verena fing an, aus ihrer Vergangenheit und ihrer Kindheit zu erzählen. Es war wahrlich eine Geschichte, die nicht jeder erlebt hatte. Es wurde dann sehr gemütlich, und es war schon fast Nacht, als die beiden aufbrachen. Bevor angeblich der Betrieb in Haralds Etablissement losging.

29

Es war bereits dunkel, als sich Elke und Markus am anderen Abend von Frauchen und Dinga verabschiedeten. Die alte Frau war untröstlich. Es gab also doch noch anständige, hilfsbereite Mitmenschen, jammerte sie zum wiederholten Male. Dass ihr Mann im Krankenhaus so gut aufgehoben und versorgt war und dass sie dafür nichts zu bezahlen brauchten, freute sie maßlos. Markus und Elke hatten eigentlich gar nicht vor, so lange zu bleiben, sie hatten sich lediglich bis zum nächsten Mal verabschieden wollen, wie sie es versprochen hatten, doch dann blieben sie kleben, als Frauchen ihnen noch alte Bilder zeigte. Es waren nicht viele, doch immerhin sehr interessante, hundert Jahre alte Fotos vom ersten und zweiten Weltkrieg, als fesches junges Brautpaar, Bilder von ihrem Sohn, der im Krieg gefallen war.

Fotos, welche Frauchen und Herrchen wohl zigtausend Male in den Händen hielten und immer wieder anschauten. Herrchen hatte es leider auch noch erwischt, mit fast vierzig Jahren hatte er bereits zu den älteren Kriegsteilnehmern gezählt und der Sohn zu den jüngsten. Mit nicht mal achtzehn Jahren hatte man ihn noch als Kanonenfutter an die Front geholt. Für diesen unsinnigen, blutigen Krieg. Dabei hätte der alte Mann beinahe schon in den 1. Weltkrieg ziehen müssen.

Als Elke und Markus endlich die armselige Behausung verließen, war es also schon längst dunkel, und sie wollten noch einen Imbiss beim „Tintenfisch" zu sich nehmen. Auf dem Weg dorthin kamen sie fast an der Hütte vorbei, wo Elke diese schlimmen Erlebnisse gehabt hatte. Es gab tatsächlich Zufälle im Leben, oder war es Bestimmung? Gerade als die zwei auf dieser Höhe gingen, vernahmen sie gleichzeitig einen kläglichen, halberstickten Hilferuf. Sie gingen auf die Lärmquelle zu, und als sie an dem halbverfallenen Gebäude waren, wollte Elke Markus wegzerren: „Lass uns lieber verschwinden, das ist zu gefährlich, holen wir lieber die Polizei", flüsterte sie ihm zu.

„Die Gelegenheit war vielleicht noch nie so günstig", gab Markus leise zur Antwort.

Es war zu spät! Markus hatte bereits die nur halb angelehnte Tür aufgemacht, verflucht, ein paar Tropfen Öl bei den Scharnieren, und die Überraschung wäre perfekt gewesen! Dort waren zwei Strolche gerade dabei, einer Frau den Rest ihrer Kleider vom Leib zu reißen.

Der eine hatte bereits seine Hose herunten und war im Begriff, sich als Erster an diesem wehrlosen Opfer zu vergehen, doch das Knarzen der Türe ließ beide herumfahren. Als Elke die beiden im Schein der Taschenlampe sah, stieß sie einen spitzen Schrei aus: „Markus, die sind's!"

Natürlich wollten nun die Ganoven so schnell wie möglich das Weite suchen, dieses freche, feige Pack. Sie ließen von ihrem Opfer ab und kamen direkt auf Markus und Elke zu, die noch mitten in der Türe standen. Sie mussten, wenn sie ins Freie wollten, an diesen vorbei.

Plötzlich zog der, welcher die Hose noch nicht in Ordnung gebracht hatte, ein Messer. Es kam zu einem Handgemenge, wobei Markus durch einen Messerstich in der Seite verletzt wurde. Er gab jedoch nicht auf, im Gegenteil, jetzt wurde er erst recht wütend. Er erwischte den Strolch, schlug ihm das Messer aus der Hand, und obwohl der Kerl biss und um sich schlug wie verrückt, kannte Markus kein Halten, und er hörte auch Elkes Zurufe nicht mehr.

In dem Handgemenge konnte er den Halunken schließlich in die Mangel nehmen, und das Messer lag griffbereit auf dem verdreckten Betonboden. Beide wollten das geöffnete Klappmesser erhaschen, doch Markus war der körperlich überlegenere und bekam es nach einem weiteren wilden Gerangel. Mehrfach stieß er blindlings zu, wohl mehr aus verzweifelter Angst als aus Blutrache, und dabei schnitt er dem Widersacher tatsächlich das Erstbeste von seinen Genitalien ab. Der Verletzte schrie wie am Spieß und rannte was das Zeug hielt auf die Straße, wo ihn wahrscheinlich jemand auffand und in ärztliche Behandlung brachte.

„Du wirst keiner Frau mehr etwas zu Leide tun, zumindest nicht mehr auf diese Weise." Markus kochte noch immerer und spürte dabei auch seine Verletzung nicht, die ihm der Halunke zuerst beigebracht hatte. Markus hatte auch gar nicht bemerkt, wie und wo der zweite Kerl hatte entschwinden können, so war er in Fahrt. Der abgeschnittene Penis lag irgendwo auf dem verwahrlosten Boden.

Elke kümmerte sich um die überfallene Frau, die unwahrscheinliches Glück gehabt hatte. Denn durch diese vergammelten, verwinkelten und engen Gassen ging zu später Stunde fast niemand, außer lichtscheuem Gesindel vielleicht.

Es war, wie bald vermutet, eine junge Mazedonierin, die Tochter eines Gastarbeiters, wie sich bald herausstellte. Da sie sehr wenig deutsch sprach, lief die Verständigung schlecht, doch mit Händen und Füßen klappte es dann soweit. Sie hatte Feierabend, sie „arbeiten in Gasthausküche, jetzt Schluss, Feierabend", stammelte sie unentwegt, „sie wollen nach Hause zu Papa und Mama."

Sicher hatte sie eine Abkürzung nehmen wollen und war sich nicht klar darüber gewesen, dass man solche „unguten" Stellen, insbesondere zu Nachtzeit, meiden soll. Vielleicht hatten sie aber auch die zwei Gangster hierher geschleppt. Wie viele Frauen sie auf diese Art und Weise so schon hierher entführt und missbraucht hatten, wussten vielleicht nicht mal die Verbrecher genau. Jedenfalls würde der Messerstecher bald ärztliche Behandlung brauchen, wenn er nicht verbluten wollte, und sicher würde spätestens von ärztlicher Seite eine Anzeige wegen schwerer Körperverletzung gemacht werden, denn eine Selbstverstümmelung würde man sicher nicht in Betracht ziehen.

Als Markus sich etwas beruhigt hatte, nahmen sie die junge Frau in ihre Mitte und wollten mit ihr zur nächsten Polizeistation gehen.

Natürlich wollten Elke und Markus für die Mazedonierin eine Zeugenaussage machen und vielleicht auch den Fall von Notwehr schildern. Keiner würde an der Glaubwürdigkeit der beiden zweifeln, da ja Elke selbst ein aktenkundiges Opfer dieser Verbrecher war. Die Mazedonierin wollte jedoch mit der Polizei nichts, aber auch gar nichts zu tun haben, und sie wollte sich sogar von den beiden losreißen und flüchten.

„Es hat vielleicht wenig Sinn, das mit der Anzeige", meinte Markus, „wenn sie partout nicht will. Vielleicht hat sie schlechte Erfahrungen mit den Gesetzeshütern gemacht, aber es kann auch sein, dass sie ein schlechtes Gewissen hat. Vielleicht hat sie schon krumme Dinger gedreht oder arbeitet schwarz in dieser angegebenen Kneipe."

Sie fragten die Frau, wo sie zu Hause sei, dann begleiteten sie sie dorthin. Das ließ sie gerne mit sich geschehen. Jetzt war sie wie ausgewechselt und plapperte in einer Tour in einem Kauderwelsch, das die Hochkogler beide nicht, zumindest nicht in dieser Geschwindigkeit, umsetzen konnten. Es war halb deutsch, halb mazedonisch, von jedem etwas.

Bei der Wohnung angelangt, wollte sie sich an der Haustüre schnell verabschieden, doch beide warteten, bis sie von ihrem betrunkenen Vater in

Empfang genommen wurde. Elke merkte sich den Namen an der Klingel. „Nedelkowsky" stand darauf, vielleicht aber würde sie den morgen schon gar nicht mehr wissen. Sie prägte sich aber auch das Haus in dieser Straße in diesem Viertel ein, wo durchwegs nur Ausländer und minderbemittelte Arbeiterfamilien wohnten.

30

Markus und Elke war längst der Appetit auf Essen vergangen, und da sie schon eine Zeit lang durch die Straßen getappt waren, gingen sie auch das letzte Stück zur Bleigieser Villa zu Fuß.

Susanne war in der Nacht mehrmals aufgewacht und hatte geschaut, ob ihre „Kinder" da seien. Das hatte sie schon immer gemacht, ganz besonders jedoch in letzter Zeit, seit ihre Tochter so brutal zugerichtet worden war. Doch heute machte sie sich noch keine ernsten Sorgen. War es doch gerade mal Mitternacht, eine Zeit, wo junge Leute von heute oftmals erst ausgehen und wo es erst richtig los geht.

Als die beiden in der Villa ankamen, trat Susanne aus ihrem Schlafzimmer. „Euer Besuch und das Essen haben aber lang gedauert. Als die beiden ihr jedoch von dem Zwischenfall erzählten, wandte Susanne ein, dass man die Angelegenheit gleich am nächsten morgen bei der Polizei anzeigen müsse. „Ansonsten bekommen wir Ärger, und dann kann uns so eine Sache teuer zu stehen kommen."

Susanne stand der Aktion von Markus mit gemischten Gefühlen gegenüber. Sie fürchtete, dass auch er sich der schweren Körperverletzung strafbar gemacht hatte, andererseits bewunderte sie in seinen Mut.

Sicher, sie hatte Markus schon in seinen wilden Jahren gekannt, wo er schier überall in Stadt und Land als Nichtsnutz und Herumtreiber bekannt war. Er hatte das Leben eines Taugenichts geführt, aber dann war vor ein paar Jahren die Wandlung gekommen, eine regelrechte Läuterung. Zum Großteil war es Onkel Franz zu verdanken, dass ein brauchbarer und tüchtiger Mensch aus ihm geworden war. Jetzt war er die einzige Hoffnung der Herrenberger, die Erbfolge des altehrwürdigen Erbhofs von Hochstein zu sichern.

Seine Mutter Monika, die Onkels und die übrigen Verwandten waren mittlerweile stolz auf ihn.

In den frühen Morgenstunden, es war noch stockdunkel draußen, erwachte Markus und ließ die letzte Nacht Revue passieren. Was hatte er da bloß angerichtet? Dafür konnte er ins Gefängnis kommen oder hatte eine andere hohe Strafe zu erwarten. Vom Schmerzensgeld bis zum Gerichtsverfahren würde es eine schöne Stange Geld kosten, die der Hochkogler aber nie und nimmer besaß. Schuld daran war das Messer gewesen, das nicht einmal ihm gehört und das er selbst zu spüren bekommen hatte. Unwillkürlich langte Markus an jene Stelle, wo er nachts verwundet worden war und wo ihm Susanne noch einen Verband angelegt hatte.

Was wäre gewesen, wenn der Halunke auch ihn ric htig getroffen hätte? Dann würde er heute womöglich im Krankenhaus oder evenuell sogar in der Leichenkammer liegen. Und wiederum würde niemand die Verbrecher ausfindig machen können, die sicher schon einige missbrauchte Frauen auf diese Weise für immer zum Verstummen gebracht hatten.

Markus lag im Bett und starrte zur Decke. Nebenan schnurrte Elke friedlich wie eine Katze, doch er lag mit offenen Augen da. Mindestens eine Stunde lang lag er so und starrte nach oben, bis er es nicht mehr aushielt und aufstand. Er war gerade dabei, sich ein wenig zu kultivieren, etwas Katzenwäsche zu betreiben und die gröbsten Bartstoppeln abzukratzen, als Susanne im Flur erschien.

„Guten Morgen."

„Guten Morgen, ja, hoffen wir, dass es ein guter Morgen wird. Ich werde jetzt unser Frühstück machen und nachher sehen wir weiter, aber wir müssen den Fall der Polizei melden, sozusagen eine Selbstanzeige machen. Es ist auch möglich, dass dieser Sittenstrolch, nachdem er in ärztlicher Behandlung war, dort falsche Daten angegeben hat und anschließend wieder spurlos verschwunden ist. Sicher ist dieser Strolch jetzt, sagen wir es einmal salopp, quasi aus dem Verkehr gezogen. Doch er hat Freunde, und die werden den Zwischenfall sicherlich nicht so ohne weiteres auf sich beruhen lassen. Die werden auf Rache sinnen, wenngleich ihnen die Gesuchten womöglich gar nie mehr über den Weg laufen werden. So wird diese Rache wieder Unschuldige treffen. Schon aus diesem Grund halte ich es für angebracht, das zu melden."

Bei der Polizeistation war tatsächlich noch nichts von einer Messerstecherei oder gar einer Entmannung bekannt, doch nach Umfragen in mehreren Krankenhäusern wurde der Fall durchsichtiger. Es war ein junger Mann ohne Glied eingeliefert worden, und als dieser ansprechbar war, hatte er seine Geschichte erzählt. Er habe Streit mit einem unbekannten Nebenbuhler gehabt, und dabei sei es zu einer tätlichen Auseinandersetzung gekommen, bei der der Unbekannte plötzlich ein Messer gezogen und ihm seinen Penis abgeschnitten habe. Er wisse auch nicht mehr genau, wo es passiert sei, und als man ihn nach dem Gliedstück fragte, konnte er keine Angaben dazu machen.

Im Krankenhaus wurde dieser Fall natürlich eingetragen, und man hatte ihm das gute Stück wieder annähen wollen. Einer stationären Behandlung hatte sich der Mann entzogen, das heißt, er war von dort in einem unbeaufsichtigten Moment entwischt, ohne dass man seine Daten aufgenommen hatte. Zunächst hatte er nämlich angegeben, seine Papiere seien ihm durch den Raufhandel abhanden gekommen.

Auch Markus musste natürlich seine Daten bei der Polizei angeben, konnte jedoch auf freien, Fuß entlassen werden, denn wo kein Kläger, da kein Richter, so lautete quasi die Argumentation der Beamten, die sich ein leichtes Schmunzeln nicht verbergen konnten.

Vielleicht waren ihre Gedankengänge die gleichen, nämlich dass es gerade die richtige Strafe für solche Triebtäter sei, solche alten orientalischen Methoden anzuwenden, nach denen einem die Zunge abgeschnitten wird, wenn man die Unwahrheit gesagt hat, ein oder beide Hände abgehackt werden, wenn damit ein Diebstahl verübt worden ist und dergleichen mehr. Die Beamten begrüßten auch Markus' Selbstanzeige. Die drei waren natürlich sehr erleichtert, als sie so ungeschoren das Polizeigebäude verlassen durften.

„So, damit wäre unsere Mission eigentlich erledigt", meinte der Hochkogler. „Elke, ich glaube, wir wollen morgen wieder nach Hause fahren, sonst passiert vielleicht doch noch etwas. Man kann ja nie wissen, oder?"

War Markus zuerst noch ganz versessen auf Rache und Genugtuung für Elkes Unheil gewesen und hatte die Missetäter unbedingt hart bestraft wissen wollen, so musste er jetzt feststellen, dass seine Rachegefühle verflogen waren, ja, er empfand jetzt sogar so etwas wie Reue, die ihn plötzlich überkam. Erst jetzt wurde ihm bewusst, was er angestellt hatte. Waren das Sentimentalitäten?

Elke meinte: „Ja, ich glaube, auch Eva-Karina wird schon Sehnsucht nach uns haben."

„Aber nicht nur die Kleine, sondern ganz Hochkogel wird sich freuen, wenn wir zurückkommen", ergänzte Markus.

Den Abend blieben sie in der Villa, und sie aßen, tranken und plauderten viel. Es schien, als gehe ihnen der Stoff zum Erzählen überhaupt nicht aus.

Wohlweislich wurde in der Presse weder über den neuerlichen Überfall, diesmal auf eine junge Mazedonin, noch über das couragierte Eingreifen und die anschließende Messerstecherei berichtet.

31

Markus und Elke wollten am nächsten Tag auf ihrer Rückreise einen kleinen Zwischenstop bei Müller in München machen, überlegten es sich auf der Fahrt jedoch wieder anders und schwenkten nicht ab. Es konnte sie also nichts mehr aufhalten. Elke meinte, je näher die Berge rückten und je näher sie Tirol und dem Kumpfental kamen, desto schneller fahre ihr Auto, als werde es wie von einem Magnet von zu Hause angezogen! Zu Hause war man natürlich froh, dass die ganze Familie wieder komplett war.

Inzwischen hatte es auch wieder Nachwuchs bei den Hausziegen von den Steinbockvätern gegeben.

„Habt ihr Hörmann und Müller verständigt?"

„Sowieso", erwiderte Monika, „die wollten eigentlich auch heute kommen."

„Aber heut werden sie kaum mehr aufkreuzen", meinte Markus, „eher schon morgen. In zwei Stunden wird es dunkel."

Während des Abendessens, bei Speckknödeln und Krautsalat, wurde auch das Kapitel von Elkes Sexgangstern besprochen, die man am gleichen Ort und fast in gleicher Situation überrascht hatte. Doch die Schwanzabschneiderei gefiel nicht mal dem Hias.

„Aber es ist nun einmal geschehen, hinterher ist man immer klüger. Was vorbei ist, ist vorbei."

Am nächsten Morgen, bevor die Leute auf Hochkogel zum Frühstück gingen, war Markus schon stundenlang unterwegs. Es war noch dunkel, als er sich zu seinem Rundgang ins Revier aufmachte. Er ging ohne Frühstück los, nur ein paar Nüsse und einen Apfel steckte er sich als Marschverpflegung ein. Er wollte als pflichtbewusster Angestellter seine Aufgaben so gut wie möglich erledigen, und schlafen konnte er auch nicht mehr. Ob er wegen des Vollmonds oder seines Gewissens wegen nicht schlafen konnte, war ihm nicht klar. Er hatte Elke über seinen frühen Aufbruch informiert und sich auf den Weg gemacht.

Viele Menschen leiden unter den Mondphasen, und manche können dabei tatsächlich nicht schlafen, manche sind sogar mondsüchtig. Diese armen Menschen leben oft auch gefährlicher. Aber es gibt viele positive Seiten des Vollmondes. Eine Reihe von Künstlern, die fast ausschließlich bei Mondlicht malen, wie etwa Alfons Walde aus Kitzbühel. Viele Schriftsteller und Architekten werden vom Mondlicht inspiriert. Wenn ich ehrlich bin, so hat eine Autofahrt bei Vollmond für mich stets etwas Erfrischendes. Auch nicht zu vergessen eine Schlittenfahrt oder einige lange Berganstiege, die mir unvergesslich geblieben sind.

So musste wohl auch Markus empfinden, der es vorzog, über fahle Almböden und durch lichte Wälder zu streifen. Da konnte es dann leicht passieren, dass einem ein Uhu oder eine Eule oder andere Nachtschwärmer auf Greifweite nahe kamen. Als sich Markus auf der kahlen Kuppe zu einer kleinen Rast hinsetzte, raste gerade eine Sternschnuppe am westlichen Himmel auf die Erde, als ob sie hinter der Bergkette in der Nähe von Innsbruck niederging; so sah es zumindest aus. Man soll sich etwas wünschen, wenn man so ein astrales Naturschauspiel zu sehen bekommt.

„Ich wünsche mir einen gesunden Stammhalter", rief er fast übermütig laut in den menschenleeren Morgenhimmel. Solche Wünsche konnten vielleicht in Erfüllung gehen, oder? Er nahm zwei alte Nüsse in die Hand, knackte sie und fing genüsslich an zu knabbern. Gleichzeitig nahm er auch seinen Umhang aus dem Rucksack. Ist doch verdammt frisch, wenn man so dasitzt, dachte er.

Es konnte nicht mehr lange dauern, dann würde es ganz hell und die Sonne würde kommen, ein grandioses Naturschauspiel. Im Westen verabschiedete sich der Vollmond als weiße Scheibe am Firmament, und im Osten schob die Sonne im Zeitraffertempo ihre Leuchtkraft unaufhörlich in den Tag. Bald hob sie sich vom Horizont ab, und in sechs Stunden würde sie ihren Zenit erreicht haben.

Obwohl die Sonne viel, viel weiter entfernt ist, ist ihre Leuchtkraft und Wärme ein schier unerschöpfliches Reservoir, und die Wissenschaftler tüfteln schon lange daran, wie sie am besten die Sonne anzapfen können.

Und schon stand sie über dem Bergrücken, der feurig goldene Ball umstrahlt von ihrer hell leuchtenden Korona. Markus wollte am liebsten noch lange sitzen bleiben, um dieses tägliche, wenn auch nicht immer sichtbare Wunder zu bestaunen und genießen. Leider sehen die meisten Menschen diese Naturschauspiele zwar, aber sie machen sich überhaupt keine Gedanken über ihren Sinn und Zweck; für die meisten ist alles ganz selbstverständlich. Markus saß bereits in der hellen Sonne, als er sich dann erinnerte, dass er weiter musste. Er musste auch wieder nach Hause, vielleicht war sein Chef auch schon dort.

„Komisch", dachte er bei sich, „komisch, dass ich jetzt überhaupt die ganze Zeit nicht an den Zwischenfall in Nürnberg zu denken brauche." Er machte sich auf den Weg, kam bei den Steinböcken vorbei und stieg dann ab zur Sulzmoosalm. Es würde nicht mehr lange dauern, dann würde wieder viel Leben da sein. Hoffentlich packte es der alte Karl auch dieses Jahr noch mit seiner Hüfte und seinem Asthma. Aber die Pfeife schmeckt ihm anscheinend noch immer. So dachte Markus über dieses und jenes nach, ein stets gewohntes Bild, ein Bild für Maler, diese Idylle.

Als Markus endlich den Hof erreichte, war es gerade Zeit zur Marende. Er war gerade mit den anderen dabei, diese Jause einzunehmen, als Müller und gleich darauf auch Hörmann nach Hochkogel kamen.

„Urlauber, na, wie geht's? Gut erholt schaut zumindest Markus nicht aus. Und du bist erst vor zehn Minuten von deinem Rundgang zurückgekommen? Respekt!" Beide Männer mussten selbstverständlich zuerst nach dem neuerlichen Zuwachs im Stall sehen.

„Es gibt kein Tiergehege fürs Publikum", sagte Hörmann mit Nachdruck. „Wir allerdings werden sie fest im Auge behalten und wir müssen wohl oder übel selbst entscheiden, was wir wollen, nämlich ob wir diese Bastarde in die freie Wildbahn entlassen."

„Eher nicht. Man kann leider nicht ausschließen, dass diese halbwilden Tiere wiederum von anderen Tierrassen trächtig werden. Eventuell sogar von Gemsen, was allerdings meines Wissen bisher noch nie vorgekommen ist. Aber einmal ist es immer das erste Mal, oder?"

„Man könnte wohl tatsächlich nicht verantworten, wenn solche Mischlinge abermals mit Mischlingen eine völlig andere Kreuzung hervorbringen würden."

Da war selbst Müller etwas skeptisch, aber er meinte, man könne es vielleicht doch einmal vorsichtig versuchen. Vielleicht käme ja eine Rasse zu Tage, welche noch mehr Nutzen für die Menschheit brächte?

Sonst kam es doch meistens nur zu Inzucht, denn das meiste Wild hier war blutsverwandt, jahrelang der gleiche Reh- oder Gamsbock und die gleichen Geißen, die die Jungen von den Alten bekamen, Generation um Generation. Vielleicht würde es sogar der Wissenschaft nützlich sein?

„Vielleicht", meinte Monika dazu, „könnte man aus dieser Milch dann sogar Heilstoffe gewinnen, nicht wahr, Herr Müller? Übrigens habe ich etwa zwei Kilo Butter im Keller für dich. Du weißt schon, die nach deiner

Rezeptur: Drei Viertel Kuh, ein Viertel Ziege."

„O.k., Hochkoglerin, erinnere mich auf jeden Fall noch mal daran, bevor ich gehe! Doch ich gedenke, zumindest eine Nacht hier zu bleiben."

Hörmann jedoch war der festen Meinung und Überzeugung, dass man mit mehrmaligem Kreuzen der Menschheit über kurz oder lang wohl keinen großen Nutzen erweisen würde. Hörmann verwies dabei auch auf diverse amerikanische Studien, wonach man schon überlegt hatte, vorerst gewisse Tiere zu klonen und später sogar Menschen, was auf ungeschlechtlichem Wege aus einem Mutterorganismus entstandene, völlig erbgleiche Nachkommenschaft ergeben sollte. Diese sollte weit resistenter gegen Krankheiten und widerstandsfähiger gegen alle möglichen Ansteckungen sein.

Man hatte angeblich in den USA schon Pläne in der Schublade für eine neue Menschenrasse, wo einer wie der Andere aussah, und in Zukunft sollte es keine hässlichen, dummen oder kranken Menschen mehr geben. Und sollte die Geburtenregelung nicht funikonieren und eine extreme Übervölkerung auf der Erde eintreten, sei ein Mittel parat, ein Virus, welcher nach Gutdünken einen Teil der Menschheit auf ganz einfache und schmerzlose Art ausmerzte. Aus ethischen Gründen verbiete unser Grundgesetz freilich bis jetzt noch diese Art von neuen Menschenrassen.

„Hört auf damit", meinte Monika, da kann einem ja Angst und Bange werden. Aber was stehen wir hier noch herum? Wir sehen ja, die Tiere sind in bester Verfassung, gehen wir in die Stube! Noch besser, ich habe einen Vorschlag, wer kommt mit mir? Ich gehe nämlich ins Revier, vielleicht sehe ich die Gehörnten?"

„Ich komme mit", meinte Hörmann, und auch Markus musste wohl des Anstands wegen mit, obwohl er erst vor einer knappen Stunde dort gewesen war. Natürlich hatte Müller seinem Patenkind wieder allerhand Babynahrung mitgebracht. Für Heinzi, von dem bis heute niemand wusste, wer sein Vater sei. Vielleicht würde man es auch niemals herausbekommen, denn Simone erinnerte sich anscheinend nicht, wer sie um Silvester vor einem Jahr sexuell beglückt hatte. Vielleicht waren es sogar mehrere gewesen?

Leider wurde ihr geistiger Zustand nicht besser, und die arme junge Frau hatte sich wohl nichts dabei gedacht. Doch wenn man an ihre Jugendzeit dachte, so war sie da nicht nur ein hübsches, sondern auch ein sehr kluges Mädchen gewesen. Ansonsten hätte man sie wohl auch bei der Landesregierung nicht gebrauchen können, und sie war strebsamer und fleißiger als ihr Bruder Markus gewesen.

Laut Familienchronik war sie seit 120 Jahren die Erste, die wieder einmal zu Hause das unverbriefte Hausrecht auf Hochkogel in Anspruch nehmen musste. Bis jetzt hatten sich ihr Bruder und ihre Schwägerin noch nicht offen oder negativ darüber geäußert, auch nicht über den Bastard. Doch noch war auch Mutter Monika aktiv und breitete wie eine Glucke schützend ihre Fittiche über Simone und ihren Buben aus. Solange Markus nicht der Bauer war, konnte er sowieso nichts dagegen machen, und nachher? Sicher würde auch nichts Nachteiliges für Simone und Heinzi geschehen, solange Müller Pächter und Markus´ Brotherr war. Ein wahres Glück für Heinzi, dass sein Göd der Müller war.

Doch wie gesagt, bis jetzt schien noch Harmonie auf Hochkogel zu herrschen. Selbst Elke ließ sich nichts anmerken, obwohl sie manchmal neidisch auf Heinzi niederblickte. Sie wohnten nach wie vor im Fremdenzimmer, und auch da hatte sich Müller großzügig gezeigt. Er versprach, wenn Heinzi sauber sei und das Schulalter erreicht habe, bekomme er von seinem Paten ein ausgebautes Dachzimmer ganz für sich allein. Aber bis dahin war es noch ein langer Weg, und bis dahin konnten noch einige Jahre Müllers Gäste das Zimmer benutzen, besonders zu Silvester.

32

Da die drei Waldläufer angedeutet hatten, man werde wohl erst gegen Abend wieder zurück sein, hatte man sogar Zeit für ein Mittagschläfchen. Der Hias machte ihn an seinem Lieblingsplatz auf der Ofenbank, wo schon der Franz nach getaner Arbeit immer gerne etwas ausgeruht hatte. Hias war wohl noch keine halbe Stunde auf der Bank gelegen, als ihm plötzlich schwarz vor Augen wurde. Es folgten Schweißausbrüche und Schwindel. Erst durch ein dumpfes Plumpsen wurden die anderen Hausbewohner aufmerksam, und Monika war die Erste, die ihren Mann mit verrenkten Gliedern auf dem Stubenboden vorfand.

„Elke, schnell, der Hias!"

Die Schwiegertochter war sofort zur Stelle. „Es hat keinen Sinn", meinte sie, „unser alter Doktor kommt sowieso nicht zu uns heraufgefahren, und bis vom Inntal ein Rettungswagen kommt, kann es zu spät sein. Packen wir ihn am besten gleich in unser Auto, und ich fahre ihn zu Dr. Riffl."

Die zwei Frauen hatten alle Mühe, den bislang nicht ansprechbaren Mann ins Auto zu schleppen. Und schon war Elke unterwegs ins Tal. Monika stand da und schaute dem Fahrzeug nach, bis es ihren Blicken entschwunden war. Erst dann ging sie zurück in die Stube. Was war das? Es hatte kein Anzeichen einer Krankheit gegeben, überhaupt hatte sie nichts Auffälliges in den letzten Stunden bemerken können. So schnell konnte es einen umhauen! Dabei war ihr Hias noch keine 60 Jahre alt.

Bald darauf kamen die drei Männer von ihrer Inspektion zurück. Die staunten natürlich nicht schlecht, als sie die Geschichte vom Hias erfuhren.

„Ja, gibt es denn so was auch?" meinte Müller. „Dabei wollte er sogar noch mitkommen auf die Alm. Das ist echt ein Hammer", wiederholte er, „wahrscheinlich ein Herzinfarkt. Dabei hatte Hias noch nie Probleme mit dem Herzen."

Markus telefonierte sofort mit Dr. Riffl. Dieser teilte ihm mit, er habe dem Hias nur eine Spritze verpasst und sie gleich weiter in das Krankenhaus in die Stadt geschickt, er habe dieses bereits telefonisch verständigt, und auch er vermutete, dass es ein Herzinfarkt sei.

„Also bleibt mir nichts anderes übrig, als mich umzuziehen und in den Stall zu gehen", teilte Markus den Anwesenden mit. Erst jetzt bekam er zu spüren, was er an seinem Stiefvater für eine große Stütze gehabt hatte. Doch Mutter Monika folgte ihm bald, half ihm und gab diverse Anweisungen, da der junge Bauer bis jetzt nicht viel mit dem Stall zu tun gehabt hatte. Dann erst machte sie mit Unterstützung von Simone das Abendessen. Sie hatten gegessen, da fragte Müller, ob man vielleicht doch im Krankenhaus anrufen solle?

„Aber in welchem?" meinte Markus. „Jetzt warten wir noch etwas, und wenn Elke in einer Stunde noch nicht zurück ist, probieren wir es bei der Medizinischen, nein, noch besser, wir rufen die Auskunft an. Such schon einmal die Telefonnummer heraus, Markus! Hier ist das Telefonbuch."

Fast eine Stunde war vergangen, und zu Hause saßen alle wie auf Kohlen, als endlich Elke erschien. Man habe ihn gleich dort behalten, und es stehe nicht besonders gut um ihn, er sei noch nicht wieder ansprechbar gewesen. Die Ärzte hätten ihm noch eine Injektion verabreicht und sprächen von einem Hirnschlag. Da sie dort sowieso nicht mehr viel habe machen können, sei sie zurückgefahren. Ein Nachthemd habe Hias vom Spital bekommen.

Nun saßen sie da, am runden Tisch in der guten Stube, und schauten einander fragend und hilflos an, als wolle man sagen: „Der Nächste, bitte!" Schließlich beschloss man, gleich am nächsten Tag in die Stadt zu fahren, jedoch nicht alle auf einmal. Hörmann fuhr sowieso hinunter, doch wollte er erst in ein paar Tagen zum Hias. So machten sich Müller und Monika am nächsten Tag auf ins Krankenhaus. Seinen Elektro-Rasierapparat, den er einmal geschenkt bekam, aber noch nie benutzt hatte, brachten sie ihm mit; Hias hatte sich bislang immer nass rasiert. Der Hias war sein Leben lang noch nie im Spital gewesen, und so bekam er auch eine Kulturtasche mit allem Zubehör wie Waschlappen, Seife und Zahnputzzeug.

Monika sagte, dass er außer ein oder zwei Schlafanzügen vorerst nichts brauche. Und: „Weiß jemand, was er essen und trinken darf?"

Hias lag im weißen Krankenbett, sein Blick war geradeaus gerichtet, und er reagierte zuerst nicht auf das Eintreten seiner Besucher. Man musste annehmen, dass er nicht bei Bewustsein war. Erst als ihn Monika leicht berührte und ansprach, schien es, als kehrten seine Lebensgeister wieder zurück. Der Arzt hatte den Besuchern aufgetragen, mit dem Patienten möglichst schonend umzugehen und deshalb nicht zu lange zu bleiben.

Monika wollte nur fragen, welche Wünsche er habe, doch als sie ihm die

Hand reichen wollte, konnte er ihren Händedruck nicht erwidern. Er konnte seine Hand nicht ausstrecken, sie war wie gelähmt. Dafür aber kamen ihm die Tränen, ihm, dem Hias den wohl noch nie jemand hatte weinen sehen. Nicht einmal am Grab seiner Mutter hatte er Tränen vergossen. Aber er hatte verstanden und seine Frau und seinen Chef, Herrn Müller, wiedererkannt.

Auch Müller bemerkte, dass sich Hias schämte. Er schämte sich womöglich über seine plötzliche Krankheit, für die er doch gar nichts konnte! Was sollte man in so einer Situation tun? Monika und Müller sahen sich fragend an, dann verabschiedeten sie sich. Monika flüsterte dem Hias noch ein paar aufmunterte Worte ins Ohr und wollte vielleicht schon morgen wieder kommen. Dann drehte sich Hias zur Seite, damit man seine Tränen nicht sah, er mochte das nicht. Der Arzt, den man anschließend fragte, welche Prognose zu erwarten wäre, erklärte, dass Hirnschlag meist langfristige Schäden zur Folge habe und oft eine halbseitige Lähmung bliebe. Die andere Hälfte sei nicht so krass betroffen, wenn überhaupt. Damit seien für die rechte Hand, für das rechte Bein und für die Sprache berechtigte Hoffnungen vorhanden.

"Gott sei Dank, zumindest etwas", entfuhr es Monika. Müller brachte Monika nach Hause, und anschließend musste er schon wieder nach München zurück.

„In ein paar Tagen bin ich wieder da, mit den Unterlagen. Der Hias wird ja vorerst ein Pflegefall sein, wenn er nicht gleich Rentner wird."

Am nächsten Tag fuhren Elke und ihre Schwiegermutter zum Hias. Es hatte sich an dem einen Tag nichts weiter getan, bis auf den Bart. Da hatte bis jetzt wohl noch niemand Zeit gehabt, den Mann zu rasieren. So nahm Monika den Rasierer. Als das Gerät surrte, musste Hias schmunzeln. Beide dachten wohl das Gleiche: Im Alter noch aufs Elektrische umstellen, das hatte man sich wahrlich nicht träumen lassen, dazu noch bedient werden. Auch Monika lächelte und drückte ihrem Mann einen herzhaften Kuss auf seinen von Stoppelbart umrahmten Mund. Dabei war ihr aber gar nicht zum Lachen zu Mute, sie hätte am liebsten losheulen wollen.

„Warte, morgen bringe ich wieder deinen Rasierer mit, ich muss nur aufpassen, dass ich dich nicht verletze, denn ich habe noch nie jemanden rasiert. Hias lächelte dazu und nickte. Elke half währenddessen, dem Hias die Nägel zu schneiden.

Am nächsten Tag war Müller tatsächlich schon wieder da, und er kam nicht allein: Er hatte einen Sekretär und Herrn Mager, den Kriminalisten, dabei. Dieser hatte sich zwischenzeitlich in Nürnberg erkundigt, ob eine Anzeige vorliege oder ein Verfahren gegen Markus wegen schwerer Körperverletzung eingeleitet worden sei. Nein, diejenigen hätten selbst wohl mehr Angst, an den Pranger zu kommen.

„Es wäre sicher auch nicht so schlimm ausgefallen für dich", meinte Mager zu Markus. „Für den Fall eines Prozesses, je nach Richter und Urteil, hat unser Chef schon angeordnet, eine Kaution aufzubringen, da du zur Zeit wie auch in weiterer Zukunft unabkömmlich bist."

Noch schaffte Markus die Männerarbeit und seinen Dienst im Wald allein. Kam jedoch die jährliche Heuernte hinzu, musste Müller noch einen weiteren brauchbaren Mann nach Hochkogel bringen. Sicher würden auch die pensionierten „Orgelpfeifen" alle vier gerne einspringen, jetzt, wo Not am Mann war. Arbeitstheraphie oder Gesundheitstraining nannten sie dies, und sie wollten unbedingt den guten Kontakt zum Elternhaus aufrecht erhalten. Also ließen die alten Haudegen anfragen, ob sie wieder mal zum Kaffeeklatsch kommen dürften. Natürlich erst ab Mai, und sie wollten nichts geschenkt bekommen. Sie hätten schon so viel von Hochkogel erhalten, vor allem die stets herzliche Aufnahme und Bewirtung der früheren Jahren.

Am nächsten Tag nahm Elke ihre Schwägerin Simone mit ins Spital. Diese musste irgendwie etwas mitbekommen haben und gab seitdem nicht nach, bis sie nun Elke zu Papa Hias mitnahm. Simone nannte ihn seit ihren Unfall immer Papa Hias. Zuerst war man etwas skeptisch gewesen und wollte zur Sicherheit schon fast den Markus mitschicken, denn man bezweifelte wirklich, ob Elke mit Simone zurecht kam. Sie bräuchte nur einen von ihren unberechenbaren plötzlichen Anfällen zu bekommen. Doch wider Erwarten ging alles gut. Im Gegenteil, Hias schien sich mit Simone sogar noch besser zu verstehen als mit Moni. Elke verfolgte eine Zeit lang ihre Lacherei, und fast meinte sie schon, Hias sei nun auch übergeschnappt. Dann dachte sie, dass Behinderte eine eigene Art von Zuneigung hätten, welche ein Außenstehender nicht verstehen könne.

Müllers Sekretär machte seine Gänge bei den Tiroler Behörden. Es war nicht ganz einfach, alle zu überzeugen, und selbst ärztliche Atteste schienen manchen gegenstandslos zu sein. Doch nach drei Tagen pausenlosen

Rennens von Pontius zu Pilatus war es dann endlich soweit, dass auch Hias sein Recht bekam. Was gemacht war, war gemacht. Bei einer eventuellen Besserung oder Verschlechterung musste natürlich wieder neu untersucht und manches geändert werden. Doch jetzt war der Hias erst einmal im Krankenstand, und alle wünschten ihm selbstverständlich nur das Beste.

33

Bald darauf kamen die letzten Maitage und mit ihnen die Zeit des Almauf-
triebs. Die Schafe und Ziegen waren bereits oben auf den Almflächen, wo
es oft über Nacht grün wurde. Hörmann hatte als Ablöse nun einen jungen Wildbiologen von der Landesjagdbehörde zugewiesen bekommen.

„Der Stress vom vorigen Jahr reicht mir", hatte er schon ein paar Mal geäußert. „Wenn ich da oben bin, hab ich zwar keinen, aber kaum bin ich wieder zu Hause im Büro, liegt der ganze Schreibtisch voll, da kann man Tage
und Nacht durcharbeiten, damit man wieder reinen Tisch und Ordnung
hat. Dabei sollte man doch pausenlos das Verhalten der Tiere beobachten
und genau aufzeichnen."

Zu den Pfingstferien erschienen auch wieder einmal nach langer Zeit die
drei Blümleins aus dem Frankenland. Lange Zeit hatte es geschienen, als
ob es sich Karin doch anders überlegt habe und nicht mehr allein sein
wolle, denn sie hatte sich in letzter Zeit so rar gemacht, als hätte sie sich
einen Freund zugelegt. Denn sie war immer noch eine knusprige, sehr gut
aussehende Frau, obwohl sie die 50 überschritten hatte.

Selbst Susanne hegte diesen Verdacht, aber als Elke sie bei passender
Gelegenheit darauf ansprach, erwiderte Karin mit einem schallenden
Gelächter: „Ja glaubt ihr denn, ich gehöre zu denen, die heute so und
morgen so reden? Ich habe es doch auch dem Franz versprochen."

Der Grund, dass sie jetzt nicht mehr so oft komme, sei erstens, dass Franzl
jetzt in eine andere Schule müsse, die ca. 15 km entfernt liege. Es gehe
zwar ein Schülerbus, doch seien damit diese Schüler praktisch den ganzen
Tag unterwegs. Und zweitens habe Mutter Christa in letzter Zeit mit ihren
Hüftbeschwerden immer mehr zu leiden.

Aber jetzt war sie ja da. Eigentlich wollte sie schon Müller um ein anderes
Zimmer bitten, denn die Frankenkammer erinnerte sie immer zu sehr an
Franz, und jedesmal wurden da alte Erinnerungen wach, aber auf der
anderen Seite zog es sie förmlich immer in diese Kammer, wo auch dem
Franz seine kostbarsten Relikte hingen, die von manchen, darunter auch
von den Brüdern, wie Reliquien verehrt wurden.

Karins Patenkind und Heinzi waren noch zu jung und zu klein, um zu
begreifen, was eine Patin, eine Godl, war. Vielleicht würde es zur Erstkom-

munion so weit sein. Die kleine Eva-Karina nahm, wie andere Kinder auch, fast alles in die Hände. Kinder sind da meist nicht so kompliziert wie Erwachsene, doch ist das nicht immer ein Vorteil. Manchmal erwischen sie auch etwas Ungenießbares wie Medikamente oder Tierkot, und dann hilft kein Schimpfen. Schon am Tag drauf haben sie es wieder vergessen, heben wieder alles auf und stecken es in den Mund. Selbstverständlich fuhren Karin und Christa einmal zusammen mit Elke ins Krankenhaus. Hias war nun bereits eine Woche dort, und sein Zustand war so weit unverändert, blieb aber wenigstens konstant.

Doch die Ärzte wollten die Hoffnung nicht aufgeben. Es konnte oft drei Wochen und länger dauern bis eine Wandlung einsetzte, und sie hatten jetzt ein neues Medikament, welches in Amerika vielfach erprobt worden war und dort gute Resultate erzielt hatte. Sicher erkannte Hias die beiden Frauen und verstand sie auch.

Er erwiderte ihre Fragen durch heftiges Nicken oder durch Schütteln seines Kopfes. Tatsächlich konnte Hias nach drei Wochen seine rechte Hand, seinen rechten Arm und sein rechtes Bein bewegen. Doch mit dem Essen und Sprechen haperte es noch. Seine Wortfetzen konnte man noch nicht recht verstehen, und aus seinem linken Mundwinkel floss ein Teil des Essens und Trinkens wieder heraus. Er spürte das wahrscheinlich gar nicht, obwohl er die Verunreinigung auf seinem Hemd sah, und das war ihm äußerst peinlich. Sicher freute er sich, als er das erste Mal mit der Krücke unterwegs war, und später humpelte er sogar ohne sie durch sein Zimmer und ein Stück vom Gang entlang bis zur Toilette. Das war für ihn sehr sehr wichtig, und man kann sich gewiss nur schwer vorstellen, wie es ist, wenn man immer auf eigenen Beinen gestanden hat und plötzlich auf fremde Hilfe angewiesen ist. Für Hias war es jedenfalls ein unbeschreibliches Glücksgefühl, und sein Zustand besserte sich nochmals ein wenig, denn diese Selbstständigkeit gab im wohl Auftrieb.

„Ich kann, ich muss damit leben", sagte der gute Mann sicher oftmals zu sich selbst. Er wusste nur zu gut, dass zu Hause jetzt die größte Arbeit des Jahres anlief, die Heuernte. Eines Tages konnte er einer Krankenschwester zu verstehen geben, er wolle etwas zum Schreiben. Die Schwester brachte ihm einen großen Schreibblock, und dann fing der Hias an zu schreiben. Einige Male riss er ein Blatt ab, zerknüllte es und fing dann wieder von vorne an. Was wollte er wohl Wichtiges schreiben? Wollte er seine

Geschichte festhalten und zu Papier bringen? Aber schließlich war er doch fertig, faltete das Papier und steckte es in einen Briefumschlag. Er klebte ihn zu, und dann versteckte er den Brief bei seinen wichtigsten Papieren in seiner Brieftasche, die in seinem Nachtkästchen waren. An dieser Brieftasche vergriff sich nicht einmal seine Frau Monika.

Hias war nun seit etwa fünf Wochen im Krankenhaus, doch weil in nächster Zeit keine Änderung zu erwarten war, wurde er in häusliche Pflege nach Hause entlassen. Dort hielt sich die Freude jedoch in Grenzen. Zwei Invaliden und zwei kleine Kinder, also vier unproduktive Esser, so hätte man denken können. Ganz so war es allerdings nicht, denn dafür wurde ein angemessenes Kostgeld entrichtet, bei Hias in Form von Krankengeld. Simone allerdings musste auf ihr Wohnrecht pochen, und von den zwei Kindern wollte man gar nicht reden. Es kam also zu keinen Meinungsverschiedenheiten, aber besonders Elke musste diese bittere Pille schlucken. Ihr war die Gewissheit peinlich, dass sie keine Kinder mehr würde bekommen können, so dass möglicherweise, je nach Entwicklung, sogar Heinzi einmal als Besitzer von Hochkogel in Betracht kommen konnte. Es fehlt gar nicht viel dazu, meinte Susanne einmal, dass der Neffe ohne Vater einmal das Sagen hat.

Doch wie gesagt, noch war Monika Herrin auf Hochkogel, und sie hatte beide Kinder und Enkelkinder gleichermaßen in ihr Herz geschlossen, und da gab es keine Unterschiede oder gar Ausnahmen. Sicherlich brauchte Simone ihre Mutter mehr als Markus. Simone hatte zum Glück nicht mehr so oft das Bedürfnis an ihrer Vagina zu spielen, denn nach der doch noch eingeleiteten Sterilisation war dieser Drang wohl fast zum Erliegen gekommen. Dafür spielte sie jetzt so oft und wo immer es ging mit ihrem Heinzi, der als lebhaftes Bürschlein oft wie ein kleiner Hund auf allen Vieren auf dem Stubenboden hin und her flitzte.

Jetzt hatte allerdings Monika das größte Problem mit ihrem Mann, und da dieser mit dem Treppensteigen recht große Schwierigkeiten hatte, beschloss man, neben der Stube die kleine Abstellkammer auszuräumen und ein Bett hineinzustellen. So konnte der Hias ebenerdig von der Stube gleich zu seiner Schlafstelle humpeln. Dass sie ab nun getrennt schliefen, machte beiden nichts aus. Wer immer noch glaubte, dass sich der Zustand von Hias noch bessern würde, musste allerorten hören und lesen, dass eine völlige Genesung nur in Ausnahmefällen vorgekommen sei. Auch

Ärzte wie Susanne bekräftigten immer wieder: „Leider nicht bei Monis Ehemann."

So ging wieder ein Sommer dahin. Als Erntehelfer kamen natürlich wieder die vier restlichen „Orgelpfeifen" Martin, Hans, Wastl und Sepp. Sie ließen es sich nicht nehmen, frühmorgens vor dem ersten Hahnenschrei ihre Sensen zu schwingen, und obwohl sie auch nicht mehr die Jüngsten waren, schafften sie sämtliche Steilhänge in altgewohnter Hochkogel-Manier. Es gab keinen Stress und keine Hektik, zumindest nicht bei diesen Arbeiten auf ihrem Erbhof. Zum Glück war ihnen auch der Wettergott gut gesinnt, aber auch das hätte sie nicht abhalten können, in Enge oder gar in Verzug zu kommen. Selbst wenn es mal ein oder zwei, drei Regentage gab. „Nur nicht hudeln", sagte man dann, „es wird schon wieder."

Und wenn dann frühmorgens die Sonne über die Berge empor stieg, waren sie natürlich frohgemut, und da passierte es oft, dass sie alle gemeinsam mit den Vögeln um die Wette sangen, wohlgemerkt trotz der schweren körperlichen Arbeit. Selbstverständlich waren alle froh darüber, vor allem Müller und Monika. So wurde eine kleine Feier veranstaltet, als die letzte Fuhre, besser das letzte Heunetz, auf Kopf und Schultern in den Stadel getragen war. Diese Einhagzeche, die es früher fast überall noch gab, war inzwischen leider sehr selten geworden, und es gab sie nur dort noch, wo alte Bauersleute noch Wert auf Tradition und altes Brauchtum legten. Wie oft musste da wohl dem Hias sein Herz geblutet haben, als er vom Fenster aus mit ansehen musste, wie diese vier Hochkogelbrüder „seine" Arbeit machten. Es war ihm ganz sicher zuwider, zuschauen zu müssen und nicht helfen zu können.

Das überstieg wohl seine Kräfte, und so kam es, dass Hias sich tatsächlich aus Verzweiflung das Leben nehmen wollte. Nur einem vergessenen Heustrick hatte er sein Leben zu verdanken.

Markus kam gerade von einem nahen Steilhang zurück, von dem man gerade das Heu einbringen wollte, was aber auch hier nur mittels Heunetz geschehen konnte. Markus hatte nämlich einen Bindestrick vergessen und eilte zur Tenne des Hauses, um einen zu holen.

Gerade in diesem Augenblick wollte Hias seinen Kopf in die Schlinge eines Strikkes stecken und von einer Kiste springen. Wie er auf diese gekommen war und wie er den Strick an dem Balken hatte befestigen können, wird man wohl nie erfahren. Natürlich war es Rettung in letzter

Sekunde, doch dem Hias war dieser Zwischenfall um so peinlicher.

Erst als Markus seinen Stiefvater in die Stube verfrachtet und ihm eingetrichtert hatte, dass er in eine Anstalt gesteckt würde, wenn er nochmals so eine Dummheit beginge, wurde Hias die Tragweite seiner Tat bewusst. Die Drohung wirkte. Markus versprach ihm, niemandem etwas davon zu sagen, und hielt dieses Versprechen auch, zumindest bis zum Tod des Stiefvaters. Als nach getaner Arbeit Markus ihm heimlich zuflüsterte, dass er über alles schweigen würde, konnte dieser zum zweiten Mal seine Tränen nicht mehr zurückhalten. Dabei drückte Hias ihm ganz kräftig die Hand, und in seinen Augen, in denen meist mehr Sehnsucht als Trauer zu sehen war, wussten wohl, dass seine Tage gezählt waren.

Kurz vor Allerheiligen lag er eines Morgens tot in seinem Bett. Ganz ohne geistlichen Beistand, ohne letzte Ölung war der brave Mann verschieden. Als ihn Monika in der Früh zur gewohnten Zeit zum Frühstück holen wollte, weil er nicht wie sonst von selbst in die Küche gekommen war, lag er tot in seinem Bett.

„Als tät er schlafen", erzählte Monika später öfter. „So friedlich, sogar mit einen Lächeln im Gesicht hat er dagelegen."

„Die Hochkoglerin hat nun schon ihren zweiten Mann verloren", sagten bald die Leute im Dorf, „ob das immer mit rechten Dingen zuging? Der Hias war doch seit seinen Schlaganfall nur mehr ein Pflegefall, vielleicht hat man etwas nachgeholfen mit ‚Marschierpulver'. Man macht sich halt so seine Gedanken."

„Redet keinen Blödsinn", meinten wieder andere, „wieso hätte man den beseitigen sollen? Der war doch gut versichert beim Herrn Müller, der bekam doch genug Krankengeld und auch Pension, so viel verdienen wir gar nicht."

So und so wurde gleich geredet, wie es halt auch bei Dorftratschen so üblich ist. Solche Lastermäuler gibt es sogar im kleinsten Kaff.

Ausgerechnet in diesen Moment ging Monika mit dem Pfarrer zum Friedhof. Wenn man vom Teufel spricht, so kommt er prompt. Man einigte sich darauf, den Hias über seiner Mutter zu begraben, die ja tief genug lag.

Hias wurde zu Hause auf Hochkogel, dem alten Erbhof aufgebahrt. Obwohl der Pfarrer meinte, in der relativ neuen Leichenkapelle wäre er besser aufgehoben. Da kämen auch sicher mehr Leute zum Rosenkranz.

„Wenn Winter wär, dann ja, da tät ich's einsehen, Herr Pfarrer, aber so ist der Weg zu uns rauf für jedes Fahrzeug gut befahrbar. Wer zum Beten kommen will, der kommt, wer nicht, kommt in die Leichenkapelle auch nicht." Monikas Worte klangen bitter, als sie fortfuhr: „Mein Mann soll bis zuletzt ein Zuhause haben und dort bleiben. Mein erster Mann hat sein Vaterhaus und sein Zuhause nicht mehr lebend sehen können, Hias schon. Auch haben alle Haushalte heutzutage ein Fahrzeug, um nach Hochkogel zu kommen. Herr Pfarrer, du kannst jedem sagen, der zum Beten kommen will, jedoch keine Fahrgelegenheit hat, dass er sich bei uns ungeniert melden soll. Er wird von uns abgeholt und auch wieder nach Haus gebracht, das können Sie ruhig sagen."

Als der Pfarrer dies tatsächlich bei der Morgenandacht verkündete, meinten hinterher auch schon wieder einige:

„Großspurig und stolz waren sie schon immer etwas da droben, aber dass die Monika auch so ist, hätten wir nicht gedacht. Vielleicht ist doch etwas dran, wenn es heißt: ‚Geld verdirbt den Charakter', dabei war sie so eine arme Maus, die nur die paar Lumpen hatte, die sie auf dem Leibe trug, als sie nach Hochstein kam."

In den nächsten Tagen kamen viele Leute, sehr viele Leute sogar. Aber so war es immer gewesen, schon zum Polterabend, bei der Hochzeit, die Menschen waren immer zahlreich gekommen. Hias und Monika hatten sich stets gewundert über die Menschenmengen, die zu ihnen, den bescheidenen, einfachen Leuten gekommen waren. Auch jetzt war sie wieder erstaunt über die große Anteilnahme. Von neun Uhr früh bis spät am Abend kam und ging ein nicht abreißen wollender Besucherstrom.

„Mein aufrichtiges Beileid, Hochkoglerin", den gleichen Spruch hörte sie wohl über hundertmal. Hias war nicht im ehelichen Schlafzimmer aufgebahrt worden, wie es früher üblich war, sondern in seiner kleinen Kammer, wo er zuletzt geschlafen hatte. Von der guten Stube zur Kammer gab es einen direkten Zugang, und so konnten die vielen Leute zum Rosenkranz auch gleichzeitig diesen Raum benutzen, man brauchte nur die Türe aufzumachen.

Der alte Dorfarzt musste den Totenschein ausstellen, und dazu musste er hoch gefahren werden. ‚Angina pectoris', trug er in das Blatt ein. Ob es stimmte oder nicht, wen interessierte das noch? Tot war tot, Fremdverschulden lag auch nicht vor, zumindest konnte man keine Spuren von Gift oder Verletzungen endecken. Von einer Magensekretuntersuchung ließ man auch ab, da keine Zeichen auf eine Vergiftung hindeuteten. Dafür sprach schon die Bonität der Hochkogler allgemein.

Selbstverständlich waren auch von auswärts wieder alle vertreten, von Unter- bis Mittelfranken, dazu eine Delegation von der Firma K.-H. Müller, darunter der Personal-Chef und der Betriebsratsvorsitzender, die ihrem treuen, leider zu unbekannten Mitarbeiter die letzte Ehre erweisen wollten. Müller ließ dazu noch extra Personal wie zum Beispiel einen Putztrupp von seiner Werkskantine nach Hochkogel kommen. Auch die alten Stammgäste aus Ingolstadt von der Bundeswehr wie der Oberst und der Major ließen sich herbringen. Das ganze Haus war voll, wie zu Silvester, meinte Simone süffisant. Sämtliche „Orgelpfeifen" mit Schwester und Anhang, mit einem Wort alle, die den Hias kannten oder etwas mit Hochkogel zu tun hatten, waren erschienen.

Nur Monikas Geschwister und Verwandte aus dem Lungau rührten sich nicht. Von ihnen kam weder eine Silbe des Beileids, noch kam einer von dort angereist, aber das war schon immer so gewesen.

Am dritten Tag, als das Begräbnis stattfand, meinte es der Himmel nicht so gut mit den Kirchleuten. Es schüttete, was der Himmel hergab, und man musste unwillkürlich an die Beerdigung von Franz denken. Damals vor ein paar Jahren hatte es auch so gegossen, damals, als der Totengräber mit in die Grube stürzte.

34

Es waren einige Tage vergangen, und es schien, als kehre auf Hochkogel wieder Normalität ein. Sämtliche Gäste waren wieder nach Hause gefahren, und teils war man sogar froh, dass Hias hatte sterben dürfen, denn so gesund, dass er allein zurechtkam, war er nicht mehr gewesen. Beim Laufen und Sprechen hätte nur im so genannten Ausnahmefall eine Besserung eintreten können, doch leider wuchsen Wunder nicht auf den Bäumen, wo man sie nur zu pflücken brauchte.

Nein, man gönnte ihm die ewige Ruhe. Jeder hatte sehen können, wie schwer Hias mit seiner Behinderung gelebt hatte, als er wieder zu Hause war. Nicht der Schmerz, das Zusehen, zuschauen zu müssen, wie er sich selbst quälte, war das eigentlich Schmerzliche daran. Selbst Monika konnte nur ein paar Tränen vergießen. Nicht, dass sie ihn nicht geliebt hätte: Hias war für sie ein richtiger Partner gewesen, ein Kumpel, mit den man durch dick und dünn gehen konnte. Jedenfalls hatte sie das bis zu dieser Stunde geglaubt.

Monika war gerade beim Aufräumen, und dabei nahm sie auch zum ersten Mal dem Hias seine Brieftasche und machte sie auf. Es waren außer einigen Geldscheinen ein Foto von ihr sowie noch andere Papiere darin. Doch da war noch ein Brief, ein relativ neuer, unzerknitterter Brief ohne Anschrift und ohne Absender. Monika übermannte die Neugier. Sie nahm ein Messer, öffnete den Umschlag und faltete das Papier auseinander. Dann musste sie sich aber setzen! Sie las:

„Meine letzte Beichte. Verzeih mir, liebe Monika, ich hatte nie den Mut gehabt, es dir zu sagen, doch jetzt, nach meinem Tod, soll es an der Zeit sein, soll es nicht mehr länger verschwiegen bleiben. Liebste Frau Monika, ich bin dir nicht immer treu gewesen, obwohl ich es sehr gerne gewesen wär. Liebe Monika, du kannst mich jetzt aus deinem Herzen verstoßen und mich verabscheuen, aber ich kann das Geheimnis nicht mit ins Grab nehmen. Heinzi, der Bub von Simone, ist auch mein Bub, ich bin sein Vater. Es hat mich viel Kraft gekostet, dir diese Zeilen zu schreiben. Du weißt ja selbst, wie aufreizend verführerisch Simone vor Heinzi immer mit ihrer Musch gespielt hat, ehrlich, da muss es über mich gekommen sein. Es war sonst niemand in der Nähe, und so ist es geschehen. Ich bin ja schließlich, oder leider, auch nur ein Mensch, ein Mann aus Fleisch und Blut. Glaube mir, mir wurde Angst und Bange, als man den Täter ausforschen wollte. Ich wäre auch froh gewesen, wenn du bei Simone eine Abtreibung veranlasst hättest. Doch jetzt bin ich wieder sehr froh, dass Heinzi am Leben geblieben ist. So habe ich zumindest auch einen Nachkommen, der vielleicht nie wissen wird, wer sein richtiger Vater war. Um eines möchte ich dich aber trotzdem noch sehr bitten, wenn Du Heinzi verstoßen solltest: Denk an Franz und Karin, an Simone wirst du sowieso nicht Hand anlegen. So vermache ich dem Heinzi, meinem Sohn mein kleines Häusl, mehr habe ich leider nicht. So, liebe Monika, jetzt ist mir um vieles leichter, jetzt ist es heraußen, wovor ich immer Angst gehabt habe. Jetzt, liebe Frau, kannst du mich verdammen oder mir vielleicht sogar vergeben. Das war meine einzige Sünde, sofern ich mich erinnern kann. Dein Hias!"

Bisher war Monika stark gewesen, doch das war zu viel. Sie saß auf dem Bett, in dem Hias bis vor wenigen Tagen noch gelegen hatte. Sie saß da, das Schreiben in der Hand, nicht fähig zu einem Wort. Auch ihr Verstand schien völlig außer Betrieb zu sein. So trafen ausgerechnet Simone und Heinzi sie an. Heinzi holte sie mit seinem munteren Geplapper wieder in die Wirklichkeit zurück, und Monika hob den Buben vom Boden auf und setzte ihn auf ihren Schoß.

„Sag mal, Bubi, wie schaust du denn aus, lass dich einmal genau anschauen. Schaust du schon mehr wie dein Vater oder mehr wie deine Mutter aus? Tatsächlich, auch wenn man in deinem Alter noch nicht viel sagen kann, könnte ein Ähnlichkeit zum Hias da sein, wenn man die ältesten Fotos nimmt. Vielleicht hat sich Hias diese Vaterschaft auch nur selbst eingebildet oder eingeredet. In Wirklichkeit ist vielleicht doch ein Silvestergast von Müller der richtige Vater, aber diese Überprüfungen haben keinerlei verlässliche Hinweise ergeben. Ja, Heinzi, Kind, magst du deine Oma?"

„Blablabla."

„Ich weiß, du kannst noch nicht richtig sprechen. Warten wir's ab, in einem Jahr sehen wir weiter."

„Mama, was hast du da für einen Brief?" wollte Simone wissen.

„Ach, nichts weiter, der letzte Liebesbrief vom Hias."

„Ach so, aber Mama, hat Vater dir überhaupt schon Liebesbriefe geschrieben?"

„Nein, das war sozusagen sein erster und gleichzeitig sein letzter. Er hat ihn nie abgeschickt."

„Mama, ich will auch einmal einen Liebesbrief bekommen."

„Vielleicht bekommst du einmal einen, ich habe mein Leben lang auch keinen bekommen, das ist sozusagen der Erste."

Beim Abendessen musste Elke wie auch Markus aufgefallen sein, dass Mutter Moni anders als sonst war. Man fragte sie aber nicht deswegen, sondern man ließ sie: Vielleicht war es doch noch der Schmerz um ihren Mann, und vielleicht wollte sie auch gar nicht darüber reden.

Mehr als die halbe Nacht lag Monika wach im Bett. Was sollte sie tun? Sollte sie sich jemandem anvertrauen und darüber sprechen? Das konnte gut sein, und es würde ihr gut tun. Aber nein, Hias hätte dieses Geheimnis fast mit ins Grab genommen. Doch auf der anderen Seite, was war, wenn ihr jetzt plötzlich etwas zustieße, so auf die Schnelle, wie etwa dem Hias? Dann wüsste wohl nur der liebe Gott etwas von Heinzis Schicksal. Nein, sie würde bald schon mit dem Pfarrer darüber reden. Der hatte ja Schweigepflicht. Sicher war auch der Geistliche nicht mehr der jüngste. Aber das wollte sie tun.

Schon am nächsten Tag fuhr Monika ins Dorf, und nach dem Friedhofsbesuch ging sie schnurstracks ins Widum des Pfarrherrn. Dieser mochte die Hochkoglerin vielleicht sogar ein wenig lieber als die anderen Hochsteiner. Vielleicht, weil auch er aus dem Lungau stammte. Weil auch er die Sorgen und Nöte in der Geschichte von Monika kannte und von ihrem Leidensweg wusste.

„So ein Hallodri, ehrlich, das hätte ich deinem Mann nicht zugetraut. Aber wie heißt es doch, ‚Stille Wasser gründen tief'. Was willst du jetzt machen, Hochkoglerin, willst du dich nun als Richterin aufspielen, oder was hast du vor?"

„Deswegen bin ich ja zu dir gekommen, um mir einen guten Rat zu holen, nein, Pfarrer ganz bestimmt, ich will nicht richten oder anzeigen. Ehrlich, diesen Seitensprung habe ich meinen Mann bereits verziehen. Wenn ich ehrlich bin, so habe ich mit dem Hias meine schönsten Jahre gelebt. Auch mit meinen ersten Mann Alois hatte ich eine sehr gute Ehe. Doch in der Hauptsache geht es jetzt um den kleinen Karl-Heinz, wenn ich einmal nicht mehr bin. Was kann man tun? Soll man ihm für immer den Vater vorenthalten, den man ja nun kennt, oder soll man ihm später die Wahrheit sagen?"

„Weißt was, Hochkoglerin, wir vermerken diese Beichte vom Hias in den Matrikeln da im Pfarrheim. Da ist es vor allen sicher, und dabei entsteht auch keine Gefahr, dass es ungewollt an die Öffentlichkeit kommt, denn das wollen wir doch alle nicht, dass der Stiefvater seine Stieftochter, die sogar noch eine Behinderung hat, schwängert. Es ist zwar keine Blutsverwandtschaft da, und demnach liegt auch kein Inzest vor, aber das Ethische… Herrenbergerin, ich glaube ich kann dich gut verstehen!"

Und so verblieb man vorerst dabei, zunächst abzuwarten, bis Heinzi zumindest reden konnte und vielleicht auch eine eigene Meinung hatte.

Die Tage vergingen für Monika zwischen Sorge und Trauer, da konnten auch die Arbeiten zu Hause oder die zwei Enkelkinder sie nicht aufheitern. Als dann Müller wieder mal aufkreuzte und die obligatorischen Mitbringsel für Heinzi aus seiner Leinentasche nahm, kam er prompt auf dieses Thema, als hätte er etwas geahnt.

„Frau Monika, du gefällst mir in letzter Zeit gar nicht. Ist es der Verlust vom Hias, der dir doch so schwer kommt? Vielleicht solltest du einmal ausspannen, vielleicht auf eine Kur gehen. Soviel mir bekannt ist, warst du überhaupt noch nie auf solch einer?"

„Es vergeht schon wieder, vielleicht denke ich tatsächlich zu viel in mich hinein. Aber auf Kur gehen, ich als Bauersfrau? Ich dachte, auf Kur gehen nur Kranke und Berufstätige, die so eine nötig hätten und sie vom Arzt verordnet bekommen?"

„Aber nein, liebe Monika, wo denkst du hin, auch die Gesunden bedürfen ab und zu einer solchen Rehabilitation, wie die Studierten zur Wiederherstellung der Gesundheit sagen. Jetzt ist zwar nicht die schönste Zeit für eine solche Maßnahme, aber jetzt hättet ihr auch nicht so viel Arbeit, also auch mehr Zeit für so was. Wenn wir gleich den Antrag einreichen, bist du zu Weihnachten zum Germkiachl machen auch wieder zu Hause, und wir können gemeinsam feiern. Überleg nicht lang! Besser, du sagst gleich bis übermorgen zu, dann kann ich sofort alles veranlassen. Wie wär's mit Bad Gastein in die Heilstollen oder nach Baden bei Wien? Auch von dort hört man nur das Beste."

Als auch Elke und Markus dem Vorschlag von Müller sofort begeistert zustimmten, konnte sie wohl nicht mehr gut nein sagen. Sie hatten sie sozusagen eindeutig überstimmt. Auf jeden Fall mussten ihr die beiden hoch und heilig versprechen, gut für Simone und Heinzi zu sorgen und auf sie aufzupassen, was sie natürlich auch machten. Als Monika ihren Enschluss am nächsten Tag Müller mitteilte, schien dieser sichtlich erleichtert.

„Glaube mir, Frau Monika, ich will doch nur das Beste, für meine Beste überhaupt. Wenn ich dir das auch noch nie gesagt habe, du bleibst das beste Stück von Hochkogel, und ehrlich, ich müsste doch dumm sein, wenn ich für mein Bestes nicht das Beste wollte. Denn", so fuhr Müller weiter fort, „eines ist vor allem, auch die jungen Leute wollen nur das eine, dich so lang wie möglich in unserer Mitte haben. Allein schon deine Tochter und dein Enkel Heinzi wären arm dran, denn dann müssten sie wohl oder übel nach der Pfeife von Elke und deinem Sohn tanzen. Ich will denen bei Gott nichts unterstellen oder Übles nachreden, doch die Zeit, besonders die schnelllebige Zeit von heute lehrt uns, dass ein Menschenleben oft nicht mehr viel zählt. Und so ‚Altlasten' oder ‚Wohlstandsmüll', wie Simone mit ihren Buben, die nicht tragfähig sind, nichts einbringen, im Gegenteil nur Kummer und Arbeit, die schafft man sich heutzutage gern vom Halse."

Da Monika mit Müller allein in der Stube war, konnte sie sich nicht mehr zurückhalten. Sie erzählte ihm alles. Von dem „Testament" und von der Lebensbeichte ihres verstorbenen Mannes.

„Wer hätte das gedacht, das ist ja nicht zu fassen!" auch Müller war bestürzt und so baff, dass er nur immerzu den Kopf schütteln konnte. „Schau mal einer an, der Wolf im Schafspelz, oder der Biedermeier als Sexstrolch. Nein, so was kann ich nur glauben, wenn ich es schwarz auf weiß sehe. Unser Hias, meinst du nicht, dass da ein Irrtum vorliegen muss, Frau Monika? Dabei dachte ich stets, dem könne man am ehesten blindlings sein Kostbarstes, seine Frau oder sein Kind anvertrauen. Nicht zu fassen." Müller wiederholte sich noch einige Male.

„Ich bin eine alte Ratschkathl", gab die Bäuerin darauf zur Antwort. „Ich weiß, ich kann schlecht ein Geheimnis für mich behalten. Aber ich hoffe sehr, dass du es nicht weitererzählst. Du bist der Zweite außer dem Pfarrer, der dieses Schriftstück jetzt in seinem Gewahrsam hat, der davon etwas weiß."

„Kein Wort, Frau Monika, schon gar nicht zu meiner Renate, denn dann könnte ich es auch gleich an die Zeitung weitergeben. Kein Wort, Ehrenwort. Aber Hochkoglerin, hast du schon einmal nachgedacht, was für eine Position mein Patenkind Heinzi jetzt auf einmal einnimmt? Der hat jetzt sogar einen Vater, der Bauer auf Hochkogel war, und, was auch ganz wichtig ist, er heißt auch noch Herrenberger, was bei Eva-Karina, wenn sie einmal heiratet nicht mehr der Fall sein wird."

„Du hast recht, Müller. Sicher habe ich schon oft daran gedacht, was einmal mit Heinzi wird, wenn er sich normal entwickelt und kein Idiot wird. Da kamen mir auch schon Gedanken, ob ich mir den nicht nach Markus als neuen Bauern auf dem Erbhof vorstellen könnte. Den Markus übergehen kann ich nicht, und so lange kann ich die jungen Leute auch nicht warten lassen."

„Hochkoglerin, weißt was, nach deiner Kur redest du ganz einfach mit den zweien. Wenn du willst, steh ich dir bei und red' auch gern mit ihnen."

35

Gleich nach Allerheiligen bekam Monika einen Termin für eine vierwöchige Reha-Kur in Baden. Doch zu Allerheiligen wurde noch wie jedes Jahr das Treffen der „Orgelpfeifen" und ihrer Freunde fortgesetzt. Wie jedes Jahr nach den Friedhofbesuchen ging es hinauf nach Hochkogel zu Kaffee und Kuchen. Manchmal blieben auch welche hängen und blieben über Nacht dort. Dann wurde es manchmal ganz schön spät, und man kam bei Wein und Bier vom Gedankenaustausch zum Fachsimpeln. So auch dieses Jahr wieder. Obwohl man den Tod von Hias allseits bedauerte, hatte man wegen der Zukunft des Erbhofes vorläufig keine Sorgen. Das war vor Jahren oft das Thema Nummer eins gewesen, während jetzt eine doppelte oder gar dreifache Erbfolge in Aussicht stand. Doch darüber redete man nicht.

Susanne, die mit Gert gekommen war, versprach Elke, in der Zeit von Monikas Abwesenheit für ein bis zwei Wochen zu bleiben. Susanne hatte für die Hochkoglerin allerhand aus ihrem Kleiderfundus mitgebracht, das könne sie sicher auf Kur gut gebrauchen. Man käme dort nicht jeden Tag mit den gleichen Kleidern zu den Behandlungen und in die Speiseräume. „Ich will aber auch keine Modenschau", gab Monika zur Antwort. „Auch Kosmetik- und Schminksachen, wie Frau Dr. Dreyfuss sie hat, brauche ich nicht."

„Monika, niemand verlangt von dir, dass du wie ein Pfau herausgeputzt bist, aber ein paar Pflegecremes und ein dezentes Parfum schaden keiner Frau, was meint ihr dazu, Kinder?"

„Mutter ist da sehr konservativ", erwiderte Markus, „die macht sich nichts aus solchem Krimskrams, sie meint auch, das schickt sich nicht für eine Bauersfrau."

„Auch die Bauersfrauen gehen mit der Zeit", konterte Schwager Hans, „auch die haben Bubiköpfe und oft Hosen an, was vor 50 oder 60 Jahren noch ganz undenkbar war. Die Gretchenzöpfe in Ehren, aber kurze Haare sind doch viel bequemer und pflegeleichter. Du trägst doch selbst eine solche Frisur, oder?"

„Lassen wir das! Auf jeden Fall danke ich dir, Susanne, Elke hat dir sicher mitgeteilt, dass ich auf Kur gehe und dass es mit meiner Garderobe nicht so zum besten steht, nicht wahr?"

„Ja", gab Elke kleinlaut zu, „ich habe es ja nur gut gemeint. Wenn du schon zur Kur gehst, dann kannst du ruhig ein wenig auf dein Äußeres achten, nicht dass man in Baden meint, die Tiroler lebten noch hinterm Mond. Es ist nämlich so, wenn man auf Kur geht und selbst nichts dazu tut, dann braucht man gar nicht erst hinzugehen. Nimm auf alle Fälle genug Geld mit, denn du sollst dort auch etwas unternehmen und nicht die ganze Freizeit in deinem Zimmer verbringen und stricken oder Däumchen drehen."

„Bravo, bravo", meinte Müller begeistert, „so ist es richtig. Du musst versuchen abzuschalten. Das Rad der Zeit kannst du doch nicht mehr zurückdrehen. Geh mit den anderen zum Tanzen, geh ins Kaffeehaus, aber such dir deine Freundinnen und Freunde gut aus. Mit einem Wort, gönn dir etwas. Doch um bei den Freundschaften zu bleiben, nicht, dass sie dich am Ende nur ausnützen! Und schau dich nicht nach einem Kurschatten um. Wenn dir welche den Hof machen, lass sie links liegen. Die meisten suchen nur billigen Ersatz. Ist die Kur vorbei, ist auch die große versprochene Liebe meist zu Ende, und hinterher bleiben dann oft nur Katzenjammer und ein leerer Geldbeutel übrig."

„Genug, Leute, ich gehe im Trauerjahr weder tanzen, noch schau ich mir so einen Springinsfeld an! Was ist, wer will noch eine Jause? Alle? Gut, Elke, hilf mir, du holst die Getränke, und derweil bringe ich Brot, Käse, Wurst und Speck."

„Heute bleiben wir wieder alle da, Moni", platzte Sepp heraus, „wer weiß, ob wir im nächsten Jahr noch so vollzählig wie heute sind?"

36

Zwei Tage später brachte Markus seine Mutter zur Bahnstation ins Inntal. Unterwegs trichterte sie ihm nochmals alles ein, wohl zum zigsten Male, vom Hühnerfüttern, Postabholen, auf Simone und Heinzi aufpassen und und und.

„Das wäre geschafft", meinte er, als der Zug nach Wien seinen Blicken entschwunden war. „Heut werd ich mir ein Bierchen genehmigen", und so blieb es auch bei dem Einen. Als er nämlich ein paar besoffene Typen in dem Gasthaus sah, hatte er die Nase bereits voll.

Auf den Weg nach Hause, überholte in ein schweres Motorrad. Erst jetzt fiel ihm auf, dass er in diesem Jahr kaum mit seiner Maschine gefahren war. Doch heuer fing er auch nicht mehr damit an, jetzt, wo die Straßen mancherorts schon Reifglätte aufwiesen und damit höchst gefährlich waren. Bald war er zu Hause. Er schrieb sich sicherheitshalber alles nochmals auf, was ihm seine Mutter aufgetragen hatte, um ja nichts zu vergessen. Jetzt war er sozusagen der einzige Mann auf Hochkogel, aber er hatte noch nicht allzuviel zu sagen. Die Chefin war immer noch seine Mutter, und die dachte anscheinend noch lange nicht daran zu übergeben, oder sollte er sie doch ganz einfach fragen, was sie so im Sinn hätte? Ob er, wie Prinz Charles von England, auch so lange warten müsse, bis er alt und gebrechlich sei oder bis die Herrin ins Gras beiße?

Vielleicht musste er ein wenig nachhelfen. Vielleicht hatte sie auch nur Angst, er würde es seiner Schwester und ihrem Buben dreckig machen und sie womöglich hinausekeln?

Monika jedoch fuhr von den Tiroler Bergen fast bis zur ungarischen Ebene. Die bewaldeten, sanften Bergkuppen des Wienerwaldes schienen ihr Ähnlichkeit mit der Landschaft im Frankenland zu haben, zumal es auch eine Weingegend war. Dort gab es so berühmte Weinorte wie Gumpolskirchen, Pfaffstätten oder Bad Vöslau, und natürlich Baden selbst mit seinen Thermen.

Baden liegt 20 Kilometer vor Wien. Mit seinen etwa 25.000 Einwohnern war es schon immer die Kurstadt der Wiener und vieler Österreicher. Als Rheumabad mit Schwefelquellen von 36 Grad Celsius und mit rund 60 Kilometern Wanderweg, die rund um Baden führen, ist das oft besungene, romantische Helenental ein weit über seine Grenzen hinaus bekanntes Erholungszentrum. Berühmt ist aber auch der Heurige, der in Badener Weinlokalen ausgeschenkt wird. Baden war als Heilbad schon zur Zeit der Römer bekannt, führte dann allerdings über Jahrhunderte hinweg ein Schattendasein, bis es im 19 Jahrhundert mit dem Aufkommen der Heilbäder zu Ansehen und Ruhm gelangte.

In Mode kam Baden vor allem durch den Kaiser Franz, der in Baden über 30 Jahre seine Sommerresidenz unterhielt. Viele sehr schöne Villen prägen das Bild der Stadt. Von den Sehenswürdigkeiten wäre der Kurpark am Kaiser-Franz-Ring zu erwähnen, der sich durch botanische Sehenswürdigkeiten auszeichnet. Sehenswert ist auch die Römerquelle mit einem Zugangsstollen aus dem ersten Jahrhundert, und zu den besonderen Anziehungspunkten des Ortes gehört auch das Spielcasino.

Das Kaiser-Franz-Joseph-Museum birgt Schätze aus dem Reich des Handwerks und der Volkskunst. Im Roulettemuseum werden prähistorische Funde gezeigt, doch birgt es auch Erinnerungen an Ludwig van Beethoven und an Franz Grillparzer, die beide mehrfach in Baden weilten.

Das Haus der Neuen Symphonie ist dem Schaffen Ludwig van Beethovens gewidmet, und hier werden Dokumente und Erinnerungen gezeigt. Im Mozarthaus schrieb Wolfgang Amadeus Mozart das „Ave Verum".

Teile der Dekanatskirche St. Stephan wie die Osttürme stammen noch aus romanischer Zeit.

In der Pfarrkirche St. Helena im Helenental befindet sich der Töpferaltar von 1515, der wegen der Darstellung der Dreifaltigkeit durch drei männliche Personen 1745 aus der Metropolitenkirche in Wien nach Baden verbannt wurde, denn seit 1745 ist nur die Taube für die Darstellung der Dreifaltigkeit erlaubt. Die Hofkirche wurde 1285 erbaut und in den folgenden Jahrhunderten mehrfach verändert. So wurde das Langhaus 1812 im klassizistischen Stil umgebaut. Das auf dem Hauptplatz gelegene Rathaus wurde 1815 errichtet, und auf dem Hauptplatz steht auch die Dreifaltigkeitssäule, die 1714 bis 1718 als Dank für die überstandene Pest errichtet wurde.

Obwohl alles neu und anders als gewohnt war, fühlte sich Monika sofort wohl in ihrer neuen Umgebung. Gewissen Dingen musste sie sich unterordnen, doch auch das machte ihr keine Probleme. Sie fand selbst als wenig kontaktfreudiger Mensch gleich Anschluss.

So kam sie schnell in Kontakt mit einer alten Bauersfrau aus dem Salzbur-
gischen, und alsbald knüpfte sie mit ihr Freundschaft. Diese Bäuerin litt
seit vielen Jahren unter Rheuma und berichtete Monika, dass sie auch
schon anderswo auf Kur gewesen war. Die beiden Aufenthalte, die sie in
Baden verbracht habe, seien aber jedesmal eine große Linderung für ihre
Krankheit gewesen.

Doch als Monika abends allein in ihrem Zimmer war, war sie auch wieder
allein mit ihren Sorgen und ihren Gedanken, die waren zu Hause. Sie
wusste, dass sie hier, über 400 Kilometer von zu Hause entfernt, keinen
Besuch von dort zu erwarten hatte. Aber auch diese vier Wochen würden
vorübergehen, und sie würde sich trotzdem bemühen, alle Anwendun-
gen, die man ihr verordnet hatte, so intensiv wie möglich zu nutzen.

Die Zeit verging auch ohne Kurschatten.

37

Mitte Dezember war sie wieder daheim. Als sie am nächsten Tag in der Frühe aufstand, war es für sie tatsächlich wieder eine Umstellung. Dabei hatte sie sich in der Kuranstalt das Frühaufstehen gar nicht abgewöhnt.

Es war noch dunkel, und die langen Nächte im Dezember verbreiteten eine trübsinnige Stimmung. Wäre da nicht die Adventszeit gewesen, die auf Weihnachten vorbereitete, so gäbe es gar keinen Hoffnungsschimmer aus dieser Bedrückung, und es würden noch mehr Menschen in tiefe Depressionen stürzen. Als dann aber das Morgenrot über die Berge heraufkroch, mischte sich wieder Hoffung in die trübe Stimmung, und man ging wieder seinem Tagwerk nach.

Einige Tage später, oder besser gesagt, ein paar Tage vor Weihnachten nahm Monika ihren ganzen Mut zusammen.

Simone war mit ihrem Kind bereits auf ihr Zimmer gegangen. Monika holte ihre Likörflasche, nahm drei Schnapsgläschen dazu und bat Markus und Elke, sich zu ihr an den Tisch zu setzen. „Mutter macht es spannend", feixte Markus.

„So, Kinder, heute habe ich mich entschlossen, mit euch zu reden. Das wollte ich schon lange tun, aber die Umstände ließen meinen Entschluss nicht früher zu. Ich habe mich entschlossen, Weihnachten, oder besser ab dem ersten Jänner, Markus, also euch, das Hochkogelanwesen zu überschreiben. Also stärken wir uns zuerst noch einmal, Prost!

Doch die Sache hat einen Haken. Vielleicht habt ihr auch schon darüber nachgedacht: Elke kann keine Kinder mehr bekommen! Elke, ich weiß, dass das hart ist, und es tut mir auch Leid. Doch das Herrenberger-Hochkogel-Erbhofgesetz schreibt vor, dass der Hof ungeteilt an einen männlichen Erben weitergegeben werden muss. Ich habe das Gesetz nicht gemacht. Markus, du bekommst das Anwesen mit allem Drum und Dran und mit allen Belastungen, die dazu gehören, wie zum Beispiel Simone. Aber du bekommst das alles nur, wenn du meinen Entschluss akzeptierst. Mein Entschluss ist folgender: Sollte Heinzi sich normal entwickeln, und mit normal meine ich, dass er keine geistigen oder körperlichen Schäden hat, so wird er dein Nachfolger, damit der Name Herrenberger auf dem Hof verbleibt.

Sollte Heinzi sich zum Negativen entwickeln oder sonst nicht wollen, so würde nach fast 250 Jahren das erste Mal eine Frau diesen Besitz übernehmen, und damit würde nach ihrer Heirat der Name Herrenberger aus einer langen Chronik verschwinden. Ihr könnt es euch zwei Tage gut überlegen, aber bevor die Gäste kommen und der Rummel losgeht, möchte ich wissen, wie ihr euch entschieden habt. Ich lasse gerne mit mir reden, aber meinen Entschluss werde ich nicht mehr ändern. Glaubt mir, ich habe viel durchgemacht, habe nächtelang nachgedacht und nicht geschlafen um nichts Falsches zu tun. Es hat mich auch niemand beeinflusst, auch Müller nicht, falls ihr glaubt, er habe Druck ausgeübt, weil Heinzi sein Patenkind ist. Was Eva-Karina betrifft, so wird für sie gesorgt werden. Ansonsten würde im Extremfall wiederum, wie im Fall Simone, das Heimatrecht vom Erbhof in Kraft treten."

Diese plötzliche Entscheidung bereitete Markus viel Kopfzerbrechen. Er dachte auch, dass ihm seine Mutter so die Rechnung für seine Brandstiftung aufmachte für die er jetzt bezahlen musste.

Doch Elke war fast noch aufgebrachter. Sie wollte sogar eine ernste Aussprache mit ihrer Schwiegermutter herbeiführen, denn sie konnte ja nichts dafür, dass sie keinen männlichen Hoferben hatten. Sie konnte aber andererseits auch nicht ihrer Tochter das Heiraten verbieten, um so den Namen ‚Herrenberger' zu erhalten.

Wieder einmal war es Susanne gewesen, die eine für alle akzeptable Lösung gehabt hatte, denn Heinzi konnte ja, wenn überhaupt, frühestens in 20 Jahren hier Bauer werden. Bis dahin konnte noch viel geschehen, und vielleicht arbeitete ja auch die Zeit nicht immer gegen sie. So könnten sie doch für eine Generation hier die Regentschaft übernehmen.

Sie würden sich also dem Willen der Mutter beugen und versprechen, Simone mit ihrer Erbfolge keine Steine in den Weg zu legen.

ENDE